ANDILANDI

Il viaggio di Vlad nel Mondo-di-là
Sînziana Popescu

A mio figlio, Matei

Un romanzo di **Sînziana Popescu**

Traduzione e prefazione di **Sara Salone** | sarasalone78@gmail.com

Illustrazioni di **Luca Clemente**

Redazione tecnica e copertina: **Dinu Mihai**

Sînziana Popescu

ANDILANDI. CĂLĂTORIA LUI VLAD ÎN CELĂLALT TĂRÂM

Copyright © 2008 © 2013 © 2015 Sînziana Popescu

© 2015 – Tutti i diritti sulla presente edizione sono riservati alla **Mediamorphosis**, Bucarest
tel.(+4) 031 407 3772 | fax (+4) 031 815 1545 | office@mediamorphosis.ro | http://mediamorphosis.ro

Descrierea CIP a Bibliotecii Naţionale a României

POPESCU, SÎNZIANA
    Il viaggio di Vlad nel Mondo-di-là / Sînziana Popescu ; trad.: Sara Salone ; il.: Luca Clemente. - Bucureşti : Mediamorphosis, 2015
       ISBN 978-606-93279-8-2

I. Salone, Sara (trad.)
II. Clemente, Luca (il.)

821.135.1-93-31=131.1

Sînziana Popescu

Il viaggio di Vlad nel Mondo-di-là

Traduzione dal romeno di
Sara Salone

*

Illustrazioni di Luca Clemente

Primo volume della serie
ANDILANDI

Vincitore del Premio
dell'Associazione degli Scrittori di Bucarest nel 2009

mediamorphosis

2015

Una finestrella sul... Mondo-di-là

Prefazione della traduttrice

Quando ho cominciato a leggere questo romanzo, ho pensato che finalmente avevo trovato una storia diversa, originale. Il libro, nato dalla straordinaria fantasia dell'autrice Sînziana Popescu, è molto più di una storia inventata; esso racchiude un mondo intero, sul quale noi, bambini o adulti, ci affacciamo forse per la prima volta. È un mondo ricco, che merita di essere condiviso con chi ama l'avventura e non ha paura di guardare lontano.

I personaggi, i luoghi, le atmosfere di questo romanzo sono intessuti della magia e della sacralità che la mitologia e il folklore romeni, sconosciuti ai più qui in Italia, possiedono in abbondanza.

Se è vero che alcune figure della tradizione popolare e mitologica sono comuni in molti paesi dell'Europa – per esempio le tre Fate Madrine, Ursitoare in lingua originale, accomunabili alle nostre Parche, o alle Moire greche, o ancora alle Norne norrene -, altri personaggi sono senza dubbio tipici del mondo romeno. Penso alle Galiane – Sânziene in romeno -, le fate gentili il cui nome italiano è stato creato ex novo giocando sul nome latino del fiore selvatico con cui esse si ornano il capo; queste magiche creature hanno un ruolo importantissimo nel folklore romeno e sono riconducibili alla nostra notte di San Giovanni e ai festeggiamenti di mezza estate, durante i quali si dice sia possibile vedere le fate danzare. Oppure mi riferisco ai Musocani, i Căpcâni, grasse e orribili belve dalla testa di cane; o ancora ai Draconiani, o Zmei, malvagi mutanti-umanoidi dai poteri magici, che cavalcano cavalli alati e maneggiano armi animate.

Questi e molti altri sono i preziosi tesori racchiusi in uno scrigno che profuma di mondi lontani e sconosciuti.

Detto ciò, non mi resta che augurarvi… buon viaggio nel Mondo-di-là!

Sara Salone

Il Mondo-di-là

e vi chiedete chi o cosa sia Andilandi di preciso, vi dirò che non è un bambino. Non è neanche un cucciolo capace solo di combinare guai, né un videogioco, o almeno non ancora. Andilandi non è neppure il nome di un dolce prelibato o di un extraterrestre simpatico venuto a trovarci. No, non si tratta di una persona, non è un animale, non è un gioco e, senza dubbio, non si mangia. Ma non per questo è meno importante. Anzi, è importantissimo! E anche se molti di voi non se ne ricorderanno più, sono sicura che l'avete già incontrato, alla prima grande avventura della vostra vita.

Poiché, vedete, per trovarlo, non c'è bisogno che vi troviate in un posto speciale o che possediate chissà quali poteri magici, come saper volare (con Cavallo Prodigioso o senza), saper respirare sott'acqua, come fanno i serpenti prima di diventare Draghi, o ancora sapersi trasformare in ciò che vi circonda, come le Streghe. Non conta nemmeno la vostra età, che abbiate o meno la barba, che vi allacciate le scarpe da soli o che finiate tutto quello che avete nel piatto. Niente di tutto questo. Dovrete invece avventurarvi in un mondo meraviglioso. E prendere decisioni che, in un modo o nell'altro, cambieranno completamente il resto della vostra vita.

Per spiegarvi ciò a cui mi riferisco vi racconterò di Vlad Ionescu, che scoprì Andilandi quando la sua famiglia aspettava con impazienza l'arrivo di un bebè. I suoi genitori non gli avevano ancora detto se si trattava di un fratellino o di una sorellina ma, qualsiasi cosa fosse, devo dirvi da subito che Vlad non era affatto entusiasta dell'idea. E non era neppure felice di essere stato "cacciato" da Bucarest, e più esattamente dalla casa in cui era vissuto tanto bene fino a quel momento, e spedito ad Hoghiz, dai Munteanu, i nonni materni. In un villaggio che, a cercarlo attentamente sulla cartina, troverete in Transilvania, da qualche parte nei pressi del Bosco della Cuccagna.

E fin qui niente di strano, direte, e forse non siete così lontani dall'aver ragione. A prima vista né la gente che viveva nel piccolo paese ai margini del bosco né il bosco stesso sembravano avere nulla di speciale. Ma questo era solo ciò che si vedeva sulla mappa o dal finestrino del pullman con cui Vlad era arrivato lì. Poiché, una volta sceso dal mezzo, il ragazzo aveva capito che là le cose andavano diversamente…

Come mai? In primo luogo perché nel villaggio in questione, che mi crediate o meno, non c'era l'elettricità. O almeno non c'era quando ci sono capitata l'ultima volta. E così addio TV, computer e molti altri apparecchi di cui, sicuramente, a casa non potete più fare a meno. Là non esistevano neanche grandi negozi, né parchi di divertimento, né aree-gioco super attrezzate, né caffetterie o cinema, trovati magari per caso. In altre parole, se non l'avete ancora capito, la gente viveva in quelle terre come al principio del secolo e dei secoli precedenti a quello. E questo non sarebbe stato nulla, se non fosse che i cittadini avevano mantenuto anche la mentalità di quei tempi.

Vlad aveva cominciato a trovare divertenti tutte quelle usanze. Più di tutto lo incuriosiva il fatto che i contadini non chiamassero il Bosco della Cuccagna con il suo vero nome, e come era anche segnato sulla cartina, se non quando parlavano con chi veniva da fuori. Ma quando erano soli, se si drizzavano bene le orecchie, li si poteva sentir dire "il Mondo-di-là". Secondo loro quello non era un posto qualsiasi; era magico, popolato da una moltitudine di esseri fantastici dei quali, sono sicura, avrete sentito parlare solo nelle favole. Un mondo abitato da strane creature come Streghe, chiamate anche Signore, Maghi, Vampiri, Draghi, Musocani e Usignoli Fatati.

Vlad li sentì dire che quelle creature potevano essere viste davvero, ma solamente dai "bambini turbati". Non sapeva esattamente cosa significasse, e nemmeno gli interessava più di tanto, poiché era uno di quelli che finché non vedono, non credono. In altre parole non solo non riusciva a capire e accettare leggende su simili personaggi, benevoli o malvagi che fossero; anzi, ne rimaneva del tutto indifferente.

Col passare dei giorni però le storie di quelle creature magiche, raccontate dai nonni o da zio Vasile (il narratore ufficiale del villaggio) cominciarono quasi a piacergli. Ma solo come favole, si capisce! Soprattutto perché da quelle parti non c'era altra fonte di divertimento, al di fuori delle serate in paese. Ecco come andava: la sera tutti i bambini del villaggio si raccoglievano in casa o, se era estate, nel giardino di qualcuno, ad ascoltare zio Vasile che sostituiva la TV. Vale a dire, lui raccontava alla piccola folla di curiosi due o tre storie di Vampiri o Streghe (di solito a richiesta); dopodiché li mandava tutti a dormire.

Se all'inizio Vlad rimaneva a bocca aperta durante quelle serate, ad infastidire il narratore con domande via via più insolenti, la sera di primavera in cui lo incontrai la prima volta stava attraversando una nuova fase. Taceva. Segno che il racconto cominciava a rapirlo, a insinuarsi pian piano nel suo cuore.

Certo si sorprese a chiedersi se l'Usignolo Fatato, di cui gli raccontava il vecchio, esistesse davvero. E se sì, che bello sarebbe stato incontrarlo e poterlo seguire dappertutto. Ne aveva talmente bisogno...

Naturalmente Vlad non credeva all'esistenza del Mondo-di-là né delle strane creature che lo abitavano, ma cominciò a desiderare ciò che quelle avrebbero potuto offrirgli se fossero state reali. Tutti noi infatti sogniamo che i Draghi esistano perché vorremmo cavalcarli. O che esistano i Draconiani, per rubare il loro palazzo, rimpicciolirlo e infilarcelo in tasca. O ancora desideriamo che le Fate Madrine siano reali, perché ci piacerebbe che esaudissero un nostro desiderio speciale. Uno di quelli che nessun altro potrebbe esaudire.

Era una sera come un'altra quando simili pensieri cominciarono a stuzzicarlo. Al termine della serata i bambini, tra i quali c'era anche Vlad, si divisero. Alcuni si diressero dritti verso casa, altri tagliarono a casaccio, come Vlad, attraverso le colline. Bene... se gli

*"Era un bambino qualunque, coi capelli biondi e gli occhi neri,
e non sembrava aver vissuto più di dieci estati."*

aveste chiesto allora dove fosse diretto, a quell'ora inoltrata, vi avrebbe risposto che andava a casa. Ovviamente non era vero, ma non l'avreste potuto contraddire, poiché il podere dei nonni, dove lui trascorreva l'estate, era da qualche parte tra il villaggio e il bosco. Quindi si poteva ben dire che andasse proprio per di là.

Quando lo vidi seguire gli altri ragazzi, a cui non stava troppo simpatico, non sapevo molto di lui. Era un bambino qualunque, coi capelli biondi e gli occhi neri, e non sembrava aver vissuto più di dieci estati. Dal pallore del viso e dagli abiti che portava mi era sembrato che non fosse del luogo. Assomigliava moltissimo invece ai bambini che avevo visto in città, quando mi era venuta voglia di andarci e avevo cominciato a girare il mondo.

Il fatto che fosse così strano, ve lo dico chiaramente, lo rendeva del tutto non interessante. Ma così poco interessante che stavo quasi per lasciarlo perdere, sia lui che gli altri. E forse l'avrei fatto se non mi fossi accorta che un Vampiro si stava avvicinando a passi lenti all'allegro gruppetto. I ragazzi si allontanarono veloci, quando udirono i galli cantare forte. Cosa che non capita certo di sera, ma i pennuti cercavano, nella loro ingenuità, di chiamare l'alba. Come mai? Perché perfino i galli lo sanno: i Vampiri detestano il sole! Vlad poi, che non aveva idea di cosa stesse succedendo, pensò che forse gli altri bambini non volessero giocare con lui. E non era la prima volta. Da quando era arrivato nel villaggio tutti lo chiamavano "il furbetto di Bucarest" e non volevano frequentarlo. Così, amareggiato e annoiato, pensò di andarsene a casa. E siccome non c'erano tracce di paura sul viso del ragazzo, decisi di rimanere per vedere cosa sarebbe successo. Sapete, mi aspettavo davvero grandi cose.

Iona, il Non-morto

e vi capiterà di incontrare un Vampiro lo capirete subito, senza che quello debba dichiararlo ad alta voce. Vi basterà osservare il suo volto pallido, lo sguardo spento e le sopracciglia unite, e non avrete dubbi. Soprattutto se è sera e vi trovate nei pressi del cimitero del paese, vicino a qualche bosco o in chissà quale altro posto dimenticato dal mondo. Per farla breve, se ne vedete uno, non vi servirà un manuale di istruzioni per riconoscerlo e darvela a gambe. In Transilvania per lo meno si fa così. I Non-morti, come li chiamiamo da quelle parti, o Vampiri, come dite voi, erano abituati a simili reazioni da parte dei bambini turbati – gli unici, ai giorni nostri, capaci di vederli -. Quando invece le cose non andavano come previsto, ovvero quando i bambini non avevano paura, quelli non si davano pace. Come mai? Semplice: perché certi bambini non credevano alla loro esistenza. E se non ci credevano, non li vedevano!

Sicuramente cose del genere capitavano di rado in quel villaggio in cui, come vi ho detto, viveva gente semplice e timorosa. Così, quando da quelle parti spuntava uno straniero e non si riusciva proprio a capire chi fosse, la storia diventava più comica che tragica.

Immaginatevi cosa farebbe uno di quei "dentuti" se si vedesse venire incontro – sentite un po'! – un ragazzetto spensierato in scarpe da ginnastica e pantaloncini corti, come certi signorini di città. Forse gli verrebbe la pelle d'oca, direte voi. Ma cosa farebbe se il bambino addirittura lo salutasse? Come chi? Il Vampiro, ovviamente! Così, timidamente, come si fa con gli stranieri in paese, dove tutti si salutano. Bene, io dico che il Non-morto ammutolirebbe dallo stupore. O almeno così reagì Iona, l'unico "zannuto" rimasto ad Hoghiz, la prima volta in cui Vlad lo incontrò.

Non era nemmeno riuscito a vederlo bene in faccia, che il timido ragazzo gli aveva rivolto tranquillo un "Salve, zietto!" ed era proseguito per la sua strada. E Iona, abituato a bambini che lo riconoscevano e fuggivano a rotta di collo, non aveva saputo bene come reagire. Si era accontentato di camminare accanto a Vlad, misurandolo attentamente con lo sguardo.

"Cos'ha che non va questo ragazzo?" si tormentava la creatura che non si trovava lì per caso, bensì cercava un bambino del villaggio. "Come mai non mi riconosce e non ha paura di me?" diceva fra sé il Non-morto, piuttosto confuso.

Iona sapeva che da quelle parti, tra il villaggio e il Bosco della Cuccagna, si trovava il podere dei Munteanu, ma era certo che là non ci fosse ormai traccia di bambini. Erano tutti cresciuti e se ne erano andati, lasciando in quella casa gigantesca solo due vecchietti e una domestica. Il ragazzo sembrava diretto in quella direzione. Così Iona decise di fare quattro chiacchiere. Pensava che sarebbe stato un gran peccato lasciarselo scappare, perché era proprio quello che stava cercando.

– Salute a te, ragazzo! Quanto è bella la vita!

– Proprio così, zietto, hai davvero ragione! – gli rispose ingenuo Vlad – Bellissima, ma difficile. Non credi?

– Eh, lo dico anch'io qualche volta... Tuttavia penso che sia più bella che difficile. – gli rispose Iona con astuzia, dopodiché fece una pausa, prima della battuta da gran finale – Darei qualsiasi cosa per riaverla indietro... – aggiunse sorridendo divertito, in attesa di un grido da parte del suo interlocutore.

In realtà Iona era ricorso a metodi poco ortodossi per spaventarlo: invece di sfoderare i denti, le unghie o i fiori con cui l'avevano sepolto e che portava in tasca da vent'anni, si era messo a chiacchierare. Per il momento quello gli era sembrato il modo più adatto per spaventare una preda che non vedeva troppo bene, a causa del buio che stava calando. Infatti, se qualcuno vi rivolge la parola, al buio, e se avete un pizzico di cervello, datevela a gambe!

13

Vlad non aveva affatto reagito come previsto. Si era messo a ridere, come se avesse sentito una barzelletta divertente.

– Bella questa, zietto! Sei simpatico! Come ti chiami?

– Iona...

– Io mi chiamo Vlad Ionescu. Piacere! – aggiunse, tendendogli gentilmente la mano.

– Ma... io...

– Volevi rubare il mestiere a zio Vasile?

– Vasile chi?

– Eh, chi! Zio Vasile, la "TV" del paese... – lo informò allegro il ragazzo. – Io abito là. – disse poi, quando vide che Iona taceva. E gli indicò la casa dove il Non-morto immaginava si stesse dirigendo.

– Abiti al podere?

– Per il momento. I miei mi hanno lasciato dai nonni, finché la mamma non avrà il bambino. – raccontò Vlad. E d'un tratto si rabbuiò in viso, non appena si ricordò il motivo della sua vacanza.

– Il bambino? – mormorò Iona, che cominciava pian piano a rivelare la propria natura.

– Sì, e spero che lo faccia al più presto, mi sono stancato di questo postaccio. Voglio tornare a Bucarest!

"Che dire, non è certo colpa del buio..." pensò il Non-morto. Quel bambino era molto intelligente e riusciva a vederlo, malgrado l'oscurità; lo vedeva come un uomo normale. Vlad non l'aveva riconosciuto per il semplice motivo che non credeva ai Vampiri. Poiché non era di quelle parti, pensava che le storie che gli raccontavano i contadini fossero solo semplici racconti.

– Tu dove abiti? – gli chiese poi Vlad, che non desiderava parlare più del bebè perché non gli faceva affatto piacere – Che lavoro fai?

– Io?

– Sì, e chi sennò? Vedi qualcun altro qui?

Certo che Iona vedeva qualcun altro! Che domande! Come poteva non vedere le Streghe che raccoglievano mele selvatiche, ai margini del bosco? O il Solomonar Mar mentre volava sopra di loro

14

"– Io spavento le persone, carino. Sono il Vampiro del villaggio."

in groppa a Fulmine, il suo Drago bianco? Però non aveva senso rivelare tutte quelle cose a Vlad. Se il ragazzo lo vedeva e lo trattava da mortale, sicuramente non avrebbe riconosciuto le altre creature. Avrebbe pensato che il Drago fosse una nuvola strana o chissà che altra sciocchezza, e le Streghe, sicuramente, gli sarebbero sembrate ragazze qualunque.

– Sei stato a un matrimonio? – continuò tranquillo il ragazzo, non capendo perché "l'uomo" tacesse. – Sei così ben vestito... e profumato...

"Questa è proprio l'ultima goccia!" si infuriò Iona. Dopo averlo salutato, ora gli diceva perfino che profumava. "Che mi stia prendendo in giro?" disse tra sé il Non-morto arrabbiato, pronto all'attacco.

– Certo che no! Io spavento le persone, carino. Sono il Vampiro del villaggio.

– E allora cosa aspetti? Perché non mi mordi? – rispose Vlad, dopodiché si mise a ridere, e mancò poco che esplodesse.

– Ma... io sono morto! – gridò Iona ancora più forte, ma senza alcun risultato. Vlad non riusciva a smettere. Rideva a crepapelle.

– Morto o non-morto?

– Come vuoi, fatto sta che non sono più vivo da vent'anni!

– E dove sono i tuoi denti? Li hai dimenticati nella bara? – gli chiese il ragazzo, continuando a ridere mentre saliva i gradini del podere.

Vlad aveva ragione. A Iona non crescevano i denti se non quando le "prede" lo riconoscevano e avevano paura. Ma ora che il ragazzo rideva a più non posso... dov'era la paura, e dove i denti?

Non sapendo più cosa dire, il Non-morto decise di lasciarlo perdere, almeno per il momento, e di andarsene. Specialmente perché quel posto cominciava a nausearlo a causa dell'aglio che i nonni di Vlad, persone devote e superstiziose, avevano strofinato sulle imposte di porte e finestre. E così Iona si allontanò velocemente, ma non senza udire Vlad schiamazzare e scherzare mentre se ne andava. Tornò indietro e gli assicurò che si sarebbero incontrati di nuovo, di lì a poco. Faccenda poco allegra, considerando che quegli esseri spaventosi mantengono sempre le promesse.

Il podere dei Munteanu

orrei ora raccontarvi del podere dei Munteanu. Non dovete pensare a un castello. O a un palazzo signorile. Ma nemmeno a una casa qualunque: era una via di mezzo, per grandezza e forma. Costruito nello stile principesco di quei tempi, il podere era ben diverso dalle case dei vicini e si poteva dire, croce sul cuore, che i muri non rivelavano troppo la loro età. E così, malgrado l'aria vissuta, era ancora bello a vedersi.

Aveva una grande veranda sul davanti, interamente ricoperta da una pianta di vite, e su tutti i lati c'erano finestre alte quanto le pareti, come non ne troverete negli appartamenti in città, nemmeno con tutto l'impegno di un cavaliere Jedi. Per raggiungere l'enorme porta d'ingresso bisognava salire alcuni gradini della veranda, sul lato sinistro della casa. E se c'erano dei gradini, è chiaro come la luce del giorno che c'era anche una balaustra su cui potersi appoggiare tutte le volte che se ne aveva voglia. Anche all'interno c'era una balaustra cui appoggiarsi, molto più lunga, che partiva dal piano dove si trovavano la "stanza provvisoria" di Vlad, il bagno e la stanza di Safta, la domestica.

Anche se non fece rumore quando entrò nell'atrio, Vlad non corse subito nella sua stanza. Non fece in tempo a togliersi le scarpe né a fare pochi passi, con i pantaloncini in mano, che la porta della camera della nonna si aprì e, sulla soglia, apparve proprio lei. Così, come una montagna minacciosa, con la lampada a olio in mano.

– Dove vai, figliolo?

Considerando quante rughe erano apparse, all'improvviso, sulla sua fronte, era chiaro che Vlad dovesse escogitare alla svelta una risposta più furba possibile. Una scusa capace di appianare la fronte della vecchia e lasciare la bacchetta (voi sapete di cosa sto parlando!) appesa alla parete, dove doveva stare.

– Vedi, nonnina, mi annoiavo a morte qui, senza TV... e...

– Cosa? Com'è che te ne vai a zonzo di sera?

– Chi? Io? Nossignora! Sono stato a sentire una storia... che...

– ... che è terminata da un pezzo!

– Ma no! Oggi è durata di più perché quando zio Vasile ha finito, è venuto un uomo a raccontarci altre storie...

Era così fiero dell'idea che gli era venuta così su due piedi, che quasi voleva complimentarsi e baciarsi da solo. Si sentiva davvero furbo! Poteva abbindolare chiunque! Voi, che conoscete la verità, sapete che mentiva. Ma vi devo dire che Vlad riusciva ad essere molto convincente quando cominciava a inventare frottole. Ma così convincente che spesso finiva lui stesso per credere a quello che raccontava agli altri con tanto entusiasmo.

Ora... perché lo facesse, non ve lo so dire. Tutto sommato non era un cattivo ragazzo. Non vorrei che non vi fosse più simpatico, e che pensaste avesse un cattivo carattere. Tutt'altro! Il piccolo Vlad era un bambino molto buono, bravo a scuola e soprattutto allegro. Da qualche tempo però, da quando aveva saputo del bebè ed era stato "esiliato" a casa dei nonni, aveva cominciato pian piano a prendere nuove abitudini. Alcune delle quali non proprio buone, a dire il vero. Aveva iniziato, come vi ho detto, ad andare a zonzo, a parlare con chi incontrava, in modo incauto, e soprattutto stava con la testa fra le nuvole tutte le volte che ne aveva l'occasione.

– Non mi dire! – rispose pronta la nonna, che non sembrava convinta della scusa inventata da Vlad.

– Ma sì. Quel tipo era così divertente... faceva ridere. Ci ha raccontato una storia di Vampiri, e abbiamo riso tanto... – aggiunse poi, cercando di impressionarla.

– Avete riso, eh? Ma senti! – fingeva la nonna – E come hai detto che si chiamava, quel "tipo"?

Vlad sapeva che la nonna conosceva tutti i contadini del paese, così pensò di sferrare il colpo decisivo.

– Iona!

– Che Dio ci protegga! – mormorò la nonna, facendosi il segno della croce e scostando le tende per controllare i dintorni. Non vedendo nessuno né trovando segni sul bambino, pensò che Vlad le stesse giocando uno stupido scherzo. Non c'era altra definizione per quella storia sulle anime dei morti. E poi osservando più attentamente il nipote, vide il suo viso sereno, con un sorriso birichino stampato sulla bocca.

– Quante volte ti ho detto di non raccontarmi bugie?

– Ma...

– Niente ma! È questo che impari dai Vasile, no? A ridere delle anime dei morti!

– Quali morti?

– Da domani non andrai più a casa loro! Se vorrai giocare con gli amici, li porterai qui. O rimarrete vicino a casa, così potrò vedere cosa fate e soprattutto con chi parlate. Hai capito?

Era così arrabbiata che Vlad abbassò lo sguardo e assentì col capo in segno di approvazione.

Non aveva senso continuare a mentire solo a metà; aveva davvero conosciuto un uomo con quel nome, sulla strada verso casa. Non gli avrebbe creduto comunque. Ne aveva raccontate così tante negli ultimi tempi, che ora non gli credevano nemmeno quando diceva la verità, come nella storia "Pierino e il lupo".

– Lavati le mani e poi vai in camera tua! – gli disse la nonna, già stanca di parlare a vanvera – E ricordati, questa è l'ultima volta! Se ritardi di nuovo, rimani senza cena!

Poi l'anziana chiuse la porta della sua stanza. Quando fu solo, Vlad non ci pensò più e sparì in camera sua, pensando che la nonna si sarebbe calmata, e tante grazie. Una volta in camera non toccò nemmeno il cibo che aveva trovato vicino al letto, ma decise di dormire. Si cambiò e si stese a letto, con le mani sotto la coperta. Come dormiva di solito. E forse si sarebbe addormentato tranquillamente, se non gli fosse balenato un pensiero. Come se lo stesse seguendo da chissà quando e lo avesse raggiunto solo in quel momento, tutto d'un fiato. "Cosa significa 'Il Signore ci protegga'?" si chiese prima di chiudere gli occhi. E soprattutto, cosa voleva dire 'Le anime dei morti'? Le cose erano due: o la nonna conosceva Iona e non era stata sincera... o qualcosa non quadrava...

Così Vlad cominciò a riflettere e ad agitarsi, tanto che non riuscì ad addormentarsi per un bel po'. Era la prima volta che nel suo animo, già così turbato negli ultimi tempi, si era insinuato il dubbio su ciò che aveva creduto o, piuttosto, non aveva creduto fino ad allora.

Visto che non riusciva a dormire, si alzò e si avvicinò alla finestra. Voleva aprirla per respirare un po' di aria fresca. In lontananza, con sua gran meraviglia, scorse Iona avanzare lentamente verso il Bosco della Cuccagna. Visto così, a distanza, gli sembrò d'un tratto vestito in modo molto strano. Col suo abito nero, tutto agghindato e con la camicia bianca, ben inamidata, sembrava si preparasse per un funerale. Per non parlare dei capelli bianchi, tagliati alla base delle orecchie, che facevano un enorme contrasto con gli abiti. Visto da lontano Iona sembrava uno scarafaggio bianco e nero. Qualcosa che i colori, così come la vita, avevano abbandonato completamente. E se fosse tornato in quel momento verso il podere, certamente il ragazzo l'avrebbe visto, infine, così com'era. Ovvero pallidissimo. Con le sopracciglia nerissime e unite alla radice del naso, simili alle ali di un'aquila pronta a spiccare il volo.

Ma Iona non si voltò. Proseguì, scrutando da qualche parte nella profondità del bosco, verso un luogo da cui proveniva una potente luce. Forse si trattava di una radura piena di lucciole, o magari di un lago, accarezzato dai raggi della luna, pensò allora il ragazzo, che non capiva come riuscisse a vedere così lontano senza sforzarsi. Si sfregò gli occhi, fino a tornare in sé: il Non-morto si apprestava ad entrare nel bosco.

Vlad non riusciva a capire: aveva davvero visto quelle cose o le aveva solo immaginate? Quello che il ragazzino non sapeva era che, da quell'istante, tutto quello che avrebbe visto non aveva a che fare con gli occhi, ma con il cuore.

Le Streghe...

ra gli spiriti oscuri del Mondo-di-là ci sono le Streghe, o Signore, come le chiama qualcuno per essere gentile, o semplicemente per ingraziarsele. Chi le ha viste (ed è rimasto sano di mente!) dice che le Streghe sono di rara bellezza, molto alte, con gambe lunghe e sottili, affusolate; i capelli sono lisci e lunghi fino ai piedi: c'è da meravigliarsi che non si inciampino a ogni passo e non cadano, per quanto sono spilungone. Sul serio!

Ora mi direte che sto cercando di screditarle, invece di parlarvene con il riguardo e il rispetto che meritano le Fate, siano esse buone o cattive. Ebbene, mi avete scoperto! Lo faccio, perché non mi piacciono per niente! Ma a dispetto dell'antipatia che provo, non ho scuse, e devo ammettere che sono davvero stupende. Altrimenti non capireste nemmeno voi perché Iona sia rimasto a fissare rapito la radura in cui quelle stavano danzando il loro girotondo stregato. Ecco cosa faceva il Non-morto, come aveva notato Vlad dalla finestra: guardava le Signore danzare, dicendo fra sé "Sono così belle... che guardare il sole si può, ma le Streghe... quelle no!". Considerando che queste parole venivano da lui, che non aveva più visto il sole da vent'anni tondi, non era certo cosa da poco.

Quando era ancora vivo, Iona aveva sentito dagli abitanti del paese ogni genere di assurdità sulle Streghe. Dicevano tutti che erano cattive e pazze. Che di notte amavano danzare nel bosco. Che potevano volare quando volevano, così, senza ali, e passare attraverso gli alberi, le case, le persone, gli animali, addirittura il formaggio! Che rapivano i ragazzi e li trasformavano in serpenti se quelli le vedevano danzare, nel cuore della notte. Dopodiché annebbiavano le loro menti e lasciavano che gli altri li deridessero. O che li portavano in un posto segreto, e nessuno li vedeva mai più. "Stupidaggini! Frottole! Fandonie!" pensò allora Iona e rise sotto i baffi non appena ripensò a tutte le Streghe che avevano cercato di spaventarlo. Ed eccolo ora, ben lontano dalla giovinezza, anzi, si potrebbe dire morto da un pezzo, eccolo appoggiarsi agli alberi per ammirarle incantato; non aveva proprio più voglia di ridere.

– Ruja! – si destò per chiamare una delle Signore.

Era un sussurro, perché ricordava anche lui che non occorreva chiamarle per nome. Da vivi, da morti, nel Mondo-di-là o in quello di-qua, non serviva. Perché? Per il semplice fatto che a loro non piaceva essere chiamate per nome e, se vi capita di trovarvi in loro presenza, fatelo sottovoce.

– Ti passa la vita davanti agli occhi, Iona?

Una volta chiamata, Ruja spuntò accanto a lui, tenendosi sottobraccio i lunghi capelli rossi.

– Non volevo...

– Guardare?

– Sì.

– Già, come se potessi farne a meno!

Mentre parlava, la Signora gli fece strada e studiò attentamente in giro, come se stesse cercando qualcosa o qualcuno.

– Ho visto che hai trovato il ragazzo, il Portatore... – aggiunse poi, vedendo che Iona taceva.

– A dire il vero è stato lui a trovare me.

– E allora perché non l'hai portato qui?

– Perché non era pronto. – si giustificò il Non-morto, e quasi gli si arrossirono le orecchie. Proprio come succede a chi viene colto con le dita nel vaso della marmellata. Non poteva confessare alla Signora che i bambini lo deridevano. Era troppo...

– Come sarebbe? Non ti ha visto?!

– Sì... ma non mi ha riconosciuto.

– Ma come? – chiese meravigliata la Signora – E' solo un bambino... ed è turbato...

"Iona guardò Ruja allontanarsi come uno spettro e passare attraverso gli alberi che trovava sul suo cammino, come se quelli non esistessero nemmeno."

– Non è di queste parti, perciò non crede. Per lui le storie su di noi sono solo fandonie.

– E allora fa' in modo che ci creda! Alla svelta! Devi parlare con lui prima che raggiunga le Fate Madrine, altrimenti perderemo l'Usignolo Fatato. Dimmi, è carino? – chiese lei un po' più tranquilla – Non l'ho visto molto bene da lontano.

– Sì... è... perfetto. – disse Iona, sputando quell'ultima parola a fatica.

– E quale sarebbe il suo turbamento? L'orgoglio?

– No, magari; non è questo...

– E allora? – lo interrogò la Signora.

Inutile. Era chiaro che Iona non era disposto a vendere i segreti del mestiere. Il Non-morto pensava ovviamente alla gelosia che sembrava affiorare dall'animo sincero del ragazzino nei confronti del fratellino o sorellina non ancora nati. Ma non voleva svelare quel segreto a Ruja. Se l'avesse fatto, a cosa sarebbe servito lavorare per lei?

– Ti resta un giorno, Iona! Se non riesci a convincere nemmeno lui a seguirti, sai cosa ti aspetta! – lo minacciò la Signora prima di sparire, insieme alle mille lucciole tra i capelli che la rendevano ancora più bella.

Iona guardò Ruja allontanarsi come uno spettro e passare attraverso gli alberi che trovava sul suo cammino, come se quelli non esistessero nemmeno. Poi la perse di vista, così come le altre, che erano scomparse dalla radura in cui avevano danzato il girotondo. Tirò un sospiro di sollievo. Questa volta l'aveva scampata. Ma gli sembrava di essersi cacciato in un guaio ancora più grosso. Perché convincere Vlad a seguirlo nel bosco, come aveva infine promesso a Ruja, non sarebbe stato affatto facile.

I fratellini

afta conosceva il miglior metodo al mondo per svegliare Vlad. Bastava che si avvicinasse al suo letto con un bicchiere di latte caldo e un piatto di dolci al cioccolato o di frittelle alla marmellata, con del gelato o una granita fresca e lui, per quanto stanco, si metteva seduto e allungava la mano verso il piatto. Poi, come si può immaginare, apriva piano gli occhi, per addentare quelle prelibatezze, e in men che non si dica era sveglio! Dopo tre o quattro bocconi e un sorso di latte non poteva più dormire, anche se ci provava.

La stessa cosa capitò quella mattina, quando il ragazzo, con la testa pesante per l'insonnia e piena di incubi a base di Streghe e Vampiri, si trascinò sul bordo del letto e cominciò ad ingozzarsi, ascoltando le chiacchiere della domestica.

– E' arrivata la signorina Simina, padroncino! – cominciò Safta ciarliera, con gli occhi che brillavano di allegria – E ha una sorpresa per te!

La "signorina Simina" era la sua mamma, che non era più signorina da un bel pezzo, da quando si era sposata ed era nato lui; e adesso sarebbe nato anche un altro bambino, ma era inutile farlo notare a Safta. La donna era arrivata al podere quando sua madre era ancora una ragazza, e si era fermata là. Sotto tutti i punti di vista! Senza contare che il papà di Vlad, che "aveva portato via di casa quella gioia", non le piaceva; lo guardava di traverso quando passava da quelle parti, proprio come faceva la nonna, tanto che allo sfortunato pareva di avere due suocere invece di una.

– Questa sorpresa è maschio o femmina? – chiese Vlad imbronciato, mentre continuava a mangiare.

– Ma va! Se te lo dico non è più una sorpresa! No?

– A me comunque non interessa granché. – la informò lui con la bocca piena e fu proprio un errore, perché subito Safta, furiosa, gli portò via il piatto. Dopodiché si avviò verso la porta.

– Grazie per la colazione! – la stuzzicò Vlad, prima di infilarsi di nuovo sotto le coperte.

– Ma cosa fai, padroncino?

– Non lo vedi? Dormo!

Safta rimase di sasso sulla porta e lo guardò come se qualcuno le avesse colpito la testa. Non riusciva a capire perché il ragazzo non fosse contento. Se lei fosse stata al suo posto si sarebbe precipitata a vedere il bebè. L'avrebbe baciato e si sarebbe riempita gli occhi con quella meraviglia che portava con sé ricchezza e salute. Perché in campagna si dice così: un neonato porta sempre un mucchio di allegria nella casa in cui nasce.

"Che sia malato?" mormorò Safta fra sé. "Forse qualcuno gli ha fatto il malocchio" si arrovellò, e dopo averlo guardato per qualche secondo, gli disse:

– Se non scendi in salotto dirò a tua madre che te ne vai in giro di notte e dormi di giorno, come i Vampiri!

Quando sentì sbattere la porta, Vlad balzò in piedi e andò dritto allo specchio, per controllarsi il collo, ovviamente. Si ricordò di Iona e del sospetto che gli era venuto prima di addormentarsi, come se il Non-morto non avesse scherzato, dopo tutto. Non aveva segni sul collo né da altre parti, così si tranquillizzò un poco. E in breve tempo dimenticò l'accaduto, si vestì e uscì dalla stanza.

Prima di scendere in salotto passando per la balaustra, come faceva sempre malgrado le proteste dei nonni, fece una sosta anche in bagno, dove si lavò mani e viso tutto contento.

La porta del salotto, davanti alla quale indugiò per un paio di minuti per farsi coraggio ad entrare, era di legno di quercia massiccia. Su entrambi i lati era scolpita la testa di un orso con la bocca spalancata. Due testone da brivido che Vlad considerava di cattivo auspicio. Ogni volta che entrava, sembravano minacciarlo: se osi passare, peggio per te! Prese lo slancio, afferrò l'enorme maniglia sotto la quale troneggiava una chiave così grossa che sembrava provenire dal Regno dei Draconiani, ed entrò. E cosa vide? Gente ovunque. Erano arrivati dal villaggio, dalle case vicine per vedere il neonato. Era un pandemonio, un va e vieni continuo, sembrava un teatro prima dello spettacolo. I protagonisti non erano ancora entrati in scena, così Vlad si sedette tranquillo in un angolo, per osservare meglio l'allegra compagnia.

Nessuno sembrava averlo notato. Né Safta, che correva da una parte all'altra della stanza, servendo agli ospiti torta e liquore; né i nonni, troppo occupati a fare i perfetti padroni di casa, annoiando... ops! intrattenendo gli ospiti. E neppure i suoi genitori, comparsi anche loro da poco, portando entrambi qualcosa in braccio.

Allora Vlad si alzò dalla sedia per vedere meglio. Non riuscì a scorgere granché, perché tutti gli ospiti si precipitarono a congratularsi con i suoi genitori e a baciarli, creando una specie di muro vivo attorno a loro.

Non passò molto tempo e alcuni dei baciatori si degnarono di spostarsi. E finalmente anche Vlad poté vedere i suoi genitori. Bastò un unico sguardo e il ragazzo si sentì mancare il respiro. Non stava per svenire, questo no. Piuttosto si potrebbe dire che gli venisse da urlare, da picchiare e da pestare i piedi per quello che gli avevano fatto. In passato non aveva mai provato un sentimento così, ma adesso, non sapeva nemmeno il perché, gli era presa una tale furia che avrebbe fatto pazzie.

"Com'è possibile? La mamma ha in braccio un altro bambino?!" pensò Vlad. Bene, direte voi, era ovvio che fosse così. E a cos'altro lo avevano preparato i suoi per tanto tempo? Vero, ma nessuno vi ha detto che anche il papà teneva in braccio un secondo bimbo. Era questa la grande sorpresa: i bebè erano due.

Giudicando dal colore dei vestitini, azzurro per il primo e giallo per il secondo, si potrebbe dire lì per lì che il nostro eroe avesse ora un fratellino e una sorellina.

A Vlad sembrò che il tempo si fosse fermato per alcuni istanti. Non sentiva nulla e non vedeva nulla intorno a sé. Fissava solo i volti raggianti dei suoi genitori, che stringevano sorridenti quei preziosi tesori. Li abbracciavano mentre le tende immacolate, che coprivano le finestre alle loro spalle, li accarezzavano gonfiandosi per un colpo di vento. Sembrava si fossero completamente scordati di lui. Erano così felici tutti e quattro, così noncuranti di tutto ciò che stava loro intorno e ancora di più del resto del mondo, che Vlad non osò avanzare di un passo. Si sentiva esattamente come l'ultima ruota del carro.

"Meglio andarsene!" pensò, mentre grosse lacrime affioravano dai suoi grandi occhi neri. "Non si può certo dire che abbiano nostalgia di me!" disse fra sé, "Mah, al contrario, sembra che non mi vedano neanche!"

E qui sono costretta a dire che le cose stavano davvero così. Perché nel trambusto e nella confusione generale nessuno aveva occhi per Vlad. Non lo facevano apposta, naturalmente, ma con intenzione o meno, ignorandolo in un momento tale, il risultato era lo stesso.

Le Fate Madrine

lad si asciugò svelto le lacrime mentre si avviava verso la porta. Era deciso a rifugiarsi in camera il più velocemente possibile. Ma prima di uscire, il suo sguardo fu attirato come una calamita da certe strane ragazze il cui corpo era avvolto da troppa luce. Quando dico "troppa" ripenso al fatto che le ragazze erano accanto alla finestra, vicino alla veranda; quindi era naturale che fossero illuminate dai raggi del sole. Ma la luce che le inondava era molto più brillante, come una specie di aura. Per il resto erano semplici contadinelle che si confondevano benissimo nella folla.

Vlad si avvicinò per sentire di cosa stessero parlando così concitate. La maggiore, dai capelli grigi, discuteva con la più piccola, che non sembrava avere più di dieci anni; mentre la mezzana, che ne avrà avuti quindici, cercava di separarle. Erano strane tutte e tre. Una donna adulta che dava una lezione a un bambino cattivo, e la terza, che non aveva raggiunto l'età della ragione, sembrava avere più sale in zucca delle altre due messe insieme.

– *Che siano di mente svegli, e la fortuna sempre li sorvegli!* – sussurrò la maggiore guardando la più piccola.

– Non darò loro più di così!

– Ma non hai dato nulla! – le disse la maggiore – *La fortuna è davvero pochino, se in tasca non hai neanche un soldino!*

– *Io li renderò alti e belli da guardare, ma soprattutto capaci di amare.* – cercò di rappacificarle la mezzana, senza grandi risultati. E forse avrebbero continuato a litigare, se non avessero notato Vlad accanto a loro, che le fissava con occhi grandi come cipolle.

– *Si è accorto di noi!* – esclamò la maggiore delle sorelle, dopodiché fu la prima a darsela a gambe.

– *Prendi un dolce!* – disse la minore alla mezzana – *Forza, scappa più che puoi!*

Detto, fatto! Soprattutto perché vicino alla finestra in questione c'era una tavola imbandita di squisitezze. Vlad non si aspettava niente del genere da parte loro, così saltò sulla finestra e cercò di acchiapparle. Forse, pensò, con un po' di fortuna sarebbe riuscito a catturare la sorella mezzana, che era rimasta indietro. Quella correva più lenta a causa del dolce rubato. Vlad la sentiva urlare rime di ogni genere... quasi quasi ci ripensava e la lasciava andare.

– *Morte fulminea a chi osa ascoltarci! Si stacchi un piede a chi intende seguirci!*

Ovviamente la ragazza cercava di spaventarlo. Vlad però non sembrava impaurito. Mancava poco per raggiungerla.

– *Dal tuo destino solo io ti posso liberare! Ché se gli uomini lo conoscessero, lo vorrebbero cambiare!*

Dopo una corsa lunghissima Vlad la acchiappò e la tenne stretta per una mano, mentre con l'altra si riprendeva il dolce.

– Dimmi, perché l'hai rubato? – le chiese il ragazzo – In versi, per favore! – aggiunse poi, sorridendo per lo strano modo di parlare della ragazza.

– *Non ho affatto rubato, io! Ho solo preso ciò che è mio! Spesso la gente ci lascia qualche buona vivanda, sul tavolo, sul davanzale, davanti allo specchio o magari in veranda.*

Gli occhi di Vlad divennero anche più grandi di prima.

– Vorresti dirmi che sei una delle Fate Madrine?

Quando vide che la ragazza, invece di rispondere in rima, taceva, cosa anche più fastidiosa, Vlad si fece coraggio e disse:

– Se così stanno le cose, per quello che ne so, dovresti esaudire un mio desiderio. In cambio di questo. – aggiunse poi, restituendole il dolce.

Dopo che lo ebbe recuperato, la ragazza fece fianco sinistro e... via! Vlad credeva che non l'avrebbe più vista, ma lei tornò, lo fissò a lungo e gli fece segno di seguirla. A Vlad sembrò che glielo dicesse a parole, ma quando la osservò meglio, vide che la ragazza non muoveva le labbra. "La capisco lo stesso!" si disse il ragazzo, pensando che se la Fata Madrina avesse usato la voce, di certo gli avrebbe rifilato uno o due proverbi.

"– Lei è nostra sorella Sorte."

Il Castello delle Fate Madrine

ano a mano che si avvicinavano al Bosco della Cuccagna, Vlad sentiva che la sua vita diventava sempre più facile. Più tranquilla, più sicura. Come non era da molto tempo, da quando era nato. La rabbia che gli era presa prima, in cucina, era sparita come d'incanto, lasciando spazio a uno strano miscuglio di calma e curiosità. Sebbene attorno a lui nulla sembrasse mutato, tutto era in ogni caso diverso. Gli sembrava che il sole corresse a dare il benvenuto alla luna, che lo aspettava sorridendo sulla linea dell'orizzonte. I due poi, tenendosi per mano, sparivano lasciando dietro di sé un crepuscolo che tendeva alla sera. A Vlad sembrava di volare invece di camminare. Di fluttuare in uno spazio in cui il Tempo scorreva diversamente. Se tratteneva il respiro, lo sentiva sussurrare distintamente all'orecchio, mentre soffiava in direzione a loro contraria – verso il podere, verso la gente, verso la vita.

Non osò dire niente di quello che provava alla ragazza, pensando che forse si trattava di allucinazioni, quindi si sforzò il più possibile di capire cosa gli stesse capitando.

– Arriveremo in un attimo. – gli disse d'un tratto la ragazza, indicandogli un castello in mezzo al lago, lontano. – Noi viviamo lì!

Vlad non chiese "Noi chi?", perché una sola occhiata lo fece ammutolire di stupore e ammirazione. Credette di sognare, perché non aveva mai visto un edificio simile in tutta la sua vita.

Del castello che gli indicava la ragazza non rimanevano che poche rovine. Uno scheletro che, se osservato bene, ricordava le vecchie mura della fortezza accanto al villaggio. Ma era solo una vaga somiglianza, perché il castello davanti ai loro occhi non aveva più mura esterne. Tutte le stanze antiche erano in bella mostra, come un pezzo di formaggio fresco mangiucchiato dai topi. Tutto era preda di occhi indiscreti che potevano scrutare fin laggiù, senza curarsi della luce. Perché quella era la sua grandezza! Il palazzo era immerso nella luce che proveniva da diecimila, dieci milioni di candele che non si preoccupavano del vento.

Vlad non si era nemmeno accorto di trovarsi accanto ai portoni del palazzo; faceva davvero fatica a distogliere lo sguardo da una simile meraviglia. Si destò nell'attimo in cui qualcuno lo tirò per una manica, oltre la porta. E là, come si aspettava, vide anche le altre due ragazze, che scrivevano qualcosa in un libro.

– *Meno male, avevano lasciato aperte le porte!* – disse la maggiore, continuando a scrivere.

– *E la finestra...* – aggiunse la minore.

– *... o i bebè non avrebbero incontrato Sorte!* – disse anche la mezzana, avvicinandosi e appoggiando vittoriosa il dolce sul tavolo.

– Perché di molti si dice, non vi nascondo, che non hanno Sorte a questo mondo!

– Sorte!!!

Alla vista della sorella, le ragazze furono contentissime e si abbracciarono. Poi le tre si voltarono verso Vlad e lo esaminarono con curiosità. Anche Vlad le studiò. Cosa doveva fare? Sebbene la più piccola delle tre sembrasse il capo clan, per motivi segreti che solo loro conoscevano, Vlad non si rivolse a lei, bensì alla sorella mezzana.

– Non hai risposto alla mia domanda.

La ragazza non gli rispose nemmeno allora, ma gli sorrise di nuovo con gentilezza. Vedendolo sulle spine, la sorella maggiore gli disse:

– Io sono Nascita! Lei è nostra sorella Sorte, e la più piccola è Morte!

Vlad le osservò con attenzione, pensando che non se le era affatto immaginate così. Dov'erano le Fate agghindate d'oro di cui gli avevano parlato i contadini? Dov'era la vecchia con la falce, che tutti

33

chiamavano Morte? Cosa ci faceva questa bambina al suo posto? Niente aveva senso.

Vlad si fece coraggio e chiese alla sorella più piccola:

– Così giovane?

– Proprio come te! Dipende da chi incontro. Se è un giovanotto, divento così. – gli disse, e si trasformò in una donna adulta di circa trent'anni – Ma se mi vede un vecchio assumo subito altre sembianze. – Non passò che qualche istante e si mutò in un'anziana. Non aveva la falce, ma la vista fu comunque terribile; Vlad si sentì male per la paura e svenne, scivolando su uno sgabello lì accanto.

Quando rinvenne il ragazzo vide tre esseri così luminosi, che fece fatica a guardarli in faccia. Allora era vero... quelle tre erano davvero le Fate Madrine, pensò Vlad tra sé. E quelle lanterne, che brillavano tutto intorno, non potevano che essere le anime degli uomini. E lui, che aveva riso di Sorte, e non aveva degnato di uno sguardo Morte...

– Mi dispiace...

Vlad si sentì in difficoltà, e cercò nei loro occhi un po' di compassione. Indietreggiò di qualche passo, guardando attento la sorella più piccola, che sembrava studiarlo.

– Non sapevo aveste questo aspetto! È vero che mettete più olio ai bambini che vi stanno simpatici? – disse Vlad, fissando timidamente le lucerne. – Qual è la mia?

Nascita gliene indicò una e Vlad si tranquillizzò un poco: era ancora in vita.

– Dicci, che desiderio vorresti esprimere? – chiese la minore delle sorelle. – *Vuoi dolci e caramelle? Giocattoli, cose belle?*

– No.

– Desideri qualcosa in particolare? – gli domandò con gentilezza la sorella maggiore. E poi aggiunse, leggendo da un libro come da una tabella: – Possiamo insegnarti a volare, a parlare con gli animali, a...

"Dov'era la vecchia con la falce, che tutti chiamavano Morte? Cosa ci faceva
questa bambina al suo posto? Niente aveva senso."

– No!

– Allora forse vuoi essere più intelligente? – insisté la minore, che stava cominciando a perdere la pazienza – Dimmi, non ti piacerebbe essere sempre il primo della classe?

– Lo sono già!

Vlad cominciò a prendere coraggio. Ormai era chiaro che le Fate Madrine non gli volevano fare del male. Desideravano ripagarlo per il dolce.

Vedendolo così risoluto, le ragazze tacquero. Anche perché gli sforzi per farlo desistere avevano fallito.

"Succede così tutte le volte", pensarono. Quando i bambini arrivavano da loro, seguendole, oppure accompagnati da forze più Luminose, chiedevano sempre la stessa cosa: "Voglio rimanere qui!", dicevano tutti. Per quanto loro cercassero di convincerli ad accettare un altro regalo e a tornare a casa loro, non ci riuscivano. "Voglio rimanere qui!", le vocine dei bambini risuonavano nelle loro orecchie come se quelli fossero passati di là il giorno prima. Bambini che, proprio come Vlad in quel momento, credevano che fuggire davanti ai problemi fosse l'unica soluzione.

Senza immaginare in cosa si stesse cacciando, devo confessarvi che anche Vlad aveva avuto la stessa idea. All'inizio era così indeciso da non sapere nemmeno lui cosa chiedere. Rispondeva alle domande in modo meccanico "No, no, no!", proprio come faceva quando voleva guadagnare tempo. Ma le ragazze tacevano e lui aveva avuto un po' di tempo per riflettere, e quello che desiderava era diventato sempre più chiaro. O più esattamente quello che non desiderava. Non voleva tornare a casa, per nessuna ragione al mondo. E così disse:

– Voglio rimanere qui!

A quella richiesta le Fate Madrine divennero tristi. Si guardarono in silenzio, poiché si aspettavano una simile risposta. E non era una risposta piacevole.

"– Io sono Nascita!"

– Non voglio tornare a casa! – insisté Vlad quando le vide titubanti. – Mai più! – dopodiché mormorò fra sé "Non voglio... perché dovrei?"

Le Fate Madrine potevano leggere il suo cuore come un libro aperto, sapevano cosa lo opprimeva. Sapevano cosa desiderava, infatti. Ma poiché Vlad si era intestardito a chiedere qualcos'altro, non potevano fare altrimenti. Erano costrette ad esaudire il suo desiderio. O almeno a rimandarlo un poco, sperando che in breve tempo il ragazzo diventasse più ragionevole.

– Questo è il Mondo-di-là... – cercò di spiegare Sorte.

– E allora? – chiese Vlad, più testardo di un mulo – Non accogliete rifugiati nel Mondo-di-là? Qual è il problema?

– Il tuo non è un desiderio qualunque! – tuonò Morte – Ecco qual è il problema!

– Per rimanere da noi – li interruppe Nascita accomodante – ti chiediamo di portare a compimento una missione segreta.

– Ma vi ho dato già il dolce! – brontolò arrabbiato il ragazzo.

Poi si rassegnò. Si convinse che se avesse insistito ancora, le Fate Madrine l'avrebbero spedito a casa alla velocità della luce.

– Devi consegnare questo alle Galiane. – gli disse Sorte, mentre gli affidava un uccellino piccolo e color grigio cenere, che assomigliava a un comune usignolo. – *Nessuno deve saperne niente!*

– Perché?

– *Perché tutti lo desiderano ardentemente!* – spiegò Morte.

– Ti raccomando con tutto il cuore, non devi darlo che alle Galiane! – disse Sorte.

– Va bene. Ditemi da che parte andare...

Ma nessuno rispose. E un attimo dopo una luce potente, simile a un'esplosione, lo costrinse a chiudere gli occhi. Poi il ragazzo si sentì sprofondare. E quando aprì gli occhi, capì il perché di quella sensazione: si trovava in mezzo al lago! Infatti il castello non c'era più, e le ragazze erano sparite insieme ad armi e bagagli.

Vlad non sapeva nuotare molto bene, ma alla fine riuscì a raggiungere la riva a bracciate disperate e tenendo l'uccellino sulla testa, come un vero acrobata. "Perché non se ne torna al podere?" vi starete chiedendo. Rischiava un mal di orecchi con i fiocchi, in realtà, ma preferiva dormire sotto il cielo, in quel bosco pieno di stranezze. Ed era proprio così... Vlad era talmente deciso a non tornare più a casa, che quasi non vedeva né sentiva nulla attorno a lui.

E qui non vorrei spaventarvi troppo, ma vi devo proprio dire che non si era accorto nemmeno di Iona, che lo seguiva da dietro gli alberi, a riva. Il Non-morto non si capacitava ancora del modo in cui Vlad era arrivato in mezzo al lago, e nemmeno gli importava. Era contento di essersi liberato dell'incarico che gli aveva affidato Ruja. E dopo aver visto Vlad sparire nel bosco, Iona partì alla volta del Palazzo delle Streghe. Aveva fretta di raccontare che ora il ragazzo era a loro disposizione.

Il Cavallo Prodigioso

opo aver gironzolato senza meta per un po', Vlad decise di fermarsi per riordinare i pensieri. Doveva decidere cosa fare, e soprattutto da che parte andare. Aveva appena cominciato a chiarirsi le idee, che da qualche parte alle sue spalle qualcuno gli chiese:

– Ti sei perso, Portatore?

Vlad scrutò con attenzione i dintorni, ma non vide nessuno. Nessuno che potesse parlare, per lo meno. Di fatto nei paraggi era pieno di creature non-parlanti. Alcune piuttosto strane. Uccelli che sembravano troppo piccoli, insetti e fiori luminescenti che parevano proteggere i petali al suo passaggio, sussurrando fra loro. E lì accanto scorse un ronzino. Era un cavallo, ma il povero animale era talmente magro e malconcio da fare una gran pena.

Vlad si allontanò sperando tra sé che non fosse stato quello a parlare. Anche perché il termine Portatore non gli diceva proprio nulla.

– Aspetta un attimo, non ce la faccio. Stai andando dalle Galiane, vero?

– Sì. – rispose Vlad con gentilezza, senza osare guardarlo – Sai da che parte devo andare?

– Le Fate Madrine non te l'hanno detto? – domandò perplesso il ronzino.

Il ragazzo si fece coraggio e si voltò verso l'animale, guardandolo fisso. Quello indietreggiò di due passi. "E così ora parlo con i cavalli!" disse fra sé Vlad. "Sono forse impazzito?" si chiese sempre più spaventato. "Io non ho chiesto di parlare con i cavalli! Ho chiesto di poter rimanere qui. Nient'altro!"

– Come sai dove sono stato e dove sono diretto? E soprattutto, come fai a parlare? – chiese all'animale ad alta voce.

– Posso parlare perché sono un Cavallo Prodigioso. E tu sei stato dalle Fate Madrine perché è così che funziona. Tutti i Portatori passano per di là prima di partire per la grande avventura.

– Ma cos'è un Portatore, una specie di Principe Azzurro?

– Certo! È da un po' che non ti guardi allo specchio oppure... perché me lo chiedi?

Vlad si guardò con attenzione. E che grande sorpresa quando si vide vestito con abiti diversi! Ai piedi calzava degli stivali alti e sottili, di camoscio, e al posto della maglietta aveva una camicia di seta cucita con filo d'oro e un mantello di velluto rosso. Ovviamente fradicio. E che dire della sciabola che portava alla cintura? Il Portatore la fissava immobile.

Quando si voltò osservò la figura gioviale del cavallo, che lo guardava ammirato e senza parole. Senza parole come sarebbe dovuto essere, direte voi. Ma per un Cavallo Prodigioso rimanere in silenzio non era cosa da poco!

– Bei vestiti! – gli disse, impressionato.

– Sono il Principe Azzurro? – si meravigliò il ragazzo.

Il cavallo lo fissò di traverso.

– Ehi, cosa volevi essere? Un Draconiano?!

Vlad cominciò a riflettere. E così le Fate Madrine gli avevano dato una nuova identità. Un nuovo aspetto, per un nuovo mondo. Un mondo incantato, in cui non aveva i soliti, impolverati vestiti da bambino che indossava per giocare. Un mondo in cui era agghindato come un principe e poteva parlare con creature fantastiche. "Com'è possibile?" si chiedeva il ragazzo, quasi discutendo con sé stesso. Solo lui sapeva bene chi era e come si chiamava!

– Quando potrò avere la mia porzione di braci? – chiese il Prodigioso, spezzando il filo sottile e aggrovigliato dei suoi pensieri.

– Chiedila al Principe Azzurro! – rispose Vlad infastidito – Chi lo sa? Forse se parli un po' di meno, l'avrai!

Calò un silenzio pesante e insopportabile ma non durò a lungo, perché il cavallo non poté più trattenersi e ricominciò con una sfilza di domande e chiacchiere che a Vlad sembravano senza senso. L'animale voleva sapere quando sarebbero partiti, sebbene Vlad non sapesse nemmeno da che parte andare. E poi voleva farsi bello, visto che tutti avevano tanta fretta di andare dalle Galiane. Anche lui voleva essere presentabile ai loro occhi. Altrimenti lo avrebbero scambiato per una specie di Musocane.

– Senti, – disse Vlad a un certo momento, quando non poté più tacere, perché quello strambo cavallo l'aveva talmente innervosito – vedo che per te è difficile capirlo, anche se a me i contadini hanno raccontato che voi Cavalli Prodigiosi siete piuttosto svegli. Te lo dico a modo tuo: non sono il Principe Azzurro! E nemmeno il Portatore!

– Ihihihihi! Se tu non sei il Portatore, io sono il cavallo di Aram! – nitrì il Prodigioso divertito.

– E chi sarebbe?

– Il Re dei Draconiani. Non te l'hanno detto i contadini?

– Io sono un bambino! – si infuriò Vlad, non sapendo più cosa dire.

– Certo. Sei il Portatore, partito per restituire alle Galiane l'Usignolo Fatato. Andilandi, per gli intenditori. – gli disse piano il cavallo in un orecchio.

– Portare che? – mormorò Vlad, con occhi grandi come zucche, guardando il cavallo girargli intorno mentre blaterava come un disco rotto – Fermati una buona volta, o mi farai diventare matto!

– Ed io, – continuò, senza preoccuparsi delle parole del ragazzo – io sono il tuo Cavallo Prodigioso. Le Fate Madrine mi hanno pregato di accompagnarti e di occuparmi di te, ovviamente. Non sono un granché, ma stai a vedere come diventerò dopo che avrai acceso il fuoco e mi avrai dato della brace. Ho fame! Cosa c'è di difficile da capire? Credi che la gente passi di qua tutti i giorni? Ti aspetto da un mucchio di anni, perciò fa' il bravo e dammi da mangiare!

Vlad lo lasciò perdere e cominciò a raccogliere la legna mentre quello continuava a parlare a vanvera. Lo volesse o meno, doveva comunque accendere il fuoco per asciugarsi i vestiti.

Ogni tanto il ragazzo guardava il cavallo, per assicurarsi di vederlo ancora. Sapete, con quello che gli era capitato negli ultimi tempi, tutto era possibile. Quel ronzino poteva anche svanire nel nulla e lasciare comparire al suo posto chissà quale altra bestia, magari meno chiacchierona, ma forse anche meno amichevole. Comunque, Vlad non osava ancora ammetterlo, ma la cosa cominciava a piacergli. Lui... nel Mondo-di-là! E Principe Azzurro per di più! Se ci pensava bene, valeva la pena perdere qualche rotella per una cosa così.

Dopo che ebbe acceso il fuoco, il Portatore si sedette a una certa distanza dal Cavallo Prodigioso e guardò con curiosità l'uccellino, cercando di scoprire qualcosa di insolito. Un segno. Una scintilla nello sguardo. Piume colorate. Il dono della parola, o magari una voce di inaudita bellezza. Ma niente di tutto ciò. L'uccellino sembrava un usignolo qualunque e rimaneva in silenzio.

– Senti, se ti disturba tanto non ti chiamerò più Principe Azzurro. – disse il Prodigioso.

Vlad gli voltò le spalle senza preoccuparsi, fingendo di essere arrabbiato. Anche se, ve lo posso dire, la rabbia gli era passata. Poi, come ultima misura di precauzione, si sistemò l'uccellino in petto e si annodò per bene la camicia.

– E nemmeno Portatore! – cercò di rabbonirlo il ronzino – In ogni caso, l'unica cosa importante per me è che tu sia un bambino.

Dopo un po' Vlad spense il fuoco e si mise in disparte, lasciando che il cavallo mangiasse dei tizzoni roventi.

– Ma dimmi, come ti devo chiamare allora? Umano? Ragazzo? Tesoro? – gli chiese ancora l'animale.

– Come ti pare...

– *Cometipare* non mi piace! Come ti chiami? Qual è il tuo nome di battesimo?

– Vlad, te l'ho già detto.

– No, a me no. – lo informò il Cavallo Prodigioso, godendosi riconoscente i bocconi bollenti. Era vero, Vlad l'aveva detto a Iona, non a lui. Era evidente ora che il Prodigioso diventava sempre più ragionevole, man mano che si riempiva la pancia. Al ragazzo invece cominciò a brontolare lo stomaco, tanto da non riuscire a dormire. Almeno non in quelle condizioni: di notte, senza fuoco – il cavallo l'aveva mangiato! – e con la pancia vuota. Ecco che gli vennero in mente i dolci di Safta... e com'è, come non è, si ricordò anche dei suoi genitori.

"Quanto mi volevano bene!" pensò. "E come ero felice!" pensò ancora, girando anche di più il coltello nella piaga. Era davvero felice prima della comparsa di quelle due "testoline".

– Spelacchiati! – disse Vlad quasi ad alta voce, pensando certamente al fratellino azzurro e alla sorellina gialla che lo avevano rimpiazzato nel cuore dei suoi genitori. "Ma che cosa ho fatto per meritarmi questo?" si disse il ragazzo, mentre lacrime amare cominciavano a rigargli le guance. "Sono stato così cattivo?" concluse, stendendosi accanto al Prodigioso. L'animale, che stava per addormentarsi ora che aveva la pancia piena, vide le sue lacrime, ma non gli chiese cosa avesse. Nessuno parlò più. Guardarono la luna, tra le ciglia. Era piena.

Alla luce della luna

Per quanto le due Rusalke cercassero di non fare rumore, camminando piano, a piedi scalzi, si sentiva ugualmente un fruscio e si scorgeva un sottile filo di fumo azzurro salire dall'erba che bruciavano premurosamente con i piedi. Per questo camminavano e si fermavano, camminavano e si fermavano di nuovo, prendendo la forma degli alberi, dei cespugli o degli animali che incontravano sul sentiero. Si fermarono a pochi passi da Vlad, che riuscì a vedere soltanto le loro caviglie e la chioma che le avvolgeva fino a terra; chiuse subito gli occhi, fingendo un respiro più regolare. Accanto a lui il Cavallo Prodigioso non fingeva affatto. Dormiva profondamente, senza preoccupazioni, e sbuffava lento, forse sognando di essere più bello e di avere ali più grandi.

Tiranda – così si chiamava una delle Rusalke – si avvicinò al ragazzo così velocemente che lui poté avvertire il suo respiro freddo come ghiaccio vicino alla guancia. Mentre la Signora voltava il capo per osservarlo meglio, una sottile ciocca di capelli gli toccò il viso, come un alone, e poi il nasino. "Se non mi toglie quei capelli dal naso glieli riempirò di moccio!" pensò Vlad, sempre più desideroso di aprire gli occhi. In fondo, cosa mai poteva fare? Quando le Streghe cominciarono a parlare fra loro, si finse addormentato, per poter udire quello che si dicevano.

– Pronta? – risuonò la voce più lontana di Ruxanda che era rimasta in disparte, e che guardava con disprezzo i due dormiglioni.

Tiranda fece di no con la testa. Continuava a guardare Vlad, sembrava volesse fissare nella mente ogni tratto, ogni dettaglio del suo viso e del suo corpo. E quella magia, che solo le Rusalke tra tutte le Streghe conoscevano, si chiamava cattura. Forse vi chiederete a cosa servisse la cattura. Bene, vi risponderò subito: grazie ad essa le Rusalke potevano riprodurre le fattezze della persona in questione.

45

"Era così piccolo..."

– Muoviti, una buona volta! – le disse Ruxanda a denti stretti – La vista di questo ronzino è insopportabile!

– Ma cosa ci fa qua, con il bambino? – chiese Tiranda, che si era allontanata da quei due per poter parlare a voce alta.

– Non lo so e non mi interessa. Andiamo!

– Certo che è proprio bello, – continuò Tiranda, che non riusciva a distogliere lo sguardo da Vlad – Irodia sarà contenta di questa meraviglia...

– Lo vedremo se è davvero una meraviglia! – brontolò Ruxanda – Se nemmeno lui ci darà l'uccellino, sarà la nostra rovina!

Le sfortunate non immaginavano nemmeno che l'Usignolo Fatato fosse proprio sotto il loro naso! Era così piccolo, più di quanto credevano, e talmente ben nascosto tra i vestiti di Vlad, che non l'avevano visto!

– Mi piacerebbe tanto portarlo con noi!

– E il cavallo? – rispose tagliente Ruxanda – Non vedi come sono uniti?

– Ma sì...

– Mi viene la nausea! E comunque... non siamo state mandate per questo. Ma per catturarlo. – rispose Ruxanda, dopo di che, senza pensarci troppo, disse a Tiranda che parlava come una Maliarda.

Udendo quel che le diceva, Tiranda seguì l'amica, ma non senza lanciarle un'occhiata di odio alle spalle; se l'aveste vista certamente avreste avuto paura. Soprattutto perché gli occhi delle Signore, per quanto neri, belli e con ciglia folte e lunghe, non avevano il biancore tipico degli occhi umani, e perciò non erano poi così piacevoli da guardare.

Le Rusalke camminarono in silenzio per un po', verso il Palazzo delle Signore. Ruxanda apriva la fila, come conveniva a un capo, e Tiranda stava in fondo, cercando un animale che potesse trasportarle più comodamente a palazzo. Le due Rusalke erano Streghe in tutto e per tutto, o Signore se preferite, ma della razza peggiore. A differenza di altre caste, come quelle delle Dragaike, Line, Altere o Maliarde, le Rusalke erano impulsive. Usavano parole dure. Litigavano spesso, tanto da superare in cattiveria anche la Regina di tutte le Streghe, Irodia.

– Come una Maliarda, dici? – si indignò Tiranda dopo un po' – Io?!

– Sicuro, non di certo come una Rusalka. Questa notte ti sei comportata come una sciocca! – le rispose Ruxanda, sogghignando.

Sapeva di ferirla, ma non le importava. Lei era la portavoce delle Rusalke e non doveva dare spiegazioni.

– Vorresti dirmi che non ti sarebbe piaciuto vederlo a palazzo, dentro una gabbia?

– Pensi che io sia così meschina, come quelle svitate delle Maliarde?

– No...

– Quindi? Quante volte ti devo ripetere che è l'uccellino che conta, e non il ragazzo!

Ruxanda aveva ragione, e Tiranda non aggiunse altro. Soprattutto perché aveva fatto una descrizione esatta delle Maliarde. Era vero, quelle erano pericolosamente meschine. Raccoglievano e custodivano dentro gabbie dorate tutte le anime che avevano avuto la cattiva idea di abitare nel bel corpo di qualche uomo, uccello o belva. L'unico esemplare che ancora mancava alla loro collezione

47

era, ovviamente, l'Usignolo Fatato, per il quale si facevano tante ricerche e tanta confusione.

– Non vedo niente... – mormorò Ruxanda tra sé – Nessun animale. Che succede? Sono tutti morti?

– Volevo solo dirti...

– Zitta e cerca!

– ... che una Strige ci sta seguendo! – disse all'improvviso Tiranda. In fondo c'era anche la sua reputazione in gioco. Siccome Irodia aveva ordinato di tornare il più velocemente possibile a palazzo, nessuna di loro voleva tardare.

Le due guardarono l'ombra immensa della Strige crescere sul terreno, rubando la luce della luna con il suo volo silenzioso. Diventava grande, sempre più grande, segno che il mostro, assetato di sangue, stava planando. Si tuffò fiduciosa, senza sapere cosa l'aspettava. O meglio, chi l'aspettava.

– Arriva, arriva! – Tiranda batteva leggermente le mani, traendo respiri soffocati di soddisfazione, come dei singhiozzi.

– Sshhh! Non ti muovere per nessun motivo prima del tempo, o rimarrai qui! Hai capito?

Le Streghe rimasero immobili, con lo sguardo a terra, aspettando con il cuore in gola che il mostro si avvicinasse. Potevano distinguere sempre più il contorno delle ali immense, come di pipistrello, della Strige. O il suo becco gigantesco e i suoi artigli da aquila, che avrebbero fatto venire i brividi lungo la schiena a qualsiasi mortale. Le Streghe invece, lontane dall'esserne spaventate, riuscivano a stento a trattenere l'impazienza.

– Ora? – chiese Tiranda.

Ruxanda non le rispose. La strinse forte con una mano, mentre con l'altra iniziò a contare quanti secondi erano rimasti alla Strige. E quando l'uccello arrivò a un palmo da loro, prontissimo a ghermirle, si voltarono svelte verso di lui e... voilà! Si cacciarono nelle sue viscere e via! Questo, si intende, prima che il volatile, spaventato dalla loro vista, potesse fuggire, strillare o fare qualsiasi altra cosa. Poi lo fecero voltare, come un timoniere su una nave, e volarono verso il palazzo. Dentro la sua pancia!

Il Palazzo delle Signore

uando la Strige, terrorizzata a morte, entrò nella dimora delle Signore, volò a casaccio attraverso i lunghi corridoi tortuosi che sembravano non avere mai fine. Cercò invano di trovare una porta da cui fuggire. Le Rusalke non le avrebbero permesso di salvarsi, ma lei cercava disperatamente una via d'uscita, se non altro d'istinto. Però non vi era traccia di finestre, né di porte. Dovunque si volgesse lo sguardo si potevano scorgere solo pareti grigie, di marmo, alte fino al cielo e illuminate qua e là da poche fiaccole, dimenticate sulle pareti. O poste forse per scherzo dietro un angolo, per farvi spaventare della vostra stessa ombra ad ogni svolta.

Le mura erano fredde e spoglie e al posto delle fiaccole, a volte, c'erano degli specchi. In altre parole, o si moriva di paura a causa della propria ombra, o a causa del proprio riflesso.

– Cosa stai facendo, Tiranda? – brontolò l'amica Ruxanda, preoccupata da dove la "nave" le stava portando.

La Rusalka non riuscì ad aprir bocca perché il pennuto, riflettendosi in uno specchio, credette che un'altra Strige lo stesse attaccando; si spaventò talmente che quasi precipitò.

Ma non lo fece. Invece sbatté la zucca da tutte le parti – pareti, specchi, pareti... eh già, questo era tutto ciò che c'era a disposizione.

– Lascia che la controlli io!

Ruxanda prese il comando, salvando la situazione all'ultimo momento. Strattonò con forza il mostro che, con un ultimo grido di terrore, oltrepassò lo specchio nella sala da ballo. E là... si aprirono le danze! Perché, sotto gli sguardi inespressivi di cento occhi freddi, ben disegnati – due a due – sui visi delle Signore... patatrac! La Strige capitombolò in mezzo alla sala e si ridusse in polvere. Non

passò nemmeno un secondo che le Rusalke, trattenendosi a malapena dal ridere e scrollandosi la polvere dalle vesti come se non
fosse accaduto niente, si presentassero al concilio.

Le Streghe sedevano su troni di marmo, sistemati in semicerchi
rialzati, di modo che quelle che si trovavano nelle ultime file potessero
assistere senza problemi. Se le aveste guardate, così, da vicino, avreste
detto che ce n'era una sola; oppure, se ne aveste viste molte, avreste
pensato di aver preso una botta in testa. Si somigliavano talmente!
Ogni tanto si potevano vedere capelli di un altro colore, ma ugualmente
lunghi e sottili, oppure occhi più profondi, con ciglia più lunghe e
folte di altre, ma senza il classico biancore degli occhi dei mortali.

Quando Irodia comparve, andando incontro alle Rusalke, quelle
non seppero dire né dove si fosse alzata, né da dove arrivasse. Le Signore non avevano un trono speciale per la loro Regina. Pertanto
non si poteva mai sapere da dove spuntasse lei o da dove avreste dovuto saltare voi, per così dire, se qualche volta ci fosse stato bisogno
di attaccarla. Irodia girò intorno alle due Rusalke guardando annoiata
la polvere che giaceva ai loro piedi. Poi girò ancora, come se volesse
sbarazzarsi di chissà che robaccia si trovasse sulla sua strada.

– Non potevate farne a meno, vero?

La Regina era stanca della disperazione che le Rusalke suscita-
vano tutte le volte uccidendo senza pietà le creature di cui prendevano il controllo.

– Proprio adesso vi comportate in modo così scortese? Quando
abbiamo ospiti?

Ruxanda e Tiranda si sedettero su due troni in prima fila, facendo
grandi sforzi per trattenere le risate. Non avevano visto Iona, che
stava silenzioso alle loro spalle, accanto alle Line, ma immaginavano
che fosse lì.

– Avete catturato il Portatore?

– Sì.

– È bello?

– Bellissimo, Maestà. – rispose Tiranda.

– Allora vediamo! – disse Irodia ordinandole di disporsi in centro alla sala per essere più visibile – Così sapremo a chi dovremo dare la caccia d'ora in avanti!

Tiranda non ci mise molto ad assumere le fattezze di chi aveva catturato. Solo che non si trasformò in un bel bambino, come si aspettava la congrega, e forse anche voi. Ma in un bel bambino e un orribile cavallo. Cosa diamine era successo? Semplice. La mente della Rusalka, non molto brillante a dire il vero, aveva registrato, senza separarle, l'immagine di Vlad da quella del Cavallo Prodigioso accanto al quale lui si era rannicchiato.

Potete bene immaginare quale mormorio di paura abbia attraversato la sala quando le Signore si accorsero di quell'orrore con gli zoccoli. Si udirono lamenti, strida di denti e anche qualche urlo soffocato. Le Streghe, non potendo più sopportare tanta bruttezza, distolsero lo sguardo. Alcune osarono addirittura alzarsi dal trono senza averne il permesso. Tutte volevano parlare, volevano sapere chi fosse quel ronzino malconcio che Tiranda aveva mostrato loro così come l'aveva visto lei: fermo accanto a Vlad.

– Basta! – disse Irodia – Come osi mostrarci questo?

– Non vi piace il ragazzo, Vostra Altezza? – chiese Tiranda, mentre scivolava come una serpe verso il suo sedile.

– E il cavallo? Come hai potuto catturare un Cavallo Prodigioso? Ti ha dato di volta il cervello?

Una nuova ondata di orrore percorse la sala quando le Signore udirono ciò, ricordando che quella creatura faceva parte, certamente, dello schieramento opposto.

– Non dovrebbe avere le ali? – osò protestare Tiranda, abbastanza confusa.

In primo luogo, lei ricordava di aver catturato solo l'umano, e in secondo luogo, conosceva molto bene l'aspetto di un Cavallo Prodigioso. Era bello e aveva le ali. Non avrebbe certamente osato catturare una creatura Luminosa, per quanto bella, ma quello che le rimproverava Irodia le sembrava una sciocchezza. Come poteva quel ronzino essere un Cavallo Prodigioso?

– Non si era ancora trasformato, tonte! – disse la Regina – Per questo non aveva ancora le ali! Sapete cosa significa, vero? – chiese Irodia alle Rusalke, facendo crescere gradualmente la tensione in attesa del colpo di grazia – Che il ragazzo è già stato dalle Fate Madrine!

– Perdono, Irodia! – Tiranda si inginocchiò sapendo cosa la aspettava. Ruxanda invece, orgogliosa di natura, rimase sul trono, sostenendo lo sguardo della Regina.

– Il Portatore aveva l'uccellino addosso, – continuò Irodia avanzando verso le sfortunate – e voi non ve ne siete nemmeno accorte!

Pochi istanti dopo le sue ultime parole si diffuse un'isteria da manuale. Le Signore cominciarono a urlare e protestare e a fare domande tutte insieme, da poter giurare, se si capitava nei paraggi, di non trovarsi nel Mondo-di-là, nel Castello Stregato dei più indomiti spiriti maligni, ma piuttosto in un parlamento di esseri umani. Se le Streghe avessero portato le scarpe, forse non sarebbero state tanto timide e le avrebbero tirate a Irodia o a chiunque avesse fatto l'imprudenza di prendere la parola.

– Io ho una proposta! – strillò più che poté Liodiana, una delle Maliarde.

– Sarebbe? – chiesero in coro le altre.

– L'ho... dimenticato. – rispose, e non era l'unica risposta del genere che avreste potuto udire in tale confusione. Perché le Signore parlavano una sull'altra dicendo le cose più assurde, qualsiasi fosse la casta di appartenenza. Affermavano che era giunta la loro fine, si incolpavano a vicenda, proprio come capita in situazioni del genere. E forse avrebbero continuato a comportarsi così, se Irodia non avesse allungato la mano su di loro. Non fraintendetemi. Naturalmente la sua mano non era così lunga da poter tirare il collo alle amiche, anche se qualcuna lo avrebbe meritato. Ma servendosi della magia, e non si poteva dire che Irodia ne fosse digiuna, fece in modo che le comparisse nella mano sinistra una frusta di fuoco. E cominciò a menar schiocchi a destra e a

"– Io ho una proposta! – strillò più che poté Liodiana, una delle Maliarde."

manca, colpendo alcune perfino sul viso: il più furioso dei Solomonari alle prese con il suo Drago non sarebbe stato niente a confronto.

– Silenzio! Silenzio!

E silenzio fu. In un attimo! Semplice ed efficiente. Non passarono che pochi secondi perché le eleganti Signore, stese non a caso sulla pancia o sedute di spalle sui troni, riprendessero i loro posti, come topolini ammaestrati.

– Iona!

– Padrona...

– È una mia sensazione o sei partito con il piede sbagliato?

– L'avventura è appena iniziata, Vostra Altezza! Non conta con chi è arrivato il Portatore, ma con chi giungerà alla fine.

– E invece conta! – rispose furibonda Irodia – La Luce è vicina. Non abbiamo tempo da perdere! Vai!

– Da solo?

– Tu meglio di tutti conosci l'animo degli umani, perché lo sei stato. Devi promettere al ragazzo tutto ciò che vuole in cambio dell'uccellino.

– Ma sapete che non posso girare di giorno... datemi anche una delle Line, solo come aiutante. – disse il Non-morto, guardando verso le Streghe che gli stavano a fianco, nelle ultime file.

– Molto bene. Rujalina verrà con te! – concluse Irodia.

Nessuno osò contestare la decisione.

– E non tornate per nessun motivo senza Andilandi! – urlò la Regina a quei due, che lasciarono la sala in gran fretta.

Irodia li seguì con lo sguardo, pensando che se avesse chiesto aiuto ai Draconiani non avrebbe avuto bisogno di urlare. Quelli eseguivano diligentemente il lavoro se li si pagava come si deve, facevano poche domande e non sottovalutavano il potere degli avversari, come invece faceva quel vanitoso di Iona. Ma lasciò la questione in sospeso. Non era ancora il momento di negoziare. Si girò verso la sala e disse alle Streghe che erano libere. Il concilio ero concluso.

La finta Galiana

a mattina del secondo giorno Vlad aprì gli occhi e vide le ali del Cavallo Prodigioso, sulle quali stava disteso come su un'amaca. Guardandosi attorno constatò con meraviglia che non erano più nel bosco. Si trovavano su un sentiero polveroso che correva parallelo a un fiume. Il ragazzo non lo sapeva, ma quello non era un fiume qualunque, era proprio l'Acqua del Sabato. Il fiume che secondo gli anziani di Hoghiz sgorgava nel mondo degli umani e attraversava il Giardino dei Quieti.

Il cavallo sentì Vlad stiracchiarsi e sbadigliare, ma non nitrì. Di certo si aspettava di essere lodato per il suo nuovo aspetto. A Vlad non venne in mente di fargli i complimenti. Gli chiese come mai si fosse messo in viaggio senza svegliarlo. Il cavallo gli disse stizzito che là nessuno l'avrebbe svegliato con dolci caldi, né con torta e gelato. E che sarebbe stato meglio non rimanere troppo tempo nello stesso posto. Bisognava muoversi alla svelta, perché quella era una terra piena di pericoli. Dopodiché aggiunse, più che altro per impressionare Vlad:

– Mentre qualcuno dormiva come un ghiro, io mi sono preparato: mi sono trasformato e ho nascosto l'uccellino nel mio orecchio destro. Se ti stai domandando come mai non è più sotto la tua camicia...

– Grazie! – gli rispose il ragazzo rendendosi conto infine di cosa volesse il Prodigioso.

– Di niente.

– Non so cosa avrei fatto senza di te.

– Nemmeno io!

– Soprattutto ora, guarda come sei diventato bello e forte...

– Era tutto quello che mi mancava, – disse il Prodigioso avanzando impettito – dato che la mente sveglia ce l'ho, grazie a Dio!

Quando Vlad lo vide così orgoglioso, lo guardò con ammirazione. Non tanto per quanto fosse bello. Ovvero come l'aveva descritto la gente di Hoghiz – robusto, bianco e con un bel paio di ali –, ma piuttosto per la sicurezza che aveva in sé e che, volente o nolente, trasmetteva anche a lui. Il piccolo Vlad cominciò a sospettare che il cavallo parlasse tanto per allontanare i suoi pensieri tristi, che qualche volta lo assalivano.

Lo accarezzò timidamente sul collo, e il Prodigioso gli rispose con un lungo sbuffo. Era la prima volta da quando si conoscevano che era contento della sua compagnia. Sentiva nascere una bella amicizia tra loro. Cosa che Vlad – figlio unico e piuttosto capriccioso di natura – non aveva provato fino ad allora.

– Non avresti da mangiare anche per me per caso? – disse il bambino.

– Destra o sinistra? – gli chiese il cavallo, come se volesse farlo scegliere tra due pugni chiusi. E visto che non aveva pugni, era ovvio che la scelta era fra le orecchie.

– Destra! – disse Vlad sorridendo. Dopodiché infilò la mano nell'orecchio destro del Prodigioso e ne cavò fuori una scodella di latte e cereali al cioccolato.

Si mise subito a mangiare, ma si aspettava qualcos'altro: qualcosa di più dolce, più spettacolare, e forse anche voi. Così non poté frenare la curiosità e chiese al bellissimo stallone:

– Cosa c'era nella sinistra?

L'animale però non gli rispose. E se qualcuno di voi si chiede come mai, ve lo spiego subito. Solo i Draconiani e i Musocani parlano con la bocca piena, cari miei. E il Prodigioso non frequentava né parlava con quelle bestie maleducate. Alla fine Vlad si rese conto che non aveva nessuno con cui parlare durante la colazione, e soprattutto che non doveva fare rumore, così tacque.

"Era la prima volta da quando si conoscevano che era contento della sua compagnia.
Sentiva nascere una bella amicizia tra loro."

– Grazie. – disse, e osservò come all'improvviso gli sparirono di mano la scodella vuota e il cucchiaio.

– Non c'è di che! – rispose il cavallo – Mi dispiace che tu abbia dovuto mangiare mentre camminiamo, ma ce ne dobbiamo andare da qui. A causa delle Streghe. All'alba ho visto l'erba bruciata e le orme dei loro piedi. Credo che la notte passata ci abbiano trovati.

– Sì, – lo informò Vlad, desideroso di avere anche lui qualcosa di utile da dire – ci hanno seguiti la sera.

– Cosa facevano?

– Mi guardavano... ma io ho finto di dormire!

– Non hai di che temere! – nitrì il Prodigioso – Se resterai con me e non consegnerai l'uccellino, sarai al sicuro! – aggiunse poi, fiero della missione che gli era stata affidata.

– Lo so, – disse divertito Vlad – a loro non piaceva molto guardarti.

Poi Vlad chiese al cavallo se le Streghe fossero realmente così cattive come credeva la gente. Se davvero dessero fuoco alle case o se scatenassero la grandine sui villaggi, quando volevano vendicarsi di qualcuno che aveva pronunciato il loro nome. E soprattutto se fosse vero che danzavano un girotondo stregato intorno agli uomini per farli impazzire. Il Prodigioso gli rispose che non era niente a confronto della malvagità di cui erano capaci... ma proprio quando voleva istruirlo meglio sulle Signore o su altri nemici appartenenti allo schieramento oscuro, ecco comparire un carretto. Là seduta c'era una fanciulla bellissima, vestita con il tradizionale costume della domenica. Ovvero ben pulito e decorato, uno di quegli abiti con cui le ragazze si agghindano solo per andare in chiesa o per farsi corteggiare. Vlad osservò i lunghi capelli biondi della ragazza e la corona di gialli fiori di gallio che portava sul capo. Non sapeva proprio cosa pensare di lei, perché era esattamente così che lui si era immaginato le Fate.

– Buongiorno Vlad! – gli disse la fanciulla con una voce che sembrava avvolgerlo come una magia.

– Ciao! – gli rispose il ragazzo.

– Le mie amiche Galiane mi hanno chiesto di venirti incontro...

– Davvero?

– Sì. Abbiamo pensato di non farti fare tutta questa strada per arrivare da noi. Specialmente perché questo mondo nasconde molti pericoli. – continuò lei con parole di miele.

– Eh già! – nitrì il cavallo, che aveva capito con chi avevano a che fare.

– Sarebbe meglio che tu mi dessi l'Usignolo Fatato. Ti solleverebbe da tanta stanchezza. – aggiunse la fanciulla.

– Come no... – disse il cavallo cercando di avvertire Vlad, ma non riuscì a dire altro, perché all'improvviso non fu più in grado di parlare.

Come mai? Perché, come sono sicura avrete già capito, la fanciulla in questione non era per niente una vera Galiana. Era Rujalina, che aveva assunto le sembianze di una Fata per ingannare Vlad. E sotto il telo del carretto si nascondeva Iona, protetto dalla luce del sole.

Quando Vlad si accorse che il Prodigioso cominciava ad agitarsi come solo i cavalli – siano essi magici o no – sanno fare nelle vicinanze di una Strega, immaginò che ci fosse qualcosa di strano. E quando l'animale non rispose alle sue domande, fu sicuro che la cosiddetta Galiana gli avesse fatto qualcosa. Ma vi rendete conto? Il cavallo era muto. Il colmo! Senza aggiungere che, guardando la fanciulla con attenzione, gli sembrò troppo bella per essere vera. Sembrava copiata dalle pagine di un libro illustrato o da un gioco. Ma gli erano già capitati trabocchetti simili, in cui il "cattivo" si trasformava in "buono" solo per imbrogliare l'eroe, soprattutto nei videogiochi.

– Io non credo che tu sia una Galiana! – le disse Vlad, mentre il cuore gli batteva come se volesse balzargli fuori dal petto.

Non aveva paura, ma si era comunque emozionato. Come quando si è chiamati alla lavagna e non si sa nemmeno su che materia si sarà interrogati. O non ci si sente sicuri della poesia studiata.

– È vero, sono una Strega! – gli rispose allora Ruja e rivelò il suo vero aspetto – Vedo che sei un ragazzo sveglio, – aggiunse poi – sai riconoscere la vera bellezza, anche quando si nasconde sotto un viso comune. Mi piaci, e in cambio dell'usignolo ti darò qualsiasi cosa mi chiederai.

– Non voglio niente da te! – disse Vlad, pensando che la Signora avesse una bella faccia tosta. Dopo aver provato ad ingannarlo, ora gli chiedeva l'uccellino, come se le spettasse di diritto. E lui stava per essere ricompensato solo perché le piaceva, e per nessun altro motivo.

Senza aggiungere altro, Vlad cercò di muovere il Prodigioso per superare il carretto, ma quello non si spostava. "Forza!" disse il ragazzo fra sé. "Il gioco si fa serio!". Per quello che poteva capire, Ruja aveva potere sul cavallo o su chiunque altro all'infuori di lui. Vlad avrebbe dovuto consegnarle l'uccellino di sua volontà. Il fatto che lei non avesse potere su di lui era un miracolo. Ma ora che il Cavallo Prodigioso era ammutolito e immobilizzato, e quindi incapace di aiutarlo in alcun modo, Vlad era davvero in difficoltà. Si trovava da solo davanti al pericolo.

– Peccato, – gli rispose Ruja – davvero un peccato! Se me lo dessi, potresti vivere insieme a noi, al Palazzo delle Signore. In pace e tranquillità. – aggiunse poi la Lina, mentre avvicinava l'orecchio sinistro al telo del carretto, da dove Iona le suggeriva cosa dire – O vuoi forse tornare a casa?

– No...

– Nel nostro palazzo saresti amato come nessun altro. Le Streghe adorano la bellezza... e tu hai ben motivo di ricevere complimenti.

– Non ti darò l'uccellino! – le rispose Vlad, anche se nella sua voce si poteva avvertire una piccola esitazione.

– Il nostro amore sarebbe tutto per te! – disse la Signora che, aiutata da Iona, aveva colto nel segno.

Vlad guardava ora Ruja, ora il cavallo. Non sapeva cosa rispondere...

– Saresti il nostro tesoro, – aggiunse Ruja mentre allungava la mano per prendere l'uccellino – e noi la tua unica famiglia.

Però in quel momento la fortuna del ragazzo giunse da altrove. Proprio quando la Signora stava guadagnando terreno in modo preoccupante, Vlad guardò verso l'Acqua del Sabato e vide un uomo

"Là, l'uomo aveva incrociato gli occhi in un'espressione ridicolissima."

fargli un cenno con la mano. Aveva un viso così sorridente, che non lo si poteva ignorare e non sorridergli di rimando. E quando Vlad lo guardò con maggiore attenzione, vide che l'uomo gli faceva segno di non dare l'uccellino alla Signora.

L'uomo stava su una zattera legata a uno dei salici in riva all'acqua e li guardava. Sorridendo, naturalmente. Sorrideva con ogni piccola

61

parte del suo viso. E così anche Vlad sorrise, poi si voltò verso Ruja e sorrise anche a lei. La Signora invece, quando vide che lui non rispondeva, ma che le rideva in faccia, si infuriò e cominciò a minacciarlo.

– Allora è così, ti rifiuti?

Ruja scese dal carretto e si avvicinò al ragazzo.

– Forse non sai cosa hanno dovuto subire i Portatori che non hanno voluto consegnarmi l'uccellino!

– Forse non mi interessa! – rispose Vlad, che non aveva distolto lo sguardo dalla zattera.

Là, l'uomo aveva incrociato gli occhi in un'espressione ridicolissima. In quel momento Vlad si mise a ridere di gusto. E continuò così, guardandolo imitare come un bravissimo mimo ogni gesto o movimento della Signora.

Se quella minacciava il ragazzo con la mano destra, l'uomo faceva lo stesso gesto, ma incrociava gli occhi, scimmiottandola come da manuale. Se Ruja, furibonda, alzava le mani al cielo, anche l'uomo le sollevava, ma muoveva allo stesso tempo anche le spalle nel modo più comico possibile. E così Vlad non udiva più la Signora rifilargli parole così crudeli, che a prenderle sul serio, gli si sarebbero rizzati i capelli.

– Smettila di ridere, insolente! – urlò quella al ragazzo – Non hai sentito cosa ti ho detto?

Vlad non la considerava più. Il bambino vide che il Prodigioso cominciava a riprendersi. Così lo spronò e avanzò verso l'uomo sulla zattera, desideroso di conoscerlo.

I Quieti

L'uomo aiutò Vlad a salire sulla zattera, e prima di avviarsi insieme verso il Giardino dei Quieti o Rohmani, come li chiama qualcuno, gli disse:

– Buongiorno, figliolo! Io sono Ion, il Quieto! –

– Io sono Vlad, e questo è il mio Cavallo Prodigioso. – rispose il ragazzo quando vide che l'animale non poteva ancora aprir bocca.

Sebbene il Quieto sembrasse non aver notato il problema del cavallo, si rese subito utile mettendo delle foglie di assenzio sulle briglie. Vlad aveva sentito che quelle foglie erano capaci di scacciare gli incantesimi delle Streghe. Proprio come l'aglio allontana i Vampiri.

Vlad osservò più attentamente il Quieto e vide che non era giovanissimo, ma ancora sano. Era alto e ben proporzionato. E se non avesse avuto i capelli bianchi, si sarebbe potuto giurare che non avesse più di un quarto di secolo. In ogni caso Vlad scoprì chiacchierando che Ion aveva compiuto il doppio degli anni che lui immaginava. "Questo vecchio ha pazienza da vendere!" pensò allora il ragazzo. Ed era proprio così, poiché i Quieti erano persone molto buone di natura e molto devote. Non litigavano mai, non si preoccupavano di niente e si volevano bene gli uni gli altri allo stesso modo in cui amavano gli umani, per i quali pregavano, considerandoli peccatori di natura. E così, poiché vivevano con tanta serenità, forse vi meraviglierete del fatto che anche i Quieti fossero mortali, proprio come tutti.

– Hai fatto bene a non darle l'uccellino! – disse Ion tranquillo – Le Galiane non hanno di certo quell'aspetto.

– E come sono fatte? – si interessò Vlad, desideroso di scoprire qualcosa sulle creature dalle quali era diretto.

– Indovina! – fu la risposta, accompagnata dal più bel sorriso del mondo.

– D'accordo, – acconsentì il Portatore – ma ho bisogno almeno di un indizio.

– Le Galiane sono diverse... Le Signore sono identiche! Somigliano tutte a quella che hai incontrato poco fa. – disse Ion con un sorriso allegro.

– Come gemelli... – commentò Vlad, di certo con il pensiero ai due "rompiscatole" che aveva lasciato nel suo mondo.

– No, – rispose il Rohmano, divertito dal paragone – le Streghe sono come gocce d'acqua.

– Ah! Una specie di clone... – mormorò il ragazzo mentre si accigliava per lo sforzo. – Ma... se le Signore sono così belle e le Galiane sono diverse, allora devono essere brutte.

– Acqua... – rispose Ion, come se giocasse anche lui.

– Ci sono quasi... – disse Vlad – Lo so, hanno un "viso comune", proprio come mi ha detto la Signora.

– Fuochino! – lo incoraggiò il Quieto.

– E sono diverse non solo dalle Signore, ma anche l'una dall'altra! – nitrì il cavallo, una volta sciolto l'incantesimo – Sembra che le tue orecchie non funzionino molto bene. Non c'è da stupirsi se poco fa stavamo per lasciarci la pelle.

Il Prodigioso si ritirò in un angolo della zattera, piuttosto arrabbiato con Vlad. Il ragazzo non rispose, anche se si trattenne a fatica dal dirgliene quattro.

"Chi gli ha chiesto di parlare?" pensò Vlad, guardando lo stallone di traverso. "Proprio lui, che farnetica sempre come un disco rotto e non ascolta mai!" si disse. Poi si fermò. Infatti il Quieto aveva deciso di raccontargli delle Galiane.

– I vecchi raccontano che le Galiane erano sorelle delle Signore. E che un tempo tutte vivevano in pace e armonia...

– Cioè anche le Galiane erano cattive?

– No. Allora erano tutte Fate bambine, né buone né cattive. Proprio come i bambini. – spiegò paziente Ion – Di giorno non facevano altro che danzare, ridere e volare. Non esisteva nient'altro fino al giorno in cui le Fatine incontrarono il Tempo, che passeggiava per di là allegro e spensierato. Vedendolo, Irodia pensò d'un tratto che sarebbe stato bello diventare immortali o vivere qualche centinaio di anni in più di quanto facessero di solito. E disse alle altre, sottovoce: "Che ne dite se danzassimo il nostro girotondo magico attorno al Tempo, per farlo uscire di senno? Lui scapperebbe, e noi resteremmo giovani e belle per sempre!".

In molte la seguirono. – continuò il Quieto – Iana invece, sentendo le parole di Irodia, si oppose. Provava molta pena per il Tempo e non capiva perché all'improvviso molte delle sue sorelle potessero avere pensieri tanto orribili. Poi, dopo aver litigato come cane e gatto, essersi fatte la linguaccia ed essersi tirate i capelli e le orecchie, le piccole Signore decisero di dividersi. Da quel giorno quelle che lasciarono il palazzo delle Signore insieme a Iana si chiamano Galiane. Da allora nessuna di loro ha più danzato, in segno di protesta, e hanno anche cambiato il loro aspetto. Ora assomigliano ai mortali. Ovvero sono diverse dalle loro sorelle, che rinnegano, e delle quali si vergognano molto. Una è più paffutella, un'altra è mingherlina, un'altra ancora è minuta: quella si chiama Briciola. Qualcuna ha il viso pieno di lentiggini e i capelli rosso fuoco. E Iana, che è stata per un certo tempo la portavoce di tutte le Dragaike, ha i capelli cortissimi, proprio come te. Se la guardi da lontano, assomiglia più a un giovanotto che a una Fata.

– Tutto questo perché hanno avuto compassione?

A Vlad non sembrava un motivo abbastanza valido per una lite di simili proporzioni.

– La compassione è il primo passo verso la Luce. – gli disse Ion – La compassione nei confronti di chi soffre, di chi è più debole di te, e soprattutto di chi dipende da te.

– Cosa vuoi che ne sappia questo qui? – commentò il Prodigioso – Lui non ha compassione che per sé stesso...

Il Portatore fece finta di non sentire l'animale e chiese al Quieto che fine avesse fatto il Tempo.

– È impazzito, poverino. Ma dopo che le Signore hanno danzato attorno a lui, non è fuggito, come credevano loro, ma si è scagliato su di esse. Proprio come i mastini arrabbiati mordono la mano che li ha colpiti. Ha cominciato a tormentarle. Torna spesso, sempre più invadente, cercando di sorprenderle da sole. Solo così può farle invecchiare. E le avrebbe forse uccise da un pezzo, se quelle non avessero trovato l'Usignolo Fatato.

– L'uccellino le aiuta?

– Certo, quando riescono a metterci mano. Chi sente Andilandi cantare, ringiovanisce! – gli disse il Quieto.

– Le Fate Madrine mi hanno detto di non darlo a nessuno, perché lo vogliono tutti.

– È vero. Vedi, piccolo Vlad, l'Usignolo Fatato non ha un unico pregio. I vecchi dicono che se Andilandi ti parla, ti può predire il futuro. Se lo mangi, puoi risvegliarti dalla morte o guarire da qualche grave malattia. Ma soprattutto, sa leggere nell'anima delle persone. Sa qual è il loro desiderio più profondo e lo può svelare.

– Che assurdità! Tutti sappiamo cosa vogliamo! – gli disse Vlad.

– Tu, mio caro, sei il miglior esempio in assoluto! – gli disse il Prodigioso lanciandogli uno sguardo truce.

Vlad lo ignorò, perché non aveva affatto voglia di litigare con lui e si rivolse di nuovo al Quieto.

– Non arrabbiarti, ma a me questo uccellino non sembra niente di speciale. Non parla, non è una gran bellezza e nemmeno canta...

– Questo accade spesso. – rispose Ion al ragazzo. – Chi lo possiede gli dà ben poco valore. Questo uccellino è come la felicità. Non sai apprezzarlo quando ce l'hai, ma ti ricordi con piacere dei momenti in cui l'hai avuto.

Non poterono parlare ancora per molto là, sulla zattera. In breve tempo davanti ai loro occhi si rivelò un giardino incredibilmente bello, colmo di fiori di ogni colore, grandezza e genere. Guardandolo, avreste forse pensato di trovarvi in Paradiso, talmente era colorato e profumato. E tra i profumi, i più intensi sembravano quelli di acacia e gelsomino.

"Che mondo..." pensò Vlad mentre si avvicinavano alla riva e il gruppetto che li aspettava là appariva sempre più distinto. Il ragazzo si sentì, all'improvviso, così importante! Gli sembrava di essere diventato un divo del cinema, quella notte. Con la sola differenza che i Quieti non lo aspettavano pestandosi i piedi, né volevano strappargli i vestiti di dosso. Desideravano solo aiutarlo. E così, quando la zattera arrivò accanto a loro, i Quieti più giovani entrarono in acqua e la legarono ad uno degli alberi vicini alla riva.

Sulla sponda dell'Acqua del Sabato

Ruja era seduta sul carretto e guardava il Non-morto come se volesse mangiarselo. Lo riteneva responsabile di tutto l'accaduto. Si erano lasciati scappare il ragazzo in modo talmente sciocco. Iona la guardava a sua volta, terrorizzato, pensando che la Signora avrebbe potuto sollevare il telo del carretto in qualunque momento, dandolo in pasto al sole, così, solo per farsi sbollire la rabbia.

– Perché non mi hai detto che il ragazzo non ha tutte le rotelle a posto?

– Perché ce le ha, padrona. – osò contraddirla Iona.

– Dici? E allora perché rideva mentre lo minacciavo? Gli raccontavo di aver bollito nell'olio tutti i bambini che non mi hanno consegnato l'uccellino, e lui sorrideva! Gli dicevo che l'avrei spellato vivo, e lui rideva a crepapelle. – disse Ruja fremendo di rabbia – Se questa non è follia, allora cos'è?

– Sfortunatamente per noi, il ragazzo è allegro di natura.

– Allegro? Hai detto niente!

– E credo che non fosse da solo, questa volta. – osò ancora Iona.

– Ho visto un Quieto, in lontananza, – lo informò allora Ruja – ma quelli sono semplici mortali, senza nessun potere. E se vuoi il mio parere, senza cervello!

– Il Portatore è andato con lui?

– Sì, – mormorò Ruja col pensiero ormai altrove – forse l'ha salvato per fare il lavaggio del cervello anche a lui. Come se non fosse già abbastanza pulito. – disse la Signora, e poi si ritirò di nuovo sul sedile del carretto.

Una volta seduta, però, non sapeva cosa fare. Se ne stava con la frusta in mano e non sapeva se spronare il cavallo verso il Palazzo delle Signore, per raccontare l'accaduto alle amiche, oppure fuggire il più velocemente possibile. Per la vergogna, ma soprattutto per paura della punizione che l'attendeva se fosse tornata a mani vuote.

– Non tutto è perduto, padrona. Il turbamento del ragazzo è la gelosia nei confronti dei suoi fratellini. Gelosia che non è ancora scomparsa. E che noi possiamo far crescere...

Udendo ciò, Ruja abbassò la frusta. In ogni caso non aveva nulla da perdere, così seguitò ad ascoltare cosa le diceva Iona.

– Dobbiamo ricordargli perché è arrivato qui! Dobbiamo dirgli che a casa non lo aspettano più, che non gli vogliono più bene, e quando crederà di non avere più nessuno da cui tornare, verrà di sicuro da noi a darci l'uccellino. Ci vuole ancora un po' di pazienza. – disse il Non-morto.

– Non penso sia così facile. Sarà meglio tornare a palazzo e chiedere aiuto.

– Aiuto? – sorrise Iona – Siamo sinceri, padrona! Non so cosa abbia in serbo per te, ma sono sicuro che per me Irodia stia già affilando un paletto.

Sentendo quelle parole, Ruja perse l'equilibrio e colpì l'animale con la frusta. Ma quello che aveva spronato non era un comune stallone, bensì un'Arpia che si sollevò in volo battendo furiosamente le immense ali di aquila e facendo fluttuare la coda di serpente per sferzare meglio l'aria. Volava fiutando l'odore umano con le sue larghe narici da vecchia vipera, un odore che solo le Arpie potevano percepire a migliaia di chilometri di distanza.

Ad un certo momento la bestia si fermò davanti al Giardino dei Quieti. Sapendo però che là non c'era posto per lei, l'Arpia atterrò sull'altra sponda dell'Acqua del Sabato. Ruja e Iona decisero di aspettare che Vlad lasciasse il Giardino dei Quieti. E allora l'avrebbero tentato ancora...

I figli dei Quieti

na volta giunto tra i Quieti, Vlad scoprì che quelli festeggiavano la Pasqua Rohmana una settimana più tardi rispetto a quella degli umani, ovvero nella domenica di San Tommaso. Non si meravigliò del fatto che là fosse primavera, e non estate come nel mondo degli uomini. Scoprendo quelle cose, volle sapere dove i Quieti custodissero il miele e i dolci. A una domanda tanto bizzarra, i Quieti si misero a ridere, come se avessero sentito una battuta ridicola, e rise anche Vlad, senza sapere perché. Ma i Quieti avevano facce così belle e serene, che non vi sareste potuti arrabbiare con loro o in loro presenza, qualunque cosa fosse successa.

Ion tolse i finimenti al Cavallo Prodigioso e lo lasciò riposare. Poi si rivolse a Vlad e disse:

– Vedo che sei affamato.

– Dici bene! Ho bevuto solo una tazza di latte e...

– Allora andiamo a tavola!

Ion spinse leggermente il Portatore verso un grande tavolo, attorno al quale stavano raccolti almeno nove Quieti. Sembravano una famiglia numerosa, con sei bambini e una vecchina di nome Maia, che certamente era la nonna dei commensali. Di sicuro quella non era l'unica tavola, né l'unica famiglia della zona. Si potevano scorgere decine, forse centinaia di tavoli simili, tutti coperti con tovaglie bianche e inamidate, attorno ai quali si stringevano molti Quieti.

Vlad si sedette al posto che gli era stato indicato e quella fu la sua fortuna. Perché se non si fosse seduto, sarebbe certamente svenuto alla vista di ciò che lo aspettava. Non c'era traccia di cibo. Né succhi, né dolci deliziosi, né caramelle gommose, gelato o torte con la panna. Niente. Vlad osservava più disorientato che impressionato, perché al centro della tavola vi erano soltanto un uovo bollito e un bicchiere d'acqua.

Il ragazzo deglutì e disse:

– Molte grazie, ma mi è passata la fame!

– Non ti preoccupare, ce n'è abbastanza per tutti. – disse sorridendo Maia; poi si alzò e tagliò l'uovo in parti uguali, così che tutti avessero un pezzetto della stessa grandezza.

Dopo che Maia ebbe servito a ognuno il suo pezzetto, si misero tutti a pregare. Vlad – che conosceva soltanto "l'Angelo Custode", e solo in parte – cominciò anche lui a mormorare qualcosa insieme a loro. Il ragazzo scoprì così che i Quieti rendevano grazie agli uomini che gettavano nell'Acqua del Sabato i gusci d'uovo avanzati dal pranzo di Pasqua, e a Dio che trasformava quei piccoli gusci in uova vere, dopo che il fiume le aveva trasportate nel loro giardino.

Quando ebbero terminato la preghiera, guardarono Vlad. Il ragazzo non capiva cosa stesse succedendo, ma in breve tempo comprese che i Quieti non avrebbero toccato il pezzetto d'uovo fino a che anche lui non avesse mangiato insieme a loro.

– Da noi il cibo, come l'amore, si condivide! – gli disse serena nonna Maia.

– E vi basta? – osò chiedere Vlad, vergognandosi.

– Come no? Non è mai troppo, né troppo poco. A volte ce n'è, a volte no. Ma quando ne abbiamo, come ora ad esempio, basta per tutti, si capisce. Non importa quanti siamo a tavola.

Vlad non sapeva di preciso se l'anziana stesse parlando del cibo, dell'amore o di entrambi, ma all'improvviso diventò rosso come una peperone. In altre parole si sentì colpevole, sebbene nessuno l'avesse rimproverato in modo chiaro. Ringraziò e si infilò veloce il pezzetto di uovo in bocca. Dopodiché mangiarono anche gli altri. Poi bevettero tutti un goccio d'acqua dal bicchiere sul tavolo.

Non si poteva dire che Vlad fosse sazio, abituato com'era a mangiare molto di più, ma per lo meno aveva messo qualcosa nello stomaco, impedendogli di brontolare. Si alzò da tavola quando vide che anche gli altri si alzavano. Poi accadde una cosa strana. Tutti gli uomini e gli anziani si radunarono attorno al Cavallo Prodigioso per consultarsi, e a lui dissero di andare a giocare con i bambini.

All'inizio Vlad non la prese bene, dopotutto lui era l'eroe. Ma poi si rassegnò all'idea. Sorrise, pensando che nel Mondo-di-là non si risolvevano le cose molto diversamente da come accadeva dalle sue parti. A casa i suoi genitori lo mandavano a prendere il pane, oppure l'acqua minerale, proprio come le Fate Madrine l'avevano spedito dalle Galiane per consegnare loro l'uccellino. Non prendevano in considerazione le sue opinioni, come faceva il Prodigioso; quando avevano qualcosa di importante di cui discutere lo mandavano a giocare, come avevano fatto allora i Quieti.

Così si alzò da tavola insieme agli altri bambini e si allontanò per andare a giocare con loro, all'ombra di un melo enorme.

– Come giocate nel... Mondo-di-là? – chiese un ragazzino di nome Dan, che sembrava avere pressappoco la stessa età di Vlad.

– Io gioco da solo. – gli rispose il Portatore. E all'improvviso ricordò come lo maltrattavano i bambini di Hoghiz.

Udendo una simile stranezza, i bambini dei Quieti spalancarono la bocca e rimasero così per qualche secondo. Non capivano come un bambino potesse giocare da solo. O si gioca insieme, o non è un gioco, naturale!

– Non hai fratelli? – gli chiese una bambina dai capelli di ebano di nome Maria, che sembrava provare compassione per lui.

– Più o meno...

– In che senso più o meno?

– Sì, ne ho due. Ma sono troppo piccoli. Appena nati! – le spiegò Vlad, desiderando cambiare discorso il più velocemente possibile.

– Dai, non te la prendere, – gli disse Maria – cresceranno anche loro e ci potrai giocare!

Poi i bambini dei Quieti spiegarono a Vlad come si giocava da quelle parti. E questa volta fu Vlad a spalancare la bocca dallo stupore, perché quei ragazzini riuscivano ad essere felici con molto poco.

Il gioco che amavano di più era sfidarsi a "sassolini", che assomigliava molto al gioco delle monetine che Vlad faceva a casa. Come funzionava? Si tiravano dei sassolini cercando di piazzarli quanto più vicino a una linea, e chi riusciva a tirare il suo sasso proprio sulla linea, vinceva gli altri sassi. Poi, beninteso, li distribuiva agli altri bambini e il gioco ricominciava da capo.

Forse starete pensando che sbagliavano, perché i sassi sono più pesanti da lanciare delle monete. E va bene, vi devo proprio dire che i Quieti non avevano mai sentito parlare di denaro. Pertanto non avevano modo di giocare con le monete. Allo stesso modo non potevano comperarsi palloni, tricicli, bambole, biciclette, pattini a rotelle o videogiochi. Non ne avevano proprio la possibilità!

Forse cominceranno a farvi pena, ora che vi ho detto queste cose. Ma sarebbe sciocco, perché avevano i loro giochi, e non molto diversi dai vostri. Giocavano a "Draconiani e Quieti" che assomigliava moltissimo a "Guardie e Ladri". Oppure a una specie di "Nascondino", chiamato "Rimpicciolino". Giocavano anche a "Pizzico", molto simile al "Gioco dello schiaffo". Saltavano lo spago invece della corda. Con quello giocavano anche alla "Fune magica", come la chiamavano loro, con la quale creavano ogni sorta di intreccio e nodo; dopodiché la fune ritornava ad essere un semplice spago. Avevano palloni di stracci, riempiti di fieno, che non rotolavano come i loro amici di caucciù, ma ai Quieti piacevano e non capivano come avrebbero potuto rotolare meglio.

Vlad non lo spiegò, naturalmente, perché era a casa loro e non voleva farli arrabbiare. Ma si meravigliò molto quando scoprì che le altalene di legno erano più comode di quelle in plastica.

O che le canalette in riva al fiume erano migliori degli scivoli che aveva tanto cercato nei parco-giochi del suo mondo. Ecco perché si tuffò nell'Acqua del Sabato così tante volte che gli altri non sapevano più come fermarlo. E quando Vlad vide le loro casette di tronchi e rami, intrecciati come i nidi degli uccelli, versò quasi lacrime di gioia. Non voleva più, mai più andarsene da là. E decise, tra sé e sé, che dopo aver portato a termine la sua importante missione sarebbe ritornato dai Quieti.

Gli spettacoli dei Quieti

erso sera i Quieti conclusero la loro chiacchierata e annunciarono ai bambini che Vlad si sarebbe fermato da loro per la notte. I piccoli fecero i salti di gioia. Erano così entusiasti, come se dovessero andare al parco giochi, o al cinema, o a teatro. Facevano chiasso, urlavano e saltavano come i loro palloni non avevano mai fatto. Vi racconto tutte queste cose perché capiate che i bambini dei Quieti non erano proprio dei modelli di buona condotta. Ovvero non erano ragazzi da mettere in un angolo, di quelli che non strillano, non saltano e non parlano se non vengono interpellati. Di quelli che non fanno confusione, come i bambini dei Fiori, che potete trovare lì dove li avete piantati, non importa per quanto tempo stiate via o cosa abbiate da fare. Ma quando si trattava di questioni importanti – andare a dormire ad una certa ora, lavarsi le mani prima di mangiare, lavarsi i denti dopo – nessuno di loro protestava.

– Che bello! Che bello! – disse Maria battendo le mani.

– Anch'io sono contento di rimanere, ma non capisco come mai. – rispose Vlad – E' successo qualcosa di grave?

– Dobbiamo attraversare i monti e la Terra dei Musocani, – gli rispose il Prodigioso – ma in questo momento non possiamo passare di là.

– Perché?

Ion spiegò paziente:

– I Musocani sono in guerra con i Draconiani, e stanotte combatteranno l'ultima battaglia della stagione. Sarebbe più prudente per voi partire domattina all'alba.

– Per cosa combattono?

Senza volerlo e senza capire come mai, Vlad suscitò le risa di tutti.

– La loro disputa è iniziata a causa dei confini. – gli rispose nonna Maia, nell'allegria generale – Non si sa di preciso chi abbia cominciato, ma molti anni fa, ai tempi dei miei nonni, un Draconiano o un Musocane spostò di un palmo il confine tra i due regni, per allargare il proprio territorio. Però gli avversari non si arresero, e la notte spostarono di nuovo il confine nella direzione opposta, rientrando di un palmo nel regno di quegli altri.

– Da allora il confine cambia di continuo, – spiegò un altro Quieto di nome Matei – ogni sera! E loro scendono in guerra un anno dopo l'altro. Sempre per lo stesso motivo.

– Per un palmo di terra! – aggiunse Ion, fra le risate.

Il gruppo rideva a crepapelle. E naturalmente i bambini si divertivano più di tutti, abituati da piccoli a farsi beffe dell'avidità di quelle belve.

– Ma è una sciocchezza! – disse Vlad, piuttosto confuso.

– Certo! – gli rispose subito il Cavallo Prodigioso – Hai mai sentito di una guerra scoppiata per troppa intelligenza?

Vlad non disse più niente, ma si rallegrò subito. Poco dopo un gruppo di Quieti, su richiesta dei bambini, cominciò a imitare Draconiani e Musocani. Era così ridicolo vedere come si sfidavano gli uni gli altri come tacchini arrabbiati, che il ragazzo cominciò a gridare anche lui con gli altri: "Lingua! Lingua!", anche se non sapeva di preciso cosa volesse dire. Ma lo capì nell'istante in cui udì uno dei Quieti parlare la "lingua dei Musocani".

– *Hondro-bondro?*

Il primo lottatore si batté il pugno sul petto, come uno scimpanzé furioso che protegge il suo branco, mentre con la destra indicava una linea invisibile posta, per così dire, tra loro.

– *Techere-beghere-mechere!* – rispose il secondo lottatore, battendosi i pugni in segno di stizza.

– *Harsht!* – disse di nuovo il primo, che non ci pensò due volte e allungò all'avversario un pugno alla nuca, cancellando la linea invisibile col piede.

– *Uu-uu! Dudu-mudu!* – gridò allora il lottatore numero due, dopodiché si mise a mulinare le mani in un modo che Vlad trovò veramente minaccioso nei confronti dell'avversario.

In breve, se le diedero di santa ragione a suon di pugni in testa e calci nel sedere, strattonandosi per i capelli e le orecchie, prendendosi e sbattendosi a terra, tanto da non capire più chi interpretasse (cioè picchiasse) chi, né perché. E come se non ci fosse già abbastanza confusione, ci si misero anche i bambini che stavano attorno, desiderosi di mostrare anche loro come si battono e come parlano i piccoli Musocani. Così, in pochi istanti, non si poté più sentire niente di ciò che dicevano, né vedere ciò che facevano.

Di certo nessuno si stava battendo sul serio. Provavano solo ad interpretare dei ruoli, per i quali non si erano affatto preparati. Infatti non erano molto organizzati, ma non si fermarono se non quando caddero tutti di schiena, tra gli applausi generali. Applausi che piovvero velocissimi, perché dal mare di corpi rimasti sul finto campo di battaglia, uno si alzò a quattro zampe. Non si sapeva di preciso di che "razza" fosse, ma fece il proprio dovere. Tracciò una riga là dove credeva meglio, pronunciando un'ultima, memorabile parola:

– *Urrà!*

Dopodiché cadde lungo disteso proprio sul confine, e gli applausi ripresero.

Vlad non ricordava di essersi mai divertito così tanto al teatro delle marionette o al cinema per ragazzi a cui era stato. E il divertimento sembrava non dover finire! Perché terminato quello spettacolo, ne cominciò presto un altro, con gli animali.

All'improvviso a Vlad venne fame. Così si diresse insieme ai suoi nuovi amici verso gli alveari. Più precisamente verso il Palazzo delle api, per prendere alcuni favi.

– La nostra Regina non è qui! – annunciò ufficialmente una delle custodi dell'alveare – Ma vi autorizzo a prendere un favo, e senza permesso scritto.

– Grazie!

La piccola Maria si inchinò gentilmente all'ape custode, mentre Vlad e Dan già si servivano di miele, inzaccherandosi mani e bocca, fino alle orecchie. I ragazzi non prestavano attenzione all'ape. Come se non vedessero né udissero altro intorno a sé.

Vergognandosi dell'impazienza che stavano mostrando i ragazzi, Maria si sentì obbligata a chiacchierare un po' con l'ape custode. Così, per gentilezza.

– Non venite anche voi allo spettacolo?

– Abbiamo troppo lavoro! – le rispose l'ape, rientrando in fretta nell'alveare.

– Oh, che peccato... – mormorò la piccola.

In quell'occasione Vlad scoprì cosa mangiavano i Quieti anche al di fuori delle feste. Essendo apicultori era naturale che le api permettessero loro di prendere il miele. Ma non era tutto, perché oltre al miele i Quieti mangiavano frutti gustosissimi, che crescevano solo nel loro giardino; Vlad vide che li mangiavano senza zucchero né panna, come invece faranno molti di voi a casa, ne sono convinta! I frutti dei Quieti erano così dolci e succosi che non avreste potuto aggiungervi nient'altro. Sarebbero diventati stomachevoli.

Mentre Vlad e Dan assaggiavano pesche e mele, cominciarono ad arrivare gli animali. Maria fu la prima ad accorgersi dell'arrivo dei leprotti e avvertì i ragazzi, con aria adulta:

– Guardate! – disse la bambina – La famiglia Carota!

– Come fai a sapere il loro nome? – chiese Vlad sorpreso.

– Gliel'ho chiesto. – fu la risposta serena della piccola.

– Sapete parlare con gli animali?

Vlad aveva la voce strozzata dall'emozione.

– Certo, – disse Dan, come se fosse la cosa più naturale del mondo – non è difficile da imparare, se non li mangi.

– A-ha. – rispose Vlad, poi rimase in silenzio.

Non per altro, ma lui non era vegetariano.

– Ma puoi capirli anche tu. – insistette Maria, leggermente confusa – Ti ho visto parlare con il tuo cavallo; e poi mangi come noialtri.

– Sì, ma il mio cavallo è magico...

Vlad gliela diede vinta. Infatti non voleva ammettere che mangiava come tutti gli altri Quieti solo da quando era arrivato là.

– Qui tutti gli animali sono magici!

Vlad non osò contraddirla. Sembrava che Maria sapesse tutto, come un adulto. Osservò con attenzione le lepri, che avanzavano seguendo un anziano, tutte in fila e impettite. La famiglia era formata da papà e mamma, quattro nonni, quattro piccoli e due zie. Queste ultime, come scoprirono i ragazzi, erano due anziane zitelle.

Quando le lepri arrivarono di fronte ai piccoli spettatori, si alzarono sulle due zampe e cominciarono a muovere le labbra come se volessero parlare. All'inizio Vlad non comprendeva cosa dicessero, ma con l'aiuto di Maria, che gli traduceva le parole più difficili, cominciò a capire e si mise a ridere insieme agli altri. In breve tempo si rese conto che i Carota erano una famiglia di clown, e stavano raccontando storielle divertenti.

Lo spettacolo degli animali fu meraviglioso. Non vi so dire quanto sia durato, perché oltre alle lepri clown ci furono poi il riccio acrobata, campione di capriole spinose, la volpe che camminava sulla fune e Misha, il gatto selvatico, il miglior trapezista del Mondo-di-là. Mi ricordo però che la rappresentazione fu interrotta bruscamente.

Ad un certo momento, quando Misha si preparava ad eseguire il salto mortale sopra l'Acqua del Sabato, lo spettacolo venne interrotto da una mamma.

– È ora di andare a dormire!

La delusione di Vlad fu enorme. E visto che lui era abituato a non rispettare l'ora della nanna, o perlomeno a negoziare, vi posso dire che era sul punto di protestare. Ma si bloccò quando vide che tutti si alzavano e se ne andavano tranquilli verso le loro casette di legno. Non potendo fare nulla, si alzò anche lui e seguì gli altri bambini.

La notte scese tranquilla sul Giardino dei Quieti. Le casette erano illuminate da nugoli di lucciole rinchiuse con cura nelle lampade.

Era tutto esattamente come nei sogni di Vlad. Infatti se il ragazzo avesse dovuto fare un resoconto, le esperienze vissute dai Quieti assomigliavano ai suoi sogni più segreti e dolci.

Il Portatore guardò i bambini stare in fila per ricevere il bacio della buonanotte prima di andare a dormire, e il cuore cominciò a battergli forte. Si ricordò del bacino che la mamma gli dava di sera sulla fronte e del modo affettuoso in cui gli diceva: "Buonanotte, mio sole!".

A Vlad venne una tale nostalgia di lei in quel momento, che gli sembrò orribile essersene andato da casa. "Che bello sarebbe fare la fila per un bacino, se ce ne fosse uno anche per me!" pensò allora Vlad e per la prima volta da quando era arrivato là sembrava disposto a condividere. O almeno a provarci. Soprattutto perché, per quanto bello fosse il Giardino dei Quieti e per quanto desiderasse trovare un suo scopo nel Mondo-di-là, sapeva di non poterci restare. Nel profondo del suo animo sentiva di non appartenere a quel luogo.

Certo poteva continuare a cercare. Era arrivato da poco, ma quel giorno, trascorso accanto ai Quieti, aveva avuto il potere di appianargli la fronte e illuminargli l'anima. Vlad era diventato più tranquillo del solito. Arrivò perfino a chiedersi se non avesse giudicato troppo aspramente i suoi genitori. Forse, in salotto, non l'avevano visto per una sfortunata coincidenza. Forse anche loro avevano nostalgia di lui ed erano partiti a cercarlo. Forse gli volevano bene lo stesso, pensò il bambino, mentre gli si chiudevano le palpebre.

L'Usignolo Fatato uscì dall'orecchio del Cavallo Prodigioso e lo guardò in silenzio. Ora che il ragazzo dormiva poteva vedere i suoi pensieri, i suoi sogni e la Luce che sembrava crescergli piano piano nell'animo...

Una chiacchierata con la Mistica Domenica

lla sua partenza i Quieti diedero al ragazzo della frutta e una borraccia di acqua fresca, e gli augurarono buon viaggio.

– Pregheremo per te. – gli disse Maria.

– Va bene, – le rispose Vlad – pregate fino al mio ritorno!

– Qui o a casa tua? – gli domandò nonna Maia, facendolo subito impensierire – Abbi molta cura di Andilandi! – gli raccomandò poi, vedendo che rimaneva in silenzio.

Solo in quel momento Vlad pensò di controllare se l'uccellino ci fosse ancora. Ed era la prima volta, perché in tutta onestà si può dire che non gli importasse molto dell'Usignolo Fatato. Proprio come non gli importava granché di nessun altro all'infuori di sé stesso.

– È nella mia criniera. – disse il Cavallo Prodigioso.

E poi lo stallone invitò Vlad a salutare i Quieti.

– Non dimenticarti di ridere se sarai nei guai! – lo raccomandò Ion.

Vlad non amava gli addii, ma affrontò la partenza con onore. Pensò che forse, chissà, li avrebbe incontrati di nuovo. E così fu molto più facile superare quel momento.

Il Prodigioso spiccò il volo battendo le ali con energia, e il ragazzo si asciugò le lacrime che gli arrivavano fino al mento.

– Coraggio, a piangere non si cava un ragno dal buco! – rise il cavallo, cercando di tirargli su il morale.

Vlad non gli rispose. Pensava, naturalmente, che quel detto non avesse nulla a che fare con lui. Ostinato come un mulo, il ragazzo fingeva di non essere triste. E in ogni caso non aveva voglia di cavar ragni dai loro buchi. Ovvio!

E così, non avendo di meglio da fare, Vlad cominciò a guardarsi attorno. Non era cosa da tutti i giorni volare con un Cavallo Prodigioso! E grazie a quel meraviglioso viaggio fra le nuvole il Portatore cominciò di nuovo a sorridere. Guardò l'uccellino, che ora stava davanti a lui, e gli sembrò molto più colorato di quanto non fosse prima. Così non poté fare a meno di chiedere al Prodigioso:

– Sei sicuro che questo sia l'Usignolo Fatato? Mi sembra diverso...

– Sembra, ma non lo è, – gli rispose il Prodigioso – proprio come tu non sembri diverso, ma lo sei!

– Cioè...?

– Il buon Dio ti ha graziato e ha messo un po' di sale in quella tua zucca! – gli rispose ridendo il cavallo.

– Ma non vedi che è colorato? – disse Vlad – E ha la coda più lunga.

– Buongiorno, comare! – disse lo stallone.

Vlad fissò il cavallo, confuso. Non capiva cosa lo avesse spinto a dargli una simile risposta, così si guardò in giro e notò che il Prodigioso non parlava con lui, bensì aveva salutato una cicogna che volava accanto a loro portando nel becco un cesto con due bambini.

– Buongiorno, comare! – insisté il Prodigioso, poiché voleva che quella parlasse.

– Sarà buono per qualcun altro!

La cicogna aveva una voce strana e spostava il cesto da una parte all'altra del becco, con molta attenzione.

– Questi genitori mi faranno morire! Bella novità, vogliono tutti vedere i loro figlioli prima del tempo!

– Perché? – chiese il Prodigioso con curiosità.

– Vogliono sapere se sono maschietti o femminucce! O se hanno qualche difetto. – rispose la cicogna – Come questi per esempio! – aggiunse poi arrabbiata, mostrando i bebè nella cesta – Non manca molto alla nascita, ma i genitori insistono per vederli. Per l'ennesima volta!

Il cavallo non disse più nulla perché Vlad volle subito intervenire, ma cambiò leggermente direzione e guardò in basso, cercando un posto adatto per atterrare.

– Cosa saranno? – si interessò il Portatore, mentre l'immagine dei bambini della cesta cominciava a sovrapporsi lentamente a quella dei suoi fratellini che aveva visto nel salotto dei nonni.

– Un maschietto e una femminuccia. – rispose la cicogna, e poi si allontanò.

– Ehi! – strillò Vlad preoccupato – Dove li stai portando?

– Come dove? Nel sogno dei loro genitori!

Dopo avergli risposto, la cicogna sparì dalla sua vista battendo le ali con forza. In realtà Vlad avrebbe voluto chiederle da chi li stesse portando, e non dove, ma a causa dell'emozione non era riuscito ad esprimersi come si deve.

Guardò a lungo l'uccello, finché quello si perse all'orizzonte.

"Sarà vero?" si chiese il ragazzo. Ma erano solo pensieri che gli balenavano davanti al viso, e che sembravano ricordargli perché fosse arrivato in quei luoghi.

– A cosa stai pensando? – gli chiese il cavallo, vedendolo sovrappensiero.

– A niente. Mi sembrava che assomigliassero a...

– Ai tuoi fratellini? Non lo erano, stai tranquillo. I tuoi fratelli sono già nati, nel mondo degli uomini, ma tu ora ti trovi nel Mondo-di-qua.

– Sembravano proprio loro.

– Non farti ingannare, qui tante cose non sono quello che sembrano. E molte creature tengono a ricordarti perché sei arrivato da noi.

– Perché fanno così?

– Semplice. Vogliono tenere accesa la fiamma della tua gelosia; sperano di poter mettere gli artigli su Andilandi.

Vlad non era del tutto d'accordo con il Prodigioso, ma non disse niente. Di sicuro se avesse potuto guardare oltre l'orizzonte – e avesse visto Ruja balzare sul suo carretto dopo essere uscita dal corpo della cicogna – gli avrebbe dato ragione. Ma gli uomini non sono fatti per guardare lontano. E quella cicogna, che trasportava nel becco due cuccioli di tasso, si allontanò portando quel segreto con sé.

Il Cavallo Prodigioso era rimasto della sua idea: quella cicogna aveva qualcosa di strano! Gli spiriti oscuri li stavano seguendo di nuovo. E così, pensando alla fine ad un luogo adatto per atterrare, decise di cambiare un po' il tragitto. E disse al Portatore:

– Tieniti forte alle redini, atterriamo!

Vlad non ebbe tempo di chiedere il perché, che si trovò al margine di una pianura aperta, attraversata nel mezzo da una linea dritta, bianca. Non vi era traccia di uomini. O almeno così sembrò al ragazzo a prima vista, perché poco dopo vide comparire alla sua destra, tutto ad un tratto, una donna vestita in abiti bianchi.

Questa tirò fuori, solo lei sapeva da dove, molte spazzole d'oro, cinture di cuoio fine, fusi e fruste. Poi chiese:

– Non vorresti comprare qualcosa, carino?

– Mi spiace molto, ma non ho denaro. – rispose Vlad con gentilezza.

– E qualcosa da mangiare, ce l'hai?

Vlad cercò nella sua borsa e le porse il primo frutto che gli capitò in mano, a caso. Poi fece per avvicinarsi, ma la donna alzò la mano in cui teneva una spazzola e lo fermò, dicendogli:

– Non vorresti lo stesso una spazzola?

– E cosa me ne faccio?

– È magica! – sussurrò il cavallo al bambino.

– Se in cambio vuoi Andilandi, no grazie!

– Ti ho forse detto che voglio qualcosa in cambio? – chiese, sorridendo, la donna.

– Perché rispondi ad una domanda con un'altra domanda?

– Perché non fai la domanda giusta! – intervenne esasperato il Cavallo Prodigioso.

Poi lo stallone si rivolse alla donna, con timidezza:

– Perdono, carissima Domenica! Il Portatore non ti ha riconosciuta. Lascia che ti chieda io, al suo posto...

La donna piegò il capo in segno di approvazione.

– Da che parte dobbiamo andare?

– Se andrete a destra ve ne pentirete. Se andrete a sinistra, ve ne pentirete ugualmente. – disse la donna, dopodiché scomparve, lasciando cadere la spazzola ai piedi del Portatore.

– Perfetto! – disse Vlad, sbuffando – Non ci ha aiutati affatto!

Il cavallo però non aveva voglia di litigare. Con un'occhiata convinse Vlad a raccogliere la spazzola da terra e a infilargliela nell'orecchio destro, poi partì al trotto lungo la riga tracciata sulla pianura. Quando giunse quasi a metà strada, il Prodigioso si voltò di nuovo verso il ragazzo e gli ordinò di afferrare per bene le redini e di mettergli di nuovo l'uccellino nell'orecchio destro.

Vedendolo così preoccupato, il Portatore eseguì immediatamente i suoi ordini.

Il figlio di Aram

uardandosi attorno, Vlad notò che tutto era tranquillo. Non si vedevano animali, né insetti. La cosa gli sembrò curiosa, specialmente perché cominciò piano piano a sentire i battiti del suo cuore e il rumore soffocato degli zoccoli del Cavallo Prodigioso che ora avanzava al galoppo. Si sarebbe detto che la natura tutta attendesse qualcosa con il cuore in gola. Qualcosa da cui tutti, tranne lui, sembravano essere stati messi in guardia. Vlad non osava chiedere allo stallone cosa stesse succedendo – anche se l'avrebbe capito presto – ma all'improvviso il Cavallo Prodigioso si fermò e si alzò nervoso su due zampe.

In quello stesso momento, come a comando, la terra cominciò a tremare. A gemere sotto un peso che Vlad sulle prime non riuscì ad identificare, ma del quale poi si spaventò talmente da urlare a squarciagola:

– Terremoto!

– Peggio. – disse il cavallo, guardando agitato ora alla sua destra, ora alla sua sinistra – Arrivano!

– Arriva chi?! – balbettò il bambino.

– Musocani e Draconiani! – rispose il cavallo, piegando la testa verso destra.

Quando anche il ragazzo girò la testa in quella direzione, si pietrificò per la paura: vide con terrore una marea di orribili belve avanzare verso di loro. A guardarli bene, i Draconiani non erano molto diversi dagli umani. Essendo però molto alti, forti e avendo teste grosse come zucche, a Vlad sembrarono molto più brutti di quanto fossero realmente. Soprattutto perché sia i Draconiani sia i loro cavalli portavano l'armatura da capo a piedi: sul torace, in testa e sulle

gambe, sul muso degli stalloni e sulle loro zampe. Ne erano total-
mente coperti: si sarebbe detto, vedendoli, che le loro nonne avessero
confezionato a maglia un costume adatto per giocare alla guerra.

L'unica stranezza però era che quei bruti non stavano giocando.
E il terribile chiasso, prodotto dallo sbatacchiare delle armature in
questione, avrebbe messo in fuga un intero esercito, e non solo uno
sfortunato ragazzo e il suo cavallo, fosse anche Prodigioso.

Vedendoli roteare sopra la testa le loro clave d'oro, argento e
rame, il primo impulso del Portatore fu di tirare forte le redini del
Cavallo Prodigioso nella direzione opposta. Ma quando volle voltare
a sinistra vide avvicinarsi i Musocani – con i loro orribili ghigni,
metà uomini e metà cani – e subito cambiò idea.

– Cosa cercano qui?

– Combattono! – nitrì il cavallo.

Il Prodigioso scese di nuovo verso terra, cercando di valutare il
da farsi.

– Adesso?! Non è stata ieri sera l'ultima battaglia...?

– Sembra che non abbiano chiuso i conti. – rispose il cavallo
mentre si sforzava di schiarirsi le idee e di mantenere la calma.

Vlad osservò con terrore che quegli uomini-cane avevano in mano
catene e asce. E che, oltre a quelle loro facce orrende, da bulldog,
erano anche molto grassi. Ma talmente grassi da non riuscire a credere che potessero stare in sella e cavalcare così bene. O che i loro
cavalli riuscissero a sostenerli.

Ma i cavalli dei Musocani erano i più robusti del Mondo-di-là. Sebbene molto più bassi rispetto a quelli dei Draconiani, erano molto resi-
stenti, capaci di portare sulla schiena fino a duecento chili. A differenza
di altri però – come i Prodigiosi, quelli dei Draconiani o degli umani – i
cavalli dei Musocani erano incredibilmente brutti. Pieni di pustole
enormi e di ferite purulente, che avrebbero potuto scombussolare lo
stomaco di chiunque si fosse azzardato ad esaminarli troppo da vicino.

Vlad girò la testa diverse volte, ora a destra, ora a sinistra, cercando di stabilire quali tra i mostri fossero i più tremendi. E con

quali di questi si sarebbe trovato meglio se avesse deciso di schierarsi. Ma non riuscì a decidersi. Invece capì presto dove si trovavano. Se ancora non ve ne siete resi conto, vi devo dire che Vlad e il Prodigioso erano esattamente al centro del campo di battaglia. Loro due soli contro tutti. O, per meglio dire, sulla traiettoria di tutti!

– Che si fa?

Vlad aveva una voce così sofferente che sembrava sul punto di cadere dalla sella. Aveva talmente paura!

– Non abbiamo altro che una spazzola! – disse il Prodigioso più che altro fra sé – Infilami la mano nell'orecchio destro e tirala fuori!

Vlad cominciò a rovistare nell'orecchio destro del cavallo – con molto impegno! – e ne cavò per sbaglio l'Usignolo Fatato.

– Ho trovato l'uccellino... non possiamo usare lui al posto della spazzola?

Era chiaro che la disperazione aveva trasformato il Portatore in un buono a nulla di prima classe. Il Prodigioso sbuffò infastidito:

– No! Rimetti Andilandi dove l'hai trovato!

Vlad allora scavò con la mano più in profondità nell'orecchio del cavallo e cominciò a tirar fuori da là, con lo stesso zelo di poco prima, oggetti di ogni genere, tra cui un fuso d'oro, una briglia e molte altre cose.

– Perché non tieni un po' in ordine qui dentro?

Quando sentì cosa diceva, il cavallo si arrabbiò così tanto che quasi scaraventò il ragazzo giù dalla sua schiena. Ma non lo fece, pensando che Vlad fosse terrorizzato, dal momento che prima di allora non aveva mai visto simili belve. E così lo trattò con molta più gentilezza del solito e riprese il controllo della situazione.

Il Cavallo Prodigioso si mise a saltare sulle zampe destre e a inclinare la testa da quella parte, come quando ci si vuole togliere l'acqua dalle orecchie dopo aver fatto la doccia. E così, in un colpo solo, la tanto cercata spazzola cadde esattamente in mano a Vlad. Allora il cavallo ordinò con tono autoritario:

– Gettala alla nostra sinistra! Più lontano che puoi!

Vlad obbedì e all'improvviso vide alzarsi un muro enorme, proprio nel punto in cui era caduta la spazzola. Un muro che cresceva come per magia, pietra dopo pietra, come se mille mani invisibili lo stessero costruendo; e quando fu abbastanza alto, ecco che terminò la prima parte della magia. Non avendo mai visto fino ad allora una simile meraviglia se non nei cartoni animati, Vlad guardò il muro che si costruiva da solo con occhi grandi come piatti. Gli sembrava così alto, largo e solido! E della sua solidità si convinse in pochi secondi, quando udì alcuni dei Musocani, che si trovavano dall'altra parte del muro, sbatterci contro con forza. Ovviamente non senza che sul muro rimanesse qualche piccola crepa.

I Draconiani non subirono alcun danno. Essendo più lontani, riuscirono a fermare i cavalli in tempo, tirando le redini con vigore. In cambio le loro clave, che avevano già cominciato a mulinare, colpirono il muro una dopo l'altra. Si udirono allora dei rumori strani, simili a guaiti.

Vlad però non vi prestò troppa attenzione, perché in quel momento una voce potente tuonò alle sue spalle:

– Chi sei, cucciolo di Draconiano?

Vlad si voltò e vide Alabella. Ovvero il cavallo di Aram, il Re di tutti i Draconiani. E quando vi dico che Vlad vide lo stallone e non il Re, non sto mentendo affatto! Cerco solo di farvi capire a che altezza si trovasse Vlad, in sella al Prodigioso, rispetto al Draconiano che gli stava di fronte.

– Mi chiamo Vlad. – gli rispose il bambino, dopodiché alzò lo sguardo su Aram.

– Di chi sei figlio, carino?

Il Draconiano scoprì i denti in un ghigno largo, cercando di sembrare educato. E Vlad, che si sentiva ancora minacciato, prese coraggio e disse:

– Come di chi? Dei miei genitori!

– Risposta sbagliata! – si sentì allora una voce alle loro spalle – Sei del tuo papà, la mamma non conta!

– Qualcuno ti ha chiesto qualcosa, Crangu? – obiettò Aram, guardandolo da sopra la spalla.

"Aram si era voltato verso di lui, dicendogli fiero:
– Benvenuto nel Regno dei Draconiani!"

– No, signore! – si udì di nuovo la stessa voce, ma ora un po' più umile.

– E allora taci! – tuonò Aram.

Poi il Re dei Draconiani si voltò leggermente di spalle per potersi consultare con l'altro consigliere, Pogan.

– Mmmh, piuttosto piccolo...

– Davvero troppo piccolo, Vostra Altezza! – fu d'accordo Pogan – Forse ha avuto la *draconite*.

– Non è un problema, lo cureremo con passeggiate notturne e un'alimentazione opportuna. Ma non penso sia solo questo. – continuò il Re, dopodiché fece segno a Crangu e Pogan di avvicinarsi – Credo sia troppo piccolo per essere figlio di una Draconiana.

– Forse è il Portatore! – osò parlare di nuovo Crangu, invece di tacere – Non odora di cucciolo di Draconiana...

Crangu incassò uno schiaffo sulla nuca. E Vlad, sentendo una piccola parte del loro discorso, si sentì offeso oltre misura e si mise ad urlare:

– La mia mamma non è una Draconiana!

– Proprio come temevo. – commentò Aram.

– Ssshhh!

Crangu appoggiò il dito indice sulle labbra di Vlad, poi si guardò in giro con sospetto, per assicurarsi che nessuno udisse quella conversazione. Era chiaro che la loro discussione non era degna delle orecchie degli altri Draconiani.

– E tuo padre, ragazzo? – gli chiese ancora il Re, apparentemente preoccupato.

– Mah... – balbettò Vlad – Non è qui. Voglio dire che non abita da queste parti.

– Bizzarro! – sussurrò Aram nelle orecchie degli altri – Non ho mai capito come alcuni possano lasciare i figli nelle mani dei mortali!

– Nemmeno io! – commentò Pogan.

– E abbandonarli! Lasciare che crescano insieme ad altri umani. – mormorò Aram.

– Che vergogna! – Crangu cercò di riavvicinarsi al Re, ma senza successo, perché lo fece solo innervosire di più.

– Cosa avete detto del mio papà? – chiese Vlad.

– Da oggi in avanti non avrai nulla da temere, ragazzo mio! – gli disse Aram deciso, mentre gli metteva la mano sulla testa, coprendogliela tutta – Se finora non hai avuto un papà che si prendesse cura di te, oggi ne hai trovato uno.

Poi il Re voltò le spalle al ragazzo e dichiarò con enfasi alle sue truppe:

– Ascoltate, miei Draconiani! Questo ragazzo, che ha dimostrato di essere più coraggioso di tutti voi messi insieme, si chiama Vlad. Voglio che lo guardiate con attenzione, – aggiunse Aram, mentre strappava Vlad dal Cavallo Prodigioso per mostrarlo alle truppe – e che vi mettiate bene in testa quello che sto per dirvi. Nessuno, – continuò Aram agitando Vlad per aria – nessuno osi torcergli un capello. Siamo intesi?

– Intesi, Altezza!

– Questo ragazzo è un eroe!

– Urraaa! – urlarono i Draconiani, euforici.

– Un eroe senza pari!

– Urraaaa! Evvivaaaaaa! – strillarono ancora le truppe.

– Un vero Draconiano che vi ha salvato la pelle, infami! – disse loro Aram e le truppe tacquero, in attesa di una predica coi fiocchi – Un eroe che ha avuto l'ardire di tenere testa ai più tenaci dei Musocani, sacrificando quello che aveva di più caro: la sua spazzola!

Detto ciò, Aram rimise Vlad in sella. Ma se state pensando in qualche modo che il discorso fosse finito, vi sbagliate di grosso. Sfortunatamente per tutti coloro che si trovavano là, Aram era ben lungi dal concludere la sua grande orazione.

– Questo cucciolo di Draconiano ha fatto cose che nessuno di voi è mai stato capace di fare per mettere fine a questa guerra! E soprattutto per fissare un confine là dove serviva! – urlò Aram.

– Va bene, va bene! – si sentì allora una voce, molto annoiata da tutto quel vociare senza senso.

Vlad passò in rapida rassegna le facce della prima fila, cercando di capire chi avesse parlato. Nessuno sembrava avere mosso le labbra. Così come nessuno dei presenti diede segno di aver udito il commento in questione. Il ragazzo avrebbe potuto anche sentire meglio, se solo Alabella non si fosse voltato verso di loro, per offrire molti più dettagli.

– Il re possiede cinque spazzole a palazzo, ma non si è degnato di sacrificarne nessuna. – disse il cavallo, ironico – E' un ipocrita!

– Parla piano! Ti sentirà! – gli sussurrò il bambino.

– Cosa potrà mai sentire quel poveretto! È un Draconiano! – disse allora il Prodigioso.

– Ovvero sordo per definizione! – aggiunse con cattiveria Alabella.

Poi i cavalli si misero a ridere insieme, ovvero nitrirono in un modo tutto loro; sembrava che i due si conoscessero e fossero amici da molto tempo.

Con tutto ciò, a dispetto della confusione che facevano, nessuno tranne Vlad sembrava sentirli. Tutti i Draconiani ascoltavano la predica del Re, che non dava segno di voler terminare.

Alla fine però Aram si stancò di accusare gli altri di quello che nemmeno lui era stato in grado di fare, e diede ordine alle truppe di tornare a casa.

– Perché non vuole separarsi dalle sue spazzole?

– Non vuole che finisca la guerra. – nitrì con sincerità Alabella – Nessuno di loro lo vuole, infatti, anche se non lo ammetteranno mai. Da quando sono arrivato qui, non hanno fatto altro che combattere. E se li conosco un po', non credo nemmeno sappiano fare altro.

– Sarebbero perduti in tempo di pace. – fu d'accordo il Prodigioso. Dopodiché chiese ad Alabella come fosse arrivato là.

– Forse non mi crederete, ma sono venuto di mia volontà. – disse loro l'animale – Volevo una vita tranquilla. Per lo meno in vecchiaia. La mia razione giornaliera di braci, un secchio d'acqua, un tetto sopra la testa... mi capisci? – chiese Alabella al Prodigioso, che approvava annuendo tristemente col muso. – Non te la prendere, – aggiunse il cavallo del Re all'altro – ma io non sono fatto per andare in giro, vecchio e carico di pustole, in cerca di Principi Azzurri. Troppe avventure e poca sicurezza per i miei gusti. Inoltre non si sa mai chi puoi incontrare... – disse ancora Alabella, avvicinando il muso all'orecchio dell'amico per non farsi sentire da Vlad.

– E' abbastanza vero, – concordò quello – ma mi sembra che nemmeno i tuoi sogni si siano trasformati in realtà. – aggiunse poi stizzito. Dopodiché i due stalloni si allontanarono in silenzio, ognuno pensando che l'altro avesse fatto una scelta sbagliata.

Vlad però non badava ai cavalli. Aram si era voltato verso di lui, dicendogli fiero:

– Benvenuto nel Regno dei Draconiani!

Il ragazzo guardò nella direzione indicata e si riempì gli occhi con quel panorama. Non avrebbe mai potuto ignorare, nemmeno se l'avesse voluto, un reame forgiato interamente in metallo e pietre preziose; pietre così numerose e brillanti da poter sorvolare persino sulla mancanza di gusto tipica dei Draconiani. E Vlad, che fino ad allora non aveva mai visto nulla di simile, rimase subito colpito. Era intimidito da tanta ricchezza. Così ammirò in silenzio tutto ciò che vedeva: i palazzi, costruiti in oro, argento o rame, i muri incastonati con ogni genere di pietre preziose a mo' di stemma di famiglia, alcuni con rubini, altri con smeraldi o diamanti grossi come uova di anatra – simili al Palazzo Reale, per esempio.

E così, nel poco tempo che ebbe a disposizione, constatò che nel Regno dei Draconiani niente era fabbricato con materiali normali. Persino le strade su cui trottavano i cavalli erano fatte del più bel marmo nero che avesse mai visto. E quando vide i frutteti, pieni di meli carichi di frutti d'oro, il Portatore restò assolutamente incantato. Soprattutto perché sapeva, dai racconti letti o sentiti (come sono convinta saprete anche voi!) cosa nascondessero molte di quelle mele...

La partenza delle Dragaike

el frattempo nel Palazzo delle Signore cresceva la confusione. Proprio come aumentava anche il numero dei capelli bianchi tra le loro chiome, o la crudeltà di Irodia verso tutto e tutti. Verso Ruja, che la Regina considerava piuttosto incapace ultimamente; avrebbe preferito ci fosse la Vecchia Sdentata al posto suo! Verso il Non-morto e il suo sciocco orgoglio, che sembravano confonderla sempre più. Nei confronti di tutte le altre Streghe che quella notte erano diventate un peso, invece di sostenere la sua speranza. E non ultimo anche verso sé stessa, perché non sapeva cosa fare. Il Tempo aveva attraversato molte volte il loro giardino, e lei non era ancora riuscita a catturare l'Usignolo Fatato. Quasi non ricordava più come fosse fatto. Ricordava solo un pezzetto della canzone che le donava la giovinezza. Solo quello, e niente di più.

Non osava ancora ammetterlo, ma di certo sarebbe potuta passare accanto all'uccellino senza riconoscerlo.

Irodia osservava un pavone fare la ruota in una delle gabbie dorate del Giardino delle Streghe. E si sforzò faticosamente di ricordarsi come fosse fatto Andilandi, l'Usignolo Fatato. Quanto erano colorate le piume di quel bellissimo figlio del Cielo? Ma per quanto si impegnasse, non riusciva a immaginarlo.

– Altezza... – una delle Altere provò a ridestarla timidamente da quei pensieri.

Irodia tornò in sé. Era Lacargia, la sua consigliera di fiducia. La Regina comunicò con un cenno che l'avrebbe ascoltata e che potevano parlare tranquille, a modo loro. Ovvero con la mente, un linguaggio che conoscevano solo le Altere e gli Stregoni da cui l'avevano imparato.

– Le Rusalke hanno intenzione di ribellarsi. Dicono che il tuo potere è diminuito.

– Ci mancava solo questo...

– Ruxanda sta incitando le Line e le Maliarde. Dice loro che, se ci faremo sfuggire Andilandi anche questa volta, invecchieremo molto più del solito. E se il Tempo ci attaccherà ancora, ci troverà di nuovo indifese.

– Lo so, lo so! – la interruppe Irodia, cercando di sembrare più indifferente possibile – Ce ne andremo in giro come vecchiette rinsecchite. Che scemenza!

Ma quelle parole non erano affatto scemenze. E tutte le Streghe, non importa a quale casta appartenessero, temevano la vecchiaia più di qualunque altra cosa: era una maledizione. Perché nessuna delle Signore voleva vagare per il mondo con tali orribili fattezze.

– Chiama Dumernica! – ordinò Irodia – Dille che porti con sé alcune delle Dragaike. L'aspetterò accanto alla gabbia della Donna-Picchio.

Dopodiché Irodia si voltò e si diresse verso la gabbia, mentre Lacargia prese la direzione opposta, verso il palazzo.

Irodia passò accanto a tre Line – Sandalina, Savatina e Margalina – che la salutarono fedelmente. Troppo fedelmente, anche per delle perfette adulatrici, come erano le Streghe di corte. "Forse mi sbaglio." pensò Irodia. "Comincio a vedere complotti dappertutto!"

La Regina però non si sbagliava, perché mentre camminava il giardino risuonava dei bisbigli delle Signore, insoddisfatte dei suoi piani. "Psss-psss!" si sentiva da tutte le parti. "Irodia ci distruggerà!" "Psss-psss! Irodia perderà di nuovo l'Usignolo Fatato!" E con ogni voce o mormorio che attraversava il Giardino delle Streghe, la fine del regno di Irodia sembrava avvicinarsi.

*"– Ai tuoi ordini, Altezza! – disse Dumernica, inginocchiandosi
di fronte ad Irodia – A chi dobbiamo tagliare la testa?"*

Quando la Regina giunse davanti alla gabbia della Donna-Picchio, le Dragaike erano già là. La aspettavano accanto all'enorme
creatura, sorella dell'Arpia. Le Dragaike erano quattro: Lemnica,
Roshia, Todosia e Dumernica. Quest'ultima era diventata la nuova
portavoce delle Dragaike al posto di Iana, da quando le Galiane se
ne erano andate.

– Ai tuoi ordini, Altezza! – disse Dumernica, inginocchiandosi di fronte ad Irodia – A chi dobbiamo tagliare la testa?

Irodia si sentì in dovere di dare ulteriori spiegazioni, perché le Dragaike, come tutti i soldati che si rispettino, non capivano molto di quello che capitava più in là della loro spada.

– Dovete andare dai Draconiani e catturare il Portatore. – sussurrò la Regina, guardandosi sospettosamente attorno.

– E se non lo troviamo?

– Allora andrete dai Musocani...

– Perdono, Altezza, ma i Musocani sono un problema. Noi non sappiamo latrare la loro lingua. – le ricordò Todosia.

– Il figlio di Horshti...

– Zob. – disse Lemnica.

– Sì... mi sembra si chiami così. Zob parla un poco la nostra lingua. Chiedete a lui di aiutarvi.

– E se incontriamo Ruja o Iona, cosa facciamo? – si interessò Dumernica.

– A Rujalina dite che mi manca molto e che vorrei vederla al più presto! E al Non-morto vorrei deste un regalo, di giorno se è possibile. – disse Irodia alle Dragaike, mentre metteva un paletto in mano a Todosia.

Le quattro Dragaike fecero un inchino e si allontanarono orgogliose, con le spade e i pugnali che tintinnavano alla cintura. Irodia le seguì con lo sguardo e pensò che se nemmeno loro fossero tornate vittoriose, avrebbe dovuto spiegare l'intero esercito.

Di certo non prima di consigliarsi con il suo vecchio maestro, lo Stregone Mar, del cui sostegno aveva ora un gran bisogno.

Le piccole Draconiane

e pesanti porte del Palazzo Reale si aprirono facendo cigolare tutti i cardini. Aram scese da cavallo e come di consueto mandò avanti l'animale. Nel frattempo, anche Vlad smontò dal Prodigioso e lasciò che venisse condotto nelle stalle. Poi osservò divertito la clava del Re volare, ringhiando e latrando a più non posso. O almeno così sembrò a lui, perché nei dintorni non c'era nessun cane. Il Portatore vide la clava colpire la porta e salire i gradini dorati verso il primo piano. Sapeva anche – dai racconti letti – che l'arma in questione doveva colpire ancora una volta il tavolo, annunciando ai cortigiani l'arrivo del padrone. Dopodiché sarebbe andata ad appendersi da sola, di sua volontà, al chiodo. Ovvero dov'era il suo posto.

Quello che però Vlad non vedeva, e nemmeno poteva immaginare, era l'agitazione di cui era preda l'intera servitù del castello alla vista della clava lanciata dal padrone. Tutti i servitori, i cuochi, gli stallieri accanto a Rugosa, la balia, e alle tre figlie di Aram erano come impazziti e correvano ansiosi per sistemare gli ultimi dettagli prima di presentarsi a rapporto. Se li aveste visti correre come pazzi per il castello, aggiustandosi i vestiti, i capelli o ritoccando le pietanze con cui volevano sorprendere il Re, avreste potuto giurare che non sarebbero riusciti a disporsi in quadrato per tempo.

Ma quando Vlad si avvicinò al Re e ai suoi servitori all'entrata del palazzo, il quadrato era perfetto. E tutta la servitù era in ordine e in bella mostra.

– Benvenuto, Altezza! – gridarono i Draconiani.

Uno dei cuochi porse ad Aram un vassoio dove lo aspettavano un osso affumicato e un boccale di vino.

Aram non vi prestò attenzione. Studiò i sudditi per vedere se mancava qualcuno, dopodiché disse fiero:

– Abbiamo vinto!

La folla scoppiò in applausi e ovazioni. "Aram! Aram!" urlarono i Draconiani fino a che non videro il Re fare un breve cenno, militaresco, per chiedere il silenzio. Aram si rivolse alle figlie e, dopo che ebbe sistemato a una il colletto della camicia e ad un'altra la frangetta (che non era dritta a sufficienza), si voltò di nuovo verso Vlad. Si alzò un poco sulla punta dei piedi e lo indicò con il dito. Ovvero, lo saprete anche voi, proprio come nessuna persona ben educata dovrebbe fare!

– Abbiamo vinto grazie a questo eroe! Vlad, fatti avanti, figliolo! – ordinò Aram, e Vlad avanzò verso di lui, sotto gli sguardi curiosi dell'intera corte.

Le figlie di Aram fissavano accigliate il Portatore. Non amavano affatto vedere il loro papà dare tanta attenzione a un estraneo. Ma le piccole Draconiane non erano le sole a fissarlo con odio. Nemmeno i cuochi gli lanciavano occhiate amichevoli, considerandolo troppo minuto per essere un vero Draconiano. Neppure i giardinieri sembravano curarsene, poiché ritenevano che fosse un meticcio, che in qualsiasi momento avrebbe potuto levare loro il lavoro e il pane.

– Se quello non è nato da una mortale, io non mi chiamo più Schiaffo. – sussurrò uno dei giardinieri a Rugosa.

– Zitto! – gli rispose la vecchia, intimandogli di tacere con lo sguardo.

– Se anche lui diventa giardiniere, io me ne vado. Chiedo di trasferirmi al palazzo di Pogan!

A nessuno passava per la mente cosa il Re pensasse di fare con il ragazzo. Non immaginavano che Aram volesse adottarlo, che pianificasse di lasciargli in eredità l'intero reame e che poi volesse ritirarsi. Quello almeno fu quanto dichiarò ai Draconiani nell'istante successivo, lasciando tutti a bocca aperta. Poi raccontò di come il ragazzo avesse lottato da solo contro i Musocani, mettendo fine alla guerra:

– È un eroe! – spiegò Aram – Perciò si merita il posto.

– Bene, ma le tue figlie, Altezza? – obiettò Rugosa.

– Cosa c'entrano loro? – la interruppe Aram, non lasciando spazio ad altri commenti – Sono femmine! Non vorrai che io lasci il mio regno a una ragazza?!

– A una no, ma a tre? – gli rispose la balia.

Rugosa era l'unica rappresentante di corte che poteva contraddire Aram senza correre rischi. A volte capitava che il Re ascoltasse le sue parole e seguisse i suoi consigli. Almeno così stavano le cose da quando la mamma delle tre piccole, la Regina dei Draconiani, era morta.

Quella volta però Aram non ascoltò Rugosa. Si era intestardito su quella decisione. Voleva lasciare il trono a Vlad e basta!

– Papà, oggi ho spezzato la zampa a un cane... – pigolò Maligna, in un tentativo disperato di ottenere l'ammirazione del Re.

– E con questo? Ti ci metti anche tu, sei come il prezzemolo!

– Io ho annegato tre gattini, Altezza! – aggiunse Scorza, la sorella, facendo decisa un passo in avanti.

– Avete qualcosa di importante da dirmi o dobbiamo perdere tempo in sciocchezze?

– Io ho dato fuoco ad un'ape. – osò dire allora anche la più piccola, che si chiamava Fumina.

– Silenzio, Rohmane! – urlò Aram, che aveva esaurito la pazienza.

E "Rohmano", per i Draconiani, era una parolaccia, come per gli umani sarebbe "stupido" o qualcosa di peggio, che qui nemmeno si può dire.

– Era la Regina delle api, papà! – strillò Fumina, quando vide la faccia con cui il padre avanzava verso di lei.

Udendo ciò il Re si calmò e carezzò la figlia sulla testa, dicendole in un sussurro: "Brava!". Poi ordinò a tutti di rispettare Vlad come un principe. Al cuoco disse di trattarlo con ogni riguardo, perché il ragazzo aveva la *draconite*. E che quindi preparasse qualcosa di speciale per lui, di modo che guarisse il prima possibile. O almeno prima di poterlo presentare ufficialmente a tutti i Draconiani come legittimo erede. E alle figlie ordinò di accompagnare il "nuovo fratellino" nella stanza degli ospiti e di aver gran cura di lui. Altrimenti le avrebbe picchiate con la clava ammaccando loro la gobba.

Così Vlad seguì le Draconiane in una vera visita al palazzo. Osservando tutte quelle ricchezze, al Portatore brillavano gli occhi come quelli di una gazza, ma considerava ancora i Draconiani brutti, meschini e ipocriti. In ogni caso non aveva molta scelta. Doveva lasciar credere di essere il figlio di un Draconiano e di una mortale, come capitava qualche volta. E di essere un eroe o chissà quale altra frottola inventata da Re Aram. Almeno fino a quella sera, o al giorno dopo all'alba, quando il ragazzo meditava di fuggire insieme al Cavallo Prodigioso.

La cosa più saggia era, certamente, andarsene dal Regno dei Draconiani il prima possibile. Alla prima occasione in cui si fosse trovato da solo. Tuttavia qualcosa lo tratteneva... non si rendeva conto di quanto stesse succedendo, ma forse gli piaceva l'attenzione che Aram gli riservava. Sapeva che si trattava di una belva cattiva e pericolosa, ma non poteva ignorare quel trattamento speciale. Cominciò addirittura a pensare a quanto fosse bello essere amato "molto di più" di chiunque altro e a dispetto di tutti.

– Questa è la stanza degli ospiti! – lo informò Fumina, spalancando una porta enorme davanti alla quale si erano fermati.

Vlad fissò gli orsi ai lati della porta con la bocca spalancata. Se quelli (così come la porta) non fossero stati d'oro massiccio, il ragazzo avrebbe giurato di trovarsi di nuovo nel salotto dei nonni, al podere dei Munteanu. Le porte erano identiche!

Poi il bambino infilò cauto la testa e ammirò la stanza arredata in "stile draconico". Ovvero una camera con mobili alti, in legno di noce massiccio, con tende di velluto e arazzi dorati, il pavimento in marmo nero coperto qui e là da pellicce.

Il Portatore notò che le finestre erano molto piccole, e la stanza piuttosto buia per i suoi gusti. Ecco, non vorrei essere fraintesa, non era buio pesto. Si potevano vedere delle torce, sistemate per mettere in risalto qualsiasi cosa potesse brillare: gioielli, ninnoli raffiguranti Aram in diverse pose, portacenere, molte spazzole e, non ultimo, piatti di caramelle, da cui Vlad non riuscì a distogliere lo sguardo.

Non perché fosse goloso di natura, ma perché nel suo mondo non aveva mai sentito parlare di tali prelibatezze; non aveva mai visto Nani di cioccolata, burro e nocciole, né Draghi caramellati o Cavalli Prodigiosi canditi, capaci di farvi cadere fino all'ultimo dente.

– Fai come fossi a casa tua! – disse Maligna, prendendolo in giro.

– Altezza! – aggiunse Scorza.

Le piccole Draconiane si misero a ridacchiare. Vlad però non si lasciò intimidire da quell'accoglienza non molto affettuosa e disse senza mezzi termini:

– Lo farò!

– Noi ci ritiriamo nella Sala delle Armi. – lo informò Fumina.

– Con il permesso di Vostra Altezza. – confermò Scorza, minacciosa.

– Dove?

Udendo della sala in questione, Vlad si mostrò subito molto interessato.

– Andiamo dove i mocciosi non sono graditi! – urlò Maligna.

Dopodiché le figlie del Re si diedero alla fuga, correndo come razzi in fondo al corridoio. Vlad non si lasciò scoraggiare e le seguì. Giunte sul posto più veloci del ragazzo, le Draconiane cominciarono a spingere la porta della Sala delle Armi. E se Vlad avesse tardato solo di un minuto, quella porta pesante, fatta di bronzo massiccio, gli avrebbe sbattuto di sicuro sul naso.

Invece il Portatore arrivò in tempo. Ed essendo molto curioso di scoprire cosa quella sala riservasse, infilò il piede tra la porta e l'uscio, per impedire alle Principesse di chiuderla. Poi fece forza sui cardini cercando di riaprirla.

Non ci riuscì neanche per sogno, ovviamente, perché in quanto a forza lui era decisamente svantaggiato. Ma quando le piccole Draconiane, che spingevano dall'altra parte della porta, furono sul punto di strappargli il piede e le mani, tutti sentirono Maligna ordinare alle sorelle più piccole:

– Lasciatelo, vediamo cosa è capace di fare!

Momento in cui le Draconiane si tolsero di mezzo, facendo entrare il ragazzo.

La Sala delle Armi

uando riuscì a entrare, Vlad vide una grande stanza, con pareti coperte di armi di ogni genere e misura. Ben appesi a chiodi d'oro c'erano innumerevoli pugnali, fruste, sciabole, asce e coltellacci, lance, mazze ferrate e clave. Tutti divisi per bene per età, luogo di provenienza, grandezza o materiale in cui erano stati fabbricati. Quando il Portatore fece qualche passo verso la parete di sinistra, scoprì una zona dorata – dove si trovavano solo armi d'oro. Poi vide anche un'altra area, di rame, e un'altra ancora, per i coltelli incastonati con pietre preziose... Vlad non sapeva più da che parte guardare. Inoltre gli sembrava che le armi si muovessero e facessero strani rumori. Le fruste parevano sibilare, le sciabole squittivano come ratti arrabbiati, mentre molte delle clave ringhiavano davvero. Proprio come fanno i cani addestrati appositamente per i combattimenti.

Credendo di avere le allucinazioni, Vlad pensò bene di controllare. Distolse per un attimo lo sguardo dalle armi, posandolo sul cavallo che stava nel mezzo della stanza, equipaggiato con l'armatura da capo a zoccoli. Poi si voltò bruscamente verso la parete di sinistra, sperando di sorprendere le armi in azione. Ma quelle non si muovevano più. Sembrava avessero indovinato cosa intendeva fare Vlad e ora volevano fargli uno scherzo.

– Sono vive! – disse Maligna, guardandolo divertita.

E non ci fu bisogno che la Draconiana aggiungesse altro, perché tutte le armi cominciarono a muoversi a comando, provocando rumori da brivido. Vlad si spaventò talmente che arretrò subito di due passi e colpì la testa del cavallo, che sembrava essere l'unico a non muoversi nella stanza. Gli mise una mano sul muso e constatò con orrore che era... freddo.

– Silenzio! – comandò Maligna alle armi.

Udendola, le armi tacquero subito e dopo essersi agitate ancora un po', fecero di nuovo la posizione del morto.

Ecco chi erano i Draconiani: grandi amanti delle armi e guerrieri senza pari. Essendo anche maghi, erano in grado di dare la vita a chi non l'aveva. O di toglierla a chi l'aveva. Soprattutto se davano alla vita altrui il valore di una cipolla congelata. E con questo non mi riferisco solo al povero diavolo impagliato al centro della stanza, perché il cavallo non era l'unico cadavere nei dintorni. Guardandosi in giro con attenzione, Vlad notò i gattini annegati poco prima, il cane zoppo e l'ape sofferente, di cui aveva sentito parlare poco prima.

Al ragazzo non piacque quella vista, così aprì la porta e liberò il cane, che fuggì in un baleno. E visto che per i gattini non c'era più niente da fare, si avvicinò alla Regina delle api che stava sul davanzale della finestra, legata a pezzetti di fiammifero, più morta che viva.

– Slegami, ragazzo, e saprò ricompensarti! – si lamentò l'ape mezza stordita.

Vlad si apprestò a sciogliere il filo, ma ben presto una mano Draconiana lo fermò, colpendolo.

– Cosa credi di fare? – gli domandò aspra Maligna.

– Non lo vedi? La sto liberando! – rispose Vlad – Dovreste vergognarvi!

– E tu?

La Draconiana non perse tempo. Mentre parlava al Portatore si piazzò davanti alla finestra per sbarrargli la strada.

– No, ma...

– Ma cosa? Se la vuoi, battiti!

Maligna allungò la mano verso una delle pareti. Sulle prime Vlad non capì cosa stesse succedendo, ma non gli ci volle molto per vedere una delle fruste sistemate sul muro staccarsi dal proprio posto come un serpente sinuoso, e volare dritta in mano alla Draconiana. Poi il ragazzino sentì Scorza fischiare a una clava, appesa alla parete opposta. E vide l'arma precipitarsi al volo verso l'altra

Draconiana, accucciarsi tra i suoi piedi e saltarle nella mano sinistra, ringhiando e guaendo, pronta a combattere.

Vlad si voltò veloce verso Fumina. Quella non "chiamò" in aiuto nessuno, ma avanzò verso il Portatore, con le mani sui fianchi e i piedi allargati, fino a che Vlad le sbatté sul collo. Poi la Draconiana lo spinse indietro di qualche passo, come fanno i galli da combattimento.

– Dimmi! Come vuoi batterti? – chiese Fumina – La mia specialità è la lotta a mani nude. – lo informò lei, prima di afferrarlo per la vita e conficcarlo in terra fino alle caviglie.

– Io non mi batto con le femmine! – cinguettò Vlad, sprofondato.

– Vigliacco! Vigliacco! – urlarono le ragazze in coro.

– Che razza di Draconiano sei se non sai neanche lottare? – gli chiese Scorza.

– E che razza di re sarai se non hai idea di come si maneggia una frusta? – continuò Maligna – E nemmeno una clava! – aggiunse poi, guardando con superiorità la sorella Scorza, specialista con quell'arma.

– Non ho detto che non sono capace, ma che non voglio! – disse Vlad – Io non mi batto con le femmine perché sono un gentiluomo. È questa la mia specialità!

Poi il bambino tirò fuori i piedi dal terreno. Voleva passare in mezzo alle ragazze, ma non riuscì a fare più di un passo che si ritrovò lungo disteso. Questo perché la frusta di Maligna gli si era arrotolata ad una caviglia, impedendogli di avanzare.

Le sorelle non sapevano cosa volesse dire la parola "gentiluomo", così si immaginarono che fosse una parolaccia e che Vlad volesse solo provocarle. Cosa mai potevano sapere delle Draconiane di come è fatto, come parla e come si comporta un vero gentiluomo, quando loro non ne avevano mai incontrato uno? Quando per loro amare significava solo litigi e botte?

– Pensi di essere furbo, mezzosangue? – ringhiò Maligna.

– Quieto!

– Vipera!

"Ne ho abbastanza!" pensò Vlad. Lui non era un animale! Essere chiamato Quieto (ovvero stupido, nella lingua dei Draconiani) poteva anche passare. Aveva sentito anche parole più brutte, ma poiché avevano parlato molto male della sua mamma, Vlad divenne rosso come un gambero lesso. E non passarono che pochi secondi perché mollasse a Maligna uno schiaffo fortissimo in faccia. E lo schiaffo fu così potente che quella finì dritta per terra. Dopodiché, prima che le altre due cominciassero a protestare, Vlad pestò loro i piedi con forza, si tolse la sciabola dalla cintura e fuggì in un angolo della sala.

Vlad immaginava che le Draconiane, vigliacche com'erano, volessero attaccarlo in gruppo. E così fu. Ma il ragazzo non aveva previsto che la frusta di Maligna gli avrebbe afferrato all'improvviso la sciabola, gettandola via. Dopodiché le ragazze gli saltarono addosso lanciando urli di guerra terribili. Scorza gli piegò un braccio dietro la schiena, e sua sorella Fumina gli tirò i capelli e cominciò a scuoterlo con forza – proprio come scuotevano i meli nel frutteto – mentre Maligna lo colpiva ritmicamente allo stomaco.

– Ne vuoi ancora?

– Dagliene di più!

– Ne vuoi ancora?!? – insisté la prima voce.

– Dagliene di più!!! – rispose di nuovo la seconda voce al posto di Vlad, che si ostinava a non dire niente. Ma stringeva i denti, lanciando alle Draconiane una risata crudele. Dopodiché, per gettare benzina sul fuoco, Vlad fece loro anche la linguaccia, scimmiottandole:

– Ne-ne-ne-ne-ne!

Vedendo tanta impertinenza, Maligna si preparò a mollargli altri pugni. Ma non riuscì a farlo perché Vlad le sferrò un calcio alle ginocchia, sussurrando a denti stretti:

– To'!

Non fu affatto un bello spettacolo, credo sia chiaro a tutti. Pare che tutto ad un tratto Vlad avesse dimenticato le buone maniere. E abbassandosi al livello delle Draconiane, era diventato simile a loro senza rendersene conto. Se l'aveste osservato con attenzione, nella confusione della lotta, avreste notato che gli era perfino cresciuta un po' la testa e che lo sguardo era più tenebroso di prima, quando la sua bontà e il suo candore non sembravano così lontani.

In meno di un minuto quei quattro, un gomitolo compatto di lottatori, si azzuffavano così tanto, da non poter più distinguere chi tirasse i capelli di chi, chi urlasse, chi si contorcesse di più o chi menasse pugni e calci più forti.

– A tavola! – udirono allora la voce stridula di Rugosa, la balia, da qualche parte loro alle spalle.

Di certo nessuno sembrava averla notata. Solo Fumina – la più piccola, ma anche la meno saggia delle sorelle – ebbe un attimo di esitazione. Si voltò un poco verso la balia, indecisa se starla a sentire oppure no. In quell'attimo Vlad approfittò della debolezza delle truppe avversarie e allungò la mano per cercare la sciabola che era caduta da qualche parte nell'angolo in cui era finito dopo tante capriole.

– A tavola, gente! – tuonò di nuovo Rugosa.

La vecchia Draconiana avanzava minacciosa verso il "campo di battaglia", ma nessuno sembrava sentirla. E Vlad nemmeno riusciva a vedere granché, perché nella ricerca caotica della sciabola, aveva messo per sbaglio la mano sulla clava di Scorza. E l'arma, sentendosi toccare da una zampa diversa da quella della sua padrona, saltò su una delle pareti trascinandosi dietro anche Vlad. Poi lo gettò sul pavimento, di nuovo contro un muro e ancora a terra.

La clava fuggiva su tutte le pareti, e Vlad dietro di lei. La clava si scuoteva, e anche Vlad veniva sbatacchiato. La clava saltava e, ovviamente, saltava anche Vlad.

– Lasciala! – urlò la vecchia, pensando che se fosse successo qualcosa al piccolo, Aram avrebbe punito tutti con atroci sofferenze.

– Aiutooooo! – urlava Vlad, terrorizzato, che non sapeva quando lasciare andare la clava rabbiosa e darsela a gambe.

– Lasciala una buona volta! – insisté di nuovo la vecchia, che non udiva più nulla a causa di quei latrati.

Le piccole Draconiane erano le sole che sembravano divertirsi, ridendo come matte. Ma solo finché Rugosa non le rimproverò e diede loro uno schiaffo sulla nuca, dicendo tra i due denti:

– Se non lo mettete subito giù, vi trasformerò in ranocchie pustolose!

– Qui! – gridò allora Scorza.

Sentendo quella magica parola, pronunciata da chi di dovere, la clava finì immediatamente a terra, trascinando Vlad dietro di sé, mezzo acciaccato. La balia balzò e liberò lo sfortunato, dopodiché si voltò verso le ragazze, indicando la porta con il suo dito nodoso:

– A tavola, ho detto!

– E lui...? – chiese Maligna, che avrebbe voluto darne ancora un paio a Vlad.

– Lascia che faccia tardi. – le bisbigliò la vecchia, mentre spingeva tutte e tre verso la porta. E a dire dal suo tono, era chiaro che, anche se aveva "salvato" il Portatore, in realtà tifava per le figlie di Aram. Tutti sapevano che chi arriva tardi per la cena, considerata dal Re il pasto più importante, non la passava liscia.

Quando le vide uscire, Vlad fece un grande sforzo e si mise a quattro zampe. Poi cercò di stare in piedi, ma non ci riuscì. Si spostò al centro della stanza dove, aiutandosi con il cavallo morto, poté finalmente rialzarsi. Rimase un po' così, appoggiato a una delle zampe del cavallo, poi fece un primo passo. Dopo ne fece un altro ed ecco che, pian piano, imparava di nuovo a camminare.

Forse crederete che io abbia esagerato, descrivendovi con ricchezza di particolari come "si svolsero le ostilità", ma non è affatto così. La lotta con le Draconiane fu davvero violenta! Vlad aveva gli abiti in disordine, il viso graffiato, gli mancavano ciocche di capelli, e il corpo gli doleva così tanto che non riusciva a muoversi se non al rallentatore.

Quando giunse davanti alla finestra, dove si trovava la Regina delle api, quasi non ricordava cosa stesse cercando in quel posto.

Proprio come capita dopo che è terminata una battaglia, quando nessuno sa più con esattezza come tutto è cominciato.

– Slegami, per favore! – gli ricordò allora la Regina.

Vlad era troppo stanco per riuscire a parlare. Si sentiva come se avesse corso tutto il giorno. Così non rispose nulla, ma la slegò, in silenzio.

– Ti ringrazio con tutto il cuore, Draconiano!

La Regina delle api guardò con grande attenzione la testa del bambino – adesso anche più grande! – e la fronte che era diventata più bombata dov'era stata colpita e gli disse:

– Hai un cuore grande, Draconiano!

– Non sono uno Draconiano...

– Lo immaginavo, e non sembri nemmeno un Musocane, sai...

– Sono un umano. – la interruppe Vlad annoiato – Quando arrivi dai Quieti, di' loro che sto bene, per favore.

– Sei il Portatore...? Resta qui! Dove vai?

– Ho da fare!

– Prendi quest'ala e usala con cautela! – gli disse ancora la Regina, quando lo vide allontanarsi – Ti consiglio di non trattenerti oltre. Non è prudente!

Vlad prese l'ala borbottando "Va bene, va bene!" ma pensando piuttosto "Chi ha bisogno dei tuoi consigli, insetto bruciacchiato!". E invece di chiedere alla Regina delle api come usare quel dono, si diresse con sguardo truce verso la porta. Non pensò nemmeno a come poteva sistemare per bene quelle tre "gentildonne" una volta che si fosse trovato di nuovo vicino a loro. "Gliela faccio vedere io a quelle Draconiane!" si diceva Vlad, mentre andava verso la porta sempre più deciso e più sicuro di sé. Prima di uscire dalla stanza, udì ancora una volta la Regina delle api strillare una quantità di brillanti consigli, come "Stai attento a chi frequenti, perché chi si somiglia si piglia", oppure "Dimmi con chi vai e ti dirò chi sei". Ma il ragazzo non la degnò di uno sguardo. Anzi, molto peggio. Uscì dalla Sala delle Armi sbattendo con forza la porta dietro di sé.

La cena dei Draconiani

L'hai fatta grossa, Altezza! – lo raggiunse una voce possente, quando Vlad giunse nella sala principale del castello – Tutti i cortigiani si sono già riuniti a tavola, manchi solo tu.

Dal momento che nel corridoio si era radunata una moltitudine di servitori, Vlad non cercò nemmeno di capire chi avesse parlato. Scese le scale mostrandosi più fiero che poté, senza voltarsi. Il Draconiano che gli stava addosso, un giardiniere sempre scontroso di nome Schiaffo, non si lasciò intimidire e, mostrandosi benevolo, accompagnò il Portatore all'ultimo piano, dove la corte cenava di solito.

– Il Re è furioso! – gli bisbigliò smielato il servo.

– E perché?

– Come perché, Altezza? Il Re punisce severamente chi tarda a tavola la sera. Per i Draconiani, cioè per... noi, la cena è il più importante dei pasti. – aggiunse ruffiano Schiaffo.

– Giura!

– E quella vecchiaccia di una balia ha detto ad Aram di averti chiamato, e che tu non sei voluto venire.

– Ma è una bugia!

– Allora faresti meglio a dirlo al Re! Devi attaccare per primo. – gli consigliò Schiaffo – Non appena entri, zac! Accusala! Senza pietà!

Se Vlad avesse sentito quello che Rugosa aveva detto di lui a Schiaffo quando era arrivato a palazzo, si sarebbe saputo difendere dalla sua linguaccia. E soprattutto avrebbe capito molte cose sui Draconiani. Sul modo di fare disonesto di quelle creature. Vlad però ascoltò il consiglio di Schiaffo, senza considerare neanche per un attimo che nel mondo dei Draconiani niente era gratis. Nemmeno un suggerimento apparentemente disinteressato, come quello che si apprestava a seguire.

– La vita di corte non è per niente facile, Principino! Ma qui puoi trovare anche servi fidati...

– Come te?

Mentre camminava, Vlad si voltò, studiandolo per bene.

– Schiaffo, sempre a disposizione di Vostra Altezza! – rispose il Draconiano, inchinandosi – Se avrai bisogno di me, mi troverai al Frutteto dei Meli d'Oro!

– Grazie. – disse Vlad e attraversò la porta che il Draconiano gli aveva indicato con grandissima gentilezza.

Senza dubbio, se Vlad fosse stato più attento mentre si allontanava, avrebbe udito Schiaffo borbottare in sala da pranzo: "Che le pulci vi mangino tutti!". Con "tutti" Schiaffo intendeva tutti i Draconiani purosangue, ovvero nati da una madre Draconiana. Quelli che, a suo parere – che era peraltro il parere generale della servitù – disponevano ingiustamente di tutto l'oro e di tutti gli onori del mondo. Mentre loro, i servi, nati dalla sfortunata e affrettata unione di un Draconiano con una mortale, non avevano diritto a nulla. Nulla all'infuori del prendersi cura degli alberi e dei cavalli, fabbricare armi o cucinare. Proprio come tutti i figli concepiti al di fuori delle nozze, che diventavano automaticamente servi dei purosangue.

Detto ciò, credo sia chiaro quanto Schiaffo invidiasse Vlad, considerandolo un profittatore senza pari. Malgrado tutto si mostrava cortese con il ragazzo per una sola ragione: pensava che Vlad potesse davvero diventare Re, proprio come Aram si augurava.

Ovviamente Vlad non sospettava nulla. Non vedeva nessuno degli intrighi che si tessevano attorno a lui. A dire il vero, si può dire che negli ultimi tempi non pensasse più a niente. Non pensava al Cavallo Prodigioso, che la mattina aveva lasciato nelle stalle, e neppure gli importava la sua sorte. Non pensava alla salute dell'Usignolo Fatato, né a evadere dal Regno dei Draconiani o a sfuggire alle Signore che lo inseguivano e che volevano ciò che lui aveva di più prezioso. Proprio come non pensava nemmeno ai suoi genitori, dai quali aveva quasi deciso di tornare, dopo aver consegnato l'uccellino alle Galiane. E mentre attraversava la sala preparata per la cena dei Draconiani, senza sapere esattamente cosa pensare, avanzò a testa alta e con lo sguardo fisso negli occhi del Re.

– Mi scuso per il ritardo. – disse Vlad.

– Gli avevo detto di venire, Altezza! – gridò subito Rugosa.

– Ma non hai precisato dove! – le rispose il bambino, mentre si sedeva tranquillo su una sedia vuota, alla destra del Re.

Anche se i commensali erano meravigliati dall'audacia del Portatore, non osarono protestare in alcun modo. Non vollero sussurrare nulla, né guardarsi gli uni gli altri, tanta era la tensione che aleggiava sopra le loro teste. Specialmente sulla testa del Re, dove sembrava si fosse accumulata, proprio come le nuvole prima di un temporale. I Draconiani che si trovavano a tavola si limitarono a guardare il padrone, aspettando con il fiato in gola che quello prendesse una decisione. Ovvero, che punisse qualcuno. Dopodiché anche loro avrebbero potuto gustare le pietanze cotte a puntino che avevano davanti agli occhi.

– Non fa niente. – rispose stranamente pacifico Aram – Vlad non poteva conoscere tutte le usanze della nostra corte...

Il Re guardò con insistenza la balia e le sue figlie, poi accarezzò Vlad sulla testa in modo vistoso.

– Si vede che è un ragazzo sveglio e intraprendente!

– Comincia ad assomigliarvi. – osò dire Pogan, seduto alla sinistra del Re.

E Vlad non ebbe bisogno di sentire altro. Gonfiò così tanto le sue piume, lanciando alle figlie del Re sguardi pieni di superiorità, che quasi non udì Crangu mormorare dietro la sua sedia:

– Togliti dalla mia sedia! Quello è il mio posto!

Crangu cominciò a scuotere leggermente la seggiola su cui il bambino si era appena seduto. Lo sforzo fu però inutile.

– Chi va a Roma perde la poltrona! – disse Aram a Crangu, provocando risate nell'intera sala.

Era chiaro anche ad uno sciocco che Aram pensava fosse doveroso punire qualcuno in ogni caso. Fosse anche prendendolo in giro. Altrimenti non si sarebbe potuto definire Draconiano, e tanto-meno Re.

– Vostra Altezza mi ha mandato a cercarlo! – cercò di difendersi lo sfortunato, indicando Vlad con disperazione.

Aram però non gli rispose. Si limitò ad indicargli con il coltello (che si era sfilato dalla cintura per tagliare la carne) un posto libero accanto a Maligna. E solo in quel momento Vlad notò che la tavola a cui stavano era a tre piani. Al piano più alto sedevano lui e tutti i cortigiani purosangue. Quello era seguito da un secondo livello, quello delle donne, dove Rugosa occupava il posto d'onore, accanto ad altre Draconiane mostruose che Vlad non aveva visto fino ad allora. E infine, al terzo ed ultimo piano, c'erano i bambini. Sedevano su certe seggioline e avevano poco cibo davanti a sé.

Vlad pensò che fosse una brutta cosa, ma non protestò. Non mostrò apertamente la sua disapprovazione. Era troppo bello essere trattati come un Principe e stare alla destra del Re, senza preoccupazioni.

– Questo salame è stato preparato apposta per te, così ti rimetti in salute! – disse Aram.

Poi il Re dei Draconiani mise nel piatto di Vlad un grosso pezzo di salame. Il Portatore ringraziò educatamente e ingurgitò subito il cibo, senza porsi troppe domande.

Aram lo osservava con la coda dell'occhio masticare e inghiottire con difficoltà, dopodiché si tagliò un bel pezzo di maialino da latte, una coscia di fagiano ripieno di nocciole, un pasticcio di cuore di agnello e un'enorme fetta di torta a forma di castello che gli troneggiava davanti agli occhi. Poi si riempì il boccale di vino rosso e lo sollevò mostrandolo alla corte. E quello non era solo un gesto di omaggio in onore del nuovo venuto o dei cortigiani là raccolti, come si usa fra la gente perbene: era un segnale. Qualcosa di simile allo sparo che precede certe gare e che, nel caso dei Draconiani, non faceva altro che dare il via libera all'abbuffata.

E se starete in qualche modo immaginando che i Draconiani, prima di cominciare a mangiare, abbiano recitato una preghiera draconica o tenuto un discorso di ringraziamento ad una qualche divinità o magari ad Aram, per quella tavola così abbondante, vi devo informare che non andò così. Semplicemente si gettarono sui maialini da latte, sui vitelli arrosto, sui fagiani ripieni e sulla frutta caramellata come dei selvaggi.

Vlad non ricordava di aver mai visto niente del genere, così rimase con il cibo in bocca, osservandoli sempre più spaventato. E il panorama, ve lo devo dire, era davvero orribile. I Draconiani si azzuffavano, si schiaffeggiavano con le zampe e si leccavano con tanta foga le dita nodose dagli artigli sporchi o i piatti dopo che avevano terminato di ingozzarsi, che guardandoli avreste potuto dar di stomaco, vomitando il vostro ultimo pasto. E quando cominciarono a ruttare o a fare puzzette, Vlad pensò che fosse davvero troppo. Così si alzò da tavola e fece per andarsene.

– Vedo che non ne vuoi più. – gli disse Pogan mentre afferrava dal piatto il salame avanzato.

– Sono sazio. Vado a fare una passeggiata. – disse lui, più che altro al Re, prima di alzarsi da tavola.

– Molto bene, figliolo! Devi passeggiare molto alla luce della luna. Farà bene alla tua malattia...

– Non sa cosa si perde! – mormorò Pogan al Re, mentre Vlad si allontanava da tavola a passi svelti – Il salame di cavallo rende la testa dura!

Forse Pogan avrebbe parlato ancora, se Aram non gli avesse fatto cenno di tacere stringendogli con forza un polso. Però il ragazzo non udì nulla di quanto detto, perché si trovava già lontano a sufficienza e il Draconiano aveva parlato con la bocca piena. Così Vlad camminava tranquillo e in qualche modo alleggerito verso i frutteti, per assicurare al Cavallo Prodigioso che sarebbero partiti il giorno dopo, all'alba. Infatti la vista dei Draconiani affamati gli aveva ricordato d'un tratto che aveva una missione da compiere.

Le stalle reali si trovavano alle spalle del castello, proprio come a volte i granai sono posti dietro alle case degli umani. Così Vlad non ci mise molto a trovarli. Una volta giunto là, vide il Prodigioso nitrire e battere felice le ali, in segno di benvenuto.

– Alla fine sei venuto! – nitrì lo stallone.

– Stai pronto! Domattina all'alba partiamo. – gli disse Vlad, carezzandolo sul muso.

– Non domani, oggi! Ora! – protestò il Prodigioso, quando vide che Vlad voleva andarsene – Non devi stare ancora in mezzo a loro! I Draconiani sono disonesti! Fanno i gentili solo quando vogliono qualcosa. – insisté l'animale.

Ma Vlad reagì in maniera del tutto inaspettata: voltò le spalle al cavallo e si diresse verso la porta. Vedendo ciò, lo stallone gli chiese:

– Non hai sentito cosa ti ho detto?!

Il bambino rimase in silenzio, chiaro segno che qualcosa non andava.

– Vlad! – nitrì allora il Prodigioso, sempre più agitato.

Ma invano. Il ragazzo non lo sentiva più e voi, che avete seguito con attenzione tutto quello che vi ho raccontato fino ad ora, saprete anche come mai.

– Hai mangiato con loro...?

Il Prodigioso si alzò sulle zampe posteriori, agitandosi, e cominciò a battere con forza le ali, come se volesse colpire Vlad sulla schiena. Era talmente arrabbiato! Sentendo la confusione che faceva l'animale, Vlad si voltò per vedere cosa stesse succedendo. E dal momento che non comprese subito l'accaduto, gli chiese:

– Ehi, ma cosa ti ha preso?

– Rispondimi! – insistette il cavallo – L'hai fatto o no?

– Non si vede? – commentò brusco Alabella, che da qualche parte, là intorno, ruminava braci – Guardalo anche tu, gli è cresciuta la zucca! Sembra già un Draconiano con i fiocchi!

– Stai zitto! – si infuriò anche di più il Prodigioso.

– E tu non hai sentito cosa ti ho chiesto? – si arrabbiò anche Vlad – Sei sordo?

– Sordo sarai tu, scioccone! – nitrì lo stallone, che stava per piangere al pensiero che Vlad potesse avviarsi, a passi piccoli ma rapidi, sulla strada della perdizione.

– Allora è così... – continuarono entrambi quasi in coro, ma senza capirsi.

Dopodiché Vlad aggiunse:

– Ti sei arrabbiato perché ti ho lasciato da solo per tutto il giorno, vero?

All'inizio il Portatore credeva che il Prodigioso si sarebbe tranquillizzato. Almeno fino al mattino seguente. Guardandolo però, si rese subito conto che c'erano poche probabilità. Non solo lo stallone non gli parlava più, ma addirittura lo prendeva in giro, facendogli la linguaccia e sputacchiando saliva in tutte le direzioni, come un cammello.

– Bene... allora rendimi l'uccellino! E se domani non vorrai venire con me, sappi che me ne andrò da solo!

Sfilato Andilandi dall'orecchio del cavallo, Vlad se lo nascose sotto la casacca, senza degnarlo di uno sguardo, e se ne andò dalla stalla. Era chiaro che il ragazzo era cambiato. Mi riferisco, ovviamente, non tanto all'aspetto fisico, quanto al suo atteggiamento. Nel poco tempo trascorso con i Draconiani, Vlad aveva preso molte delle loro abitudini, come il modo di sentire e soprattutto di pensare delle creature che lo ospitavano. Non aveva ancora deciso se voleva diventare il Re dei Draconiani oppure obbedire alle Fate Madrine e proseguire il suo viaggio; ma se avesse osservato meglio le piume grigie dell'Usignolo Fatato, forse avrebbe capito che le cose cominciavano a mettersi male.

Ma Vlad non sembrava rendersene conto, e se ne andò borbottando. E invece di chiedersi dove avesse sbagliato negli ultimi tempi, si sentiva perseguitato. "Quel ronzino si mette a fare scene proprio adesso che volevo portarlo via da qui!" si disse il bambino. Camminava così sovrappensiero che non notò Schiaffo; il giardiniere si allontanò da lui come un'ombra, dopo aver assistito all'intera scena nella stalla. Poi si infilò in uno dei bui portoni del castello.

Tutto ciò non sarebbe stato nulla se Vlad, preoccupato com'era, fosse riuscito a vedere Iona e Ruja. Ma non si accorse nemmeno di loro, almeno finché non se li ritrovò davanti, tanto che quasi pestava loro i piedi. Quei due si erano trasformati nei suoi fratelli gemelli, un po' più cresciuti.

– Buonasera, Vlad!

– Ciao.

– Siamo i tuoi fratelli!

– Altri fratelli? Ma quanti figli ha Aram? – si meravigliò Vlad, guardando i due con grande curiosità.

Strano! Assomigliavano a qualcuno, ma non riusciva a capire a chi. Iona e Ruja si scambiarono uno sguardo perplesso. Si aspettavano di essere riconosciuti come fratelli umani, non certo draconici. Allora, trovandosi in difficoltà, i due cominciarono a prendersi a gomitate, imbarazzati. Non sapevano bene che tattica usare, così Iona si fece coraggio e cominciò ad improvvisare:

– Siamo cresciuti dall'ultima volta in cui ci hai visti, nella cesta della cicogna...

– Qui il tempo scorre diversamente. – gli diede manforte Ruja.

– Volete dirmi che siete...?

Vlad non riuscì nemmeno a finire la domanda, perché all'improvviso capì chi gli ricordavano quei bambini. Lui stesso, senz'altro, quando era più piccolino e anche la sua mamma, a cui somigliava, come sostenevano tutti i parenti.

– Tu pensi che siano passati solo pochi giorni da quando hai lasciato il podere, invece sono trascorsi anni. – gli disse la Signora, con voce tremula – E noi siamo cresciuti!

– Siamo venuti solo per dirti che non hai nessuno da cui tornare. A casa non ti aspetta nessuno.

– È una bugia!

– Ti hanno dimenticato, perché adesso ci siamo noi! – aggiunse la Signora.

Dopodiché i due scomparvero.

– Bugie! Bugie! Bugie! – strillò allora Vlad, pestando i piedi e correndo verso la stanza degli ospiti come se volesse dimenticare un brutto sogno. Una volta giunto là, sbatté la porta dietro di sé, lanciò l'uccellino sotto una panca e montò sul letto talmente furioso, che quello cigolò da tutti i giunti. Una molla si ruppe persino, e uscì dal materasso.

In quel momento Vlad non sapeva più cosa fare, dove andare e, soprattutto, di chi fidarsi. Fino ad allora le cose erano state semplici. Era scappato di casa, dove era chiaro che i genitori erano felici di aspettarlo, non importava per quanto tempo fosse mancato. Era giunto in un mondo in cui gli capitavano stranezze ad ogni passo. In cui parlava con gli animali e doveva compiere una missione importante, a dispetto di tutti i cattivi, perché le Fate Madrine gli permettessero di rimanere. O perché lo aiutassero a tornare a casa nel caso in cui... ci avesse ripensato.

Così era stato fino al giorno prima, per lo meno. Ora sembrava tutto sottosopra. Il suo patto con Andilandi gli sembrava avere sempre meno senso, dal momento che aveva appena scoperto di poter rimanere nel Mondo-di-là anche senza il permesso delle Fate Madrine. Per esempio come figlio di Aram. Non gli sembrava poi così brutto, malgrado alcune fastidiose abitudini draconiche. Il Cavallo Prodigioso, che fino a quel momento lo aveva sostenuto e incoraggiato, ora si rifiutava di parlargli, per ragioni che solo lui conosceva. Infine i suoi genitori, che avrebbero dovuto aspettarlo per l'eternità, lo avevano dimenticato. E tra tutte le cose che erano cambiate nella sua vita, non occorre che vi dica che quest'ultima lo faceva soffrire più di ogni altra.

Le Dragaike nel Regno dei Draconiani

l mattino del secondo giorno, quando Vlad si svegliò, la prima cosa che vide fu una piccola clava, che se ne stava tranquilla accanto al suo cuscino, insieme ad un manuale su cui era scritto, a grandi lettere dorate: "33 METODI DI ADDESTRAMENTO PER CLAVE PICCOLE E MEDIE".

Proprio quando il ragazzo stava per chiedersi da chi avesse ricevuto quel dono, gli cadde lo sguardo su un biglietto che recava le seguenti parole: "A mio figlio Vlad, con tanto affetto! Firmato, Aram".

Il Portatore era felice più che mai... era impressionato, e a buon diritto! "Che regalo!" pensò il ragazzo, ammirando la piccola clava che, sola e annoiata fino a quel momento, ora scodinzolava contenta. Il bambino si ricordò di quando la mamma aveva regalato il suo cane a certi amici, solo perché lui non ne aveva avuto cura. "E' una responsabilità, non un giocattolo!" – gli sembrava quasi di sentirla – "Bisogna lavarlo, pulirlo, portarlo a spasso! Devi prenderti cura di lui!"

Ma ecco la sua occasione! Adesso poteva avere un cane che si prendeva cura di sé da solo. E così in quel momento Vlad si decise.

– Voglio essere un Draconiano! – si disse, agitando nel modo più minaccioso possibile la clava in questione.

Dopodiché il ragazzo si avviò felice verso il cortile del castello dove aveva intenzione di dare alla clava le prime lezioni di addestramento. Ma i suoi grandi piani vennero spazzati via dall'arrivo a palazzo di quattro Dragaike...

Vlad le vide salire la scalinata centrale del palazzo. Dumernica apriva la fila, scrutando con il suo sguardo penetrante ogni angolo o viso che incrociava sul suo cammino, e Roshia, Todosia e Lemnica la seguivano altrettanto attente, camminando come un'unica persona. Così Vlad si buttò a terra, davanti alla balaustra della scala di sinistra, nel momento esatto in cui Lemnica guardò nel punto in cui lui si trovava. La Dragaika non lo vide, poiché il ragazzo era già steso sul pavimento, con un pugno infilato nella "bocca" del cucciolo di clava.

Il Portatore aveva adottato quella misura drastica perché la clava, piccola e inesperta, si era messa a guaire proprio nel momento meno opportuno. Così Vlad non ebbe altra scelta e dovette tapparle il muso, almeno fino a che le Dragaike non si fossero allontanate.

Le Signore entrarono nella Sala del Consiglio, e Vlad liberò la clava, si alzò e decise di andarsene. Ma non fece più di due, tre passi che si scontrò faccia a faccia con Maligna, Fumina e Scorza, che lo guardavano ringhiando. E se negli ultimi minuti non avesse avuto occhi che per le Dragaike, il Portatore avrebbe capito come mai le Draconiane ringhiassero con tanta furia. Perché avevano scoperto il suo segreto! Sapevano che Vlad era un umano!

Mentre le Signore salivano i gradini, le tre sorelle, che si trovavano alla destra delle Streghe, avevano avuto una discussione molto breve – ma istruttiva! – con Schiaffo, che aveva svelato loro la vera natura di Vlad in cambio di un anello.

– Sei sicuro? – gli aveva chiesto allora Maligna.

– Come il fatto che tu vedi me, e io te, Altezza! – aveva detto, smielato, Schiaffo – Ieri sera l'ho seguito nelle stalle. E che mi cadano tutti i capelli se non l'ho sentito parlare con il Cavallo Prodigioso.

– Ma quali capelli? Se sei pelato! – aveva commentato Fumina abbastanza incredula.

– Ma va'! – aveva risposto offeso il Draconiano, afferrando l'anello che gli porgeva Maligna – Anche i bambini sanno che i Draconiani non capiscono il verso degli animali. Se non è un umano, allora è un Quieto, ma Draconiano non lo è di certo!

– Può darsi... – aveva concluso Scorza.

Detto ciò, le figlie del Re si erano dirette verso la stanza degli ospiti con intenzioni litigiose. Non erano ancora arrivate che, come vi ho detto, si scontrarono faccia a faccia con il ragazzo sulla scala di sinistra. E là le ragazze atterrarono il "nemico" in men che non si dica. Vedete, Vlad aveva le mani occupate dalla clava e dal manuale di addestramento, e non fu capace di rispondere al pugno che ricevette da Maligna proprio in mezzo alle sopracciglia. Sentì vagamente le Draconiane tirargli i capelli, trascinarlo nella Sala del Consiglio e sbatterlo sul tavolo.

– È un umano, papà! – gridò Maligna.

– Ce l'ha detto Schiaffo! – insisté anche Scorza.

– E noi gli crediamo! – aggiunse Fumina.

Poi le ragazze indietreggiarono di qualche passo, per osservare con il fiato in gola la reazione delle Dragaike. Avevano sentito molte storie interessanti sulle Streghe, ma non ne avevano mai vista una. Men che meno all'opera!

– Cosa ti abbiamo appena detto, Maestà? – disse Dumernica – E' il Portatore!

– Ti daremo qualunque cosa in cambio del ragazzo! – aggiunse Roshia.

– Qualunque cosa... piuttosto vago. – rispose loro Aram, quasi scherzando.

Se aveste osservato la faccia del Re in quel momento, non avreste saputo cosa pensare. Si era lasciato convincere dalle Dragaike, e adesso voleva negoziare? Non credeva a una sola parola di quello che le Streghe raccontavano e voleva ridere di loro? O sapeva dall'inizio chi era realmente Vlad e aveva altri piani per lui, magari più crudeli?

Il nostro eroe, che nel frattempo si era ripreso, non si rialzò dal tavolo. Trovandosi in una posizione favorevole, si limitò a osservare il Re tra le ciglia. Fissava il suo viso bruciato dal sole, le guance barbute e lo sguardo penetrante, e pensava che quello fosse il momento giusto. In quell'attimo avrebbe scoperto con certezza se Aram teneva davvero a lui così come aveva dichiarato fino ad allora.

– Maestà, dicci cosa desidera il tuo cuore! – disse Lemnica.

– Pensate che sia davvero così semplice corrompere me? Me?!! Un Draconiano, e Re per giunta! – disse Aram con incontrollato orgoglio – Guardatevi attorno, – esortò le Dragaike – e ditemi: cos'altro potrei desiderare?

– Oro! – gli rispose Dumernica senza esitare, conoscendo di certo la debolezza dei Draconiani.

– Oro! – aggiunsero anche le altre tre, in un'unica voce.

Ora vi devo dire che quel loro modo di parlare, ovvero in coro, era una tattica per intimidire gli avversari, utilizzata nel Mondo-di-là solo dalle Dragaike. Chi le udiva sussurrare in quel modo cadeva sotto l'effetto di un incantesimo terribile: vedeva sempre più Signore parlare allo stesso tempo! E se una Strega sola, o quattro, non vi fanno paura, vi assicuro che al vederne cento comincereste a rivalutare la situazione, pensando a nuove tattiche di combattimento.

Aram le vide moltiplicarsi e comprese presto che la negoziazione era terminata. Le Signore lo stavano attaccando, senza ritegno, proprio nel suo rifugio, dove lo avevano sorpreso solo e indifeso. Tuttavia il Re non si perse d'animo.

– Ti sembra possibile, Dumernica? Proprio non vedete che testa grossa ha il ragazzo?

Malgrado non fosse più capace di distogliere lo sguardo dalle Streghe, Aram cercò di affrontarle, dicendo loro:

– Siete gelose come le mie figliole? Il ragazzo è uno di noi!

– Chiedigli l'uccellino! – ordinò Dumernica.

– Chiedigli Andilandi! – ripeterono in coro le altre, mentre continuavano a moltiplicarsi con tale rapidità, che la sala divenne troppo piccola per contenerle tutte.

– L'Usignolo Fatato? – chiese ingenuo il Re, cercando di guadagnare tempo.

– Non fare lo stupido, Aram! Con noi non funziona! – gli rispose tagliente Dumernica.

– Con noi non funziona! – ripeterono anche le altre.

123

Aram sapeva che era tutta un'illusione, tuttavia faceva molta fatica a distogliere lo sguardo dalle Dragaike e, soprattutto, a contarle.

– Il ragazzo è un Draconiano, è mio figlio, e se proprio volete saperlo, guardate che cosa fa tutto l'oro del mondo!

Aram sapeva che la sorpresa delle sue parole avrebbe distratto un poco le Streghe. Fu ciò che accadde un attimo dopo, quando le quattro vere Dragaike si guardarono confuse tra loro. Ma al Re non servì più di un istante di disattenzione da parte loro per afferrare Vlad per un polso e tirarlo a sé. Dopodiché, con una piroetta, scomparirono all'improvviso.

– Se non ve ne andrete subito, chiamerò le guardie e saranno dolori! – annunciò Aram deciso, come se fosse là da qualche parte, vicino a loro.

Ma il Draconiano non era più accanto alle Signore da un pezzo. Vlad e il Re spiavano le Dragaike dal soffitto, dove si erano rifugiati senza essere visti da nessuno.

Era noto che i Draconiani – specialmente i nobili! -, oltre a poter diventare invisibili girando su sé stessi, riuscissero anche a volare un poco, se si concentravano bene. Non per molto tempo né a grandi altezze, ma anche un tale potere limitato poteva tornare utile in situazioni critiche come quella.

Le Dragaike, che nel frattempo erano tornate al numero iniziale, vedendo che non avevano più possibilità di successo, fecero un inchino e si diressero verso l'uscita. Non avevano fretta, ma non c'era più molto da fare. Camminarono lentamente accanto alle piccole Draconiane, che le fissavano con tanto d'occhi e bocche spalancate, e poi uscirono. Maligna balzò subito a chiudere la porta dietro di loro, poi si avvicinò alle sorelle.

– Vlad, figliolo, vai nel Frutteto dei Meli d'Oro dalla porta sul retro e addestra la tua clava! – gli disse subito il Re e, scendendo a terra, i due divennero di nuovo visibili.

– Sì... papà.

124

– Io devo parlare con le tue sorelline! – aggiunse il Re, guardando le ragazze come se volesse inghiottirle.

Vlad immaginava che le ragazze le avrebbero prese di santa ragione a causa di quel pandemonio, ma non disse nulla in loro difesa. E soprattutto non provò compassione. Anzi, in cuor suo fu felice, pensando che quelle svitate – e vigliacche, per giunta! – che avevano osato assalirlo se lo meritavano. Finalmente era chiaro a tutti che lui, Sua Altezza Vlad, era il preferito del Re.

Purtroppo il Portatore aveva dimenticato molto rapidamente quello che pochi giorni prima gli avevano insegnato i Quieti. Specialmente che l'amore di un genitore per i suoi figli è uguale per ognuno di essi, e di sicuro sufficiente per tutti.

I Consiglieri del Re

ubito dopo che Vlad fu uscito dalla sala, Aram si avvicinò accigliato alle figlie. E proprio quando sembrava stesse per esplodere, disse con quanto più amore gli fu possibile:

– Sciocchine! Come avete potuto credere che preferirei un umano a voi, fosse anche maschio?

– Ve l'avevo detto che cambiava idea! – disse Fumina battendo le mani felice.

E qui sono costretta a darle ragione. Infatti la piccola era stata di quell'idea già dall'inizio, ma le sorelle non l'avevano presa sul serio, poiché era la minore.

– Brava, Mina!

– Fumina. – lo corresse timidamente la ragazza.

– Fumina, certo! – rispose subito Aram, cercando di rimediare alla gaffe – Fumina! Quel che volevo dire! Ho solo perso il filo...

Le ragazze si raccolsero ai piedi del Re come cagnolini tristi, bisognosi di affetto. Lo infastidivano, a dire il vero, ma Aram le lasciò fare per un po', le rimproverò più gentilmente che poté e carezzò amorevolmente le loro teste, grandi come zucche.

Se qualcuno in quel momento avesse fatto loro un ritratto, avrebbe di certo creduto di avere a che fare con una famiglia felice. Una famiglia che viveva in amore, pace e comprensione.

A dirla tutta però la suddetta pace non durò che pochi minuti. Le Draconiane cominciarono a spingersi, desiderose di occupare ognuna un pezzo più grande del piede paterno o, perché no, il piede intero. E Aram era sempre più scocciato. La verità era che avrebbe dato qualsiasi cosa per scappare da quei passerotti che gli stavano sui piedi come pulci.

– Tonte! Papà vuole più bene a me! – strillava Maligna.

– No, a me! – la correggeva subito Scorza, mentre pestava con forze un piede al padre.

– Nessuna di voi però ha scoperto che a Vlad non ne vuole per niente! – puntualizzò Fumina, dopodiché mostrò alle altre due la sua lunga lingua rosso porpora – Vero, papà?

– Certo... Fumina! – rispose il Re, felice questa volta di essersi almeno ricordato come si chiamava. E poi le sussurrò all'orecchio:

– Sai che papà vuole più bene a te!

Quell'attimo di tenerezza non durò molto, perché da una porta segreta apparvero Crangu e Pogan. Aram cacciò subito via le ragazze, dicendo con voce autoritaria, da Re:

– Se anche voi mi volete bene, dovrete dimostrarmelo!

– Come? – chiesero tutte in coro.

– Aspettate il momento giusto, quando Vlad non è nella sua stanza, e cercate l'uccellino. Scoprite dove lo tiene!

– Signorsì! – risposero le ragazze e lasciarono in fretta la stanza.

– State molto attente! – disse il Re a Maligna, rimasta indietro – Il ragazzo non deve sospettare nemmeno per un istante che stiamo tramando alle sue spalle. Conto soprattutto su di te!

Maligna ringhiò con riconoscenza e seguì le altre. Poi Aram si rivolse ai consiglieri, che sembravano avere cose importanti da dirgli. Si agitavano, si grattavano e tossicchiavano di continuo.

– È un umano, Vostra Altezza! – dichiarò Crangu trionfante.

– Lo sapevo già, idiota! Dall'inizio!

– Siete serio? – balbettò Crangu con un sorriso ebete stampato sulla bocca.

– Serissimo! – tuonò Aram – Ma tu stavi per morire sul campo di battaglia e mi hai guastato i piani, con quella tua boccaccia grande come una porta! "Forse è il Portatore, Vostra Altezza! Potrebbe essere il Portatore!" disse, ricordandogli come aveva farneticato allora; poi il Re si mise a passeggiare su e giù come un leone in gabbia. In troppi conoscevano già il segreto del ragazzo, e questo lo turbava terribilmente. L'ideale sarebbe stato, ovviamente, che nessuno ne sapesse niente, fino a che Vlad non avesse consegnato al suo nuovo "papà" l'Usignolo Fatato. O almeno quello era il suo piano iniziale, quando aveva portato il piccolo Vlad al castello e l'aveva trasformato in un perfetto Draconiano. Sembrava però che qualcuno conoscesse la missione del ragazzo e avesse già diffuso la notizia.

– Chi vi ha detto di Vlad?

– Il Giardiniere del Frutteto d'Oro, Altezza! – rispose Pogan – Schiaffo!

– Sempre lui, quindi. Bene, allora bisognerà tagliargli la lingua! – disse Aram, e anche se lui era il Re, quello era compito dei suoi consiglieri, non suo.

– Intesi, Altezza! – risposero Crangu e Pogan.

– Poi affretteremo le procedure per l'adozione...

Aram mormorava, parlando più che altro fra sé. E solo allora, se aveste osservato la sua faccia, vi sareste resi conto di quanto desiderasse l'Usignolo Fatato. E quanto diabolico fosse quel Re tra tutti i furfanti. Perché fino ad allora nessuno aveva sospettato nulla di quanto stesse tramando, né di cosa desiderasse davvero.

– Non sarebbe più semplice tagliare la lingua all'umano, padrone? – insistette Crangu – O strappargli le unghie? In questo modo ci darebbe molto più velocemente Andilandi.

– Il Portatore deve cederlo di sua volontà, – intervenne Pogan – altrimenti non ci sarà di nessun aiuto. Non ho ragione, Vostra Altezza?

Ma Aram non li ascoltava più. Era sprofondato di nuovo nei suoi pensieri, fissando accigliato la mappa del Mondo-di-là. Sulla carta si potevano vedere il Regno dei Draconiani, il Giardino dei Quieti, il Palazzo delle Signore, la Terra dei Musocani, il Lago dei Draghi, le montagne dove vivevano i Giganti, la Radura delle Galiane... e molti altri luoghi su cui Aram aveva messo gli occhi da molto tempo e dei quali avrebbe desiderato essere padrone assoluto e supremo condottiero.

Ma non poteva realizzare niente di tutto questo senza i poteri dell'Usignolo Fatato. Solo grazie al suo aiuto i Draconiani potevano scoprire come, quando o dove sconfiggere i Musocani o le Signore. Allo stesso modo Andilandi avrebbe potuto svelare quale fosse il punto debole dei Giganti, o come raggiungere le Galiane e, perché no, i Solomonari.

– Invincibili... – mormorò Aram, allungando la sua mano enorme sulla mappa – Diventeremo invincibili! Niente mi ostacolerà più! – si disse poi, ad alta voce, mentre gli occhi gli brillavano indiavolati – Niente e nessuno!

Le Dragaike incontrano Rujalina

el frattempo la Dragaike avevano raggiunto la sala principale al pianoterra del castello. Là incrociarono Ruja, diretta a sua volta verso la stanza di Vlad. E sebbene la Lina avesse assunto le fattezze di una Draconiana per non destare sospetti, le Dragaike la riconobbero immediatamente e le domandarono:

– Dove vai così di fretta, sorella?

Udendo la voce di Todosia, Rujalina si pietrificò per la paura. Si sforzò comunque di non lasciarlo trasparire e le rispose, sorridendo meglio che poté:

– Corro nella stanza del ragazzo! Ho escogitato un piano perfetto insieme a Iona, grazie al quale presto potremo impadronirci dell'Usignolo Fatato!

– Quanto presto? – intervenne Roshia ironica.

– Dite ad Irodia di non preoccuparsi. – rispose Ruja – Ho tutto sotto controllo!

– Perché non glielo dici tu? – disse Lemnica, mentre Roshia e Dumernica si avvicinavano alla Lina con movimenti quasi impercettibili, intenzionate a catturarla.

– Ci ha mandate perché ti portassimo a palazzo. – insisté anche Dumernica – Sente molto la tua mancanza...

– Tua e di Iona! – aggiunse Roshia – Sai per caso dove si riposa il cadavere?

Ruja scorse il paletto in mano a Todosia, che era rimasta in silenzio alle spalle delle altre due, perciò non disse alle Dragaike che Iona stava dormendo nelle cantine del castello. Poi, vedendo che le sorelle facevano sul serio, pensò subito ad un piano di attacco.

– Credo che Irodia vi abbia mandate qui a negoziare con Aram per ottenere il ragazzo, ma voi avete fallito!

– Guarda un po' chi osa parlare di fallimento! – gridò Dumernica.

Dopodiché la portavoce delle Dragaike fece un piccolo cenno con la testa, affinché le altre catturassero la Lina. Ma prima che quelle potessero metterle una mano addosso, e soprattutto tapparle la bocca – come si faceva di solito con le Line, per non cadere vittime di qualche incantesimo – Ruja si sollevò sopra le loro teste. E da là, dall'alto, con le mani tese e i capelli che fluttuavano selvaggi in tutte le direzioni, cominciò a mormorare sortilegi che solo lei conosceva. Il vento, apparso dal nulla quando la Signora aveva cominciato a pronunciare quelle oscure formule, diventava sempre più impetuoso. Strappava le porte dalle pareti circostanti, sfondava le finestre e spostava oggetti pesanti come fossero giocattoli di pezza. Troni, tappeti, armi, specchi iniziarono a volare e a sbattere gli uni contro gli altri, provocando un chiasso indescrivibile. Ma la furia provocata dall'incantesimo che Ruja aveva gettato sulle Dragaike non si fermò nemmeno quando quelle furono trasformate in tacchini inoffensivi. Solo allora caddero anche tutte le altre cose, deformandosi o distruggendosi, a seconda del materiale di cui erano fatte.

La sala grande del castello appariva come se vi fosse passata un'orda di Musocani. Ruja però non solo non si sentiva colpevole per i danni causati, ma nemmeno le importava di riordinare. Anche se avrebbe potuto.

Tuttavia la Lina sapeva che se avesse portato l'Usignolo Fatato a Irodia, tutto l'accaduto sarebbe stato perdonato. Così dimenticò la faccenda, come se non fosse successo niente. Camminò con attenzione tra le macerie e scavalcò i quattro tacchini furibondi, salì nella camera degli ospiti, che nel frattempo era diventata di Vlad, e si mise di nuovo a lanciare magie.

Non chiedetemi come facesse, perché non ho capito un'acca di quello che borbottava, ma lei sembrava saperla lunga. Come tutte le Line, d'altronde, che erano le più impetuose tra tutte le Signore. Quello che vi posso dire con esattezza sull'accaduto è che la Strega concluse il sortilegio e scomparve dal luogo del crimine proprio quando Vlad aprì la porta della stanza.

Con tutta probabilità il Portatore tornava dal cortile, dove aveva addestrato con zelo la sua clava. Infatti tra i capelli si potevano scorgere a occhio nudo tracce di pelo animale, segno che aveva colpito senza pietà con la clava degli animali indifesi.

Quando vide la sua stanza, il ragazzo si fermò sul posto:

– E questo cos'è?

La domanda si riferiva a come fosse cambiata la sua stanza nel lasso di tempo in cui lui era stato via. La sua camera di Draconiano assomigliava alla cameretta di Bucarest. Con la differenza, notevole tra l'altro, che ora era piena di fotografie di una famiglia felice, composta da soli quattro membri. Una famiglia in cui lui, ovviamente, mancava. Avvicinandosi un poco, Vlad constatò con disgusto che qualcun altro indossava i suoi vestitini di neonato. Che nel frattempo i suoi amatissimi giocattoli, la bicicletta e il computer erano diventati proprietà di quelle manine avide. E se tutto questo non vi sembra granché – perché siete abituati a condividere i giocattoli con i vostri fratelli o con gli amici – per Vlad rappresentava la fine del mondo. Pertanto, alla vista di quell'orrore che l'aveva colto del tutto impreparato, il ragazzo si rabbuiò in viso e si mise ad urlare:

– Chi se ne importa! Io sono un Draconiano!

Per importargli, gli importava eccome, in realtà, ma non voleva ammetterlo per nulla al mondo. Inoltre, dal momento che non aveva nemmeno una vaga idea di chi fosse l'autore di quella rivoluzione di stile, si innervosì ancora di più, afferrò subito la clava e cominciò a distruggere quello che gli capitava a tiro, come fanno gli animali selvatici con tutto ciò che non riescono a capire.

E sì, Vlad era davvero cambiato negli ultimi tempi! E non si accontentò della sua stanza, ovvero non si poté dire soddisfatto finché non ebbe distrutto tutto quello che gli stava intorno. Poi, come se non fosse abbastanza, quando lo sguardo gli cadde su Andilandi, corse verso l'uccellino in maniera così minacciosa che io, se fossi stato al posto dell'Usignolo Fatato, sarei morta di paura prima ancora che mi toccasse.

Per fortuna Vlad non lo colpì con la clava, come temevo avrebbe fatto, ma lo afferrò e lo gettò dalla finestra, gridando:

– Non ho più bisogno nemmeno di te! Adesso sono il figlio di un Re!

Il Portatore sbatté la finestra con forza e l'Usignolo Fatato, che nel frattempo aveva raggiunto la grandezza di un passero, volò come impazzito, non sapendo che direzione fosse meglio prendere. Alla fine virò a destra, e per un grandissimo colpo di fortuna – il nostro piccolo Vlad sembrava averne in abbondanza – Andilandi atterrò nelle stalle reali ed entrò dritto dritto nell'orecchio destro del Cavallo Prodigioso.

– Ahi!

Quando Andilandi gli colpì con forza il timpano, il cavallo si svegliò bruscamente.

– Cos'è successo?

– L'Usignolo Fatato è tornato. – lo informò con freddezza Alabella.

– E Vlad?

Il Cavallo Prodigioso era agitato. Aspettava dall'alba che Vlad tornasse nelle stalle per andarsene una volta per tutte da quel posto maledetto. Ma sembrava che il Portatore non avesse molta fretta...

– Il Draconiano? – domandò Alabella punzecchiandolo.

– No, l'umano! – urlò il cavallo.

Il Cavallo Prodigioso era arrabbiato con Alabella, poiché spettegolava continuamente sulla metamorfosi di Vlad, ma cercava di controllarsi e di non rispondere alle sue provocazioni. Quando però vide che lo scherzo durava troppo, e che il ragazzo non si faceva più vedere, il cavallo non rimase nelle stalle un minuto di più, ma volò in gran fretta verso la stanza del Portatore.

"– Il Draconiano? – domandò Alabella punzecchiandolo."

Là giunto, il cavallo si limitò a volare davanti alla finestra di Vlad, battendo le ali come un matto. Ora che non poteva più capirlo, il cavallo cercò di convincerlo a modo suo a montargli in groppa per volare insieme il più lontano possibile dal Regno dei Draconiani.

Ma Vlad non si mosse. Se ne stava davanti alla finestra come un blocco di marmo e fissava accigliato il Cavallo Prodigioso. Come voi guardereste un servo o un estraneo che vi sta molto antipatico. Solo allora fu possibile notare quanto fosse cambiato il viso di Vlad, quanto gli fossero cresciuti la testa, le mani e i piedi o che brutte occhiate fosse in grado di lanciare.

Il cavallo tuttavia non se ne andò. Non voleva lasciarlo nei guai. Proprio come accade di solito con questo genere di cavalli, fatti della medesima pasta degli amici veri. Anche se a volte se la prendevano per cose da poco o parlavano troppo, i Cavalli Prodigiosi sapevano anche perdonare, a dirla tutta. E se voi state pensando, dopo aver letto tutte queste cose, che Vlad non meritasse un amico così fidato, vi chiedo di avere pazienza e di non giudicarlo troppo severamente. Da quello che ho sentito, gli umani sbagliano spesso, ma gli amici li perdonano. Non capita anche a voi?

L'ala della Regina

Vlad scrutava il Cavallo Prodigioso, ma l'animale continuava a fissarlo a sua volta, malgrado fuori fosse calata l'oscurità e avesse cominciato a piovere. Il cavallo era stanco e non volava più, ma si era ritirato sotto uno dei meli davanti alla finestra della stanza di Vlad. E da là continuava a lanciare al ragazzo occhiate di rimprovero.

– Vattene! – lo minacciò più volte il ragazzo, che si sentiva una pietra sul petto.

(Anche se, benintesi, non aveva nessuna pietra. Ma voi sapete bene a cosa mi riferisco!)

– Altrimenti te le do con la clava! – insisté Vlad, mostrando il pugno allo stallone.

Ma il Cavallo Prodigioso non si mosse neppure. Scosse solamente la testa e sbuffò a lungo, come se volesse dire "Sciocco, sciocco!".

– Non mi senti? – strillò il bambino, mentre gli mostrava anche l'altro pugno.

"No!" sembrò rispondere il cavallo, poi emise un nitrito fortissimo, con la lingua e i denti di fuori, e Vlad non osò replicare. Subì quei severi rimproveri, e tante grazie.

– Affari tuoi. – brontolò Vlad.

Poi sventolò le mani in segno di gran noia e andò a tavola. Non aveva più mangiato nulla dalla sera prima e si vociferava che Aram avesse qualcosa di molto importante da dirgli.

Questa volta Vlad arrivò a cena puntuale e si sedette alla destra del Re. Dal momento che quel posto sembrava diventato suo, nessuno osò contestare. Soprattutto perché Vlad era cambiato così tanto che avreste potuto facilmente confonderlo con un vero Draconiano.

Allora fu chiaro, se ancora esisteva qualche dubbio, che Vlad avesse
assunto non solo un diverso aspetto, ma anche un'altra natura.

Era stupefacente lo sforzo del ragazzo di integrarsi in quel
gruppo di belve orribili e maleducate. È difficile raccontarvelo, ma
Vlad cominciò anche lui a fare a gomitate con loro, a prenderli a
zampate... in breve, faceva il prepotente o, se preferite, il Draconiano.
E quelli lo incoraggiavano. Pogan e Crangu non sapevano più come
complimentarsi, Schiaffo gli sorrideva anche con più gentilezza e
Aram, che si mostrava molto fiero di lui, gli disse:

– Bravo! Sembra che la *draconite* ti sia passata del tutto!

– Grazie. – rispose il ragazzo commosso, anche se non aveva
idea di cosa provocasse quella malattia. Ma era contentissimo di
far parte di quella famiglia, alla fine.

– Domani ti presenterò ufficialmente alla corte, – gli disse Aram
– come mio erede, ovviamente!

– Ovviamente! – ripeté Vlad, così emozionato da stare per cadere
dalla seggiola. Poi si dondolò sulle gambe della sedia; saprete di
certo che non è educato farlo a tavola, ma questa è un'altra storia.
Quello che contava allora era che Vlad stava per cominciare una
nuova vita, in un mondo nuovo, incredibilmente bello e sfarzoso.
Avrebbe avuto una nuova famiglia. E questo stava accadendo –
pensate! – senza l'aiuto delle Fate Madrine che, a suo parere, nemmeno lo volevano là, bensì desideravano rispedirlo a casa in tutta
fretta. Tutto senza l'aiuto delle Galiane, del Cavallo Prodigioso –
con cui non voleva avere più niente a che fare – o dell'Usignolo Fatato, di cui in ogni caso non capiva l'utilità.

In altre parole, Vlad non sospettava nulla. Non si era reso conto
di essere finito in un nido di vespe, né di quanto sarebbe stato difficile uscirne. Se ne fosse mai uscito.

Il ragazzo non trovò sospetto nemmeno l'atteggiamento gentile
delle sorellastre, che gli sorridevano – questa è bella! – senza cattiveria. E quando si alzarono da tavola e andarono nella loro stanza au-

gurandogli "Buon appetito!", lui rispose con un largo sorriso, mostrando quasi tutto quello che aveva in bocca. Ora non so dirvi di preciso se lo abbia fatto di proposito (detto tra noi, sarebbe stato di un'impertinenza da campione!) o se, semplicemente, abbia scordato di avere la bocca piena quando sorrise. Ma Vlad era così cambiato negli ultimi tempi, che difficilmente avreste potuto distinguere un brutto gesto fatto apposta da una dimenticanza. Tuttavia non vorrei insistere su questo aspetto bensì, come vi ho anticipato, sul fatto che Vlad non avesse idea di cosa stessero tramando i Draconiani.

Così, quando ebbe finito di mangiare, il bambino si alzò da tavola e si diresse verso la sua stanza. Era molto tranquillo. Pensava alla grande cerimonia che si sarebbe svolta il giorno seguente e che, in un certo senso, era dedicata a lui. Pensava a come avrebbe occupato il posto di Principe, Re o qualsiasi cosa fosse diventato da allora in poi. E invece di darsi pena, faceva progetti – e grandi, per giunta!

Proprio in quel momento Vlad scorse la porta della sua camera socchiusa. E anche se non ricordava di averla lasciata così, non ci fece caso. Nel frattempo aveva trovato in una delle tasche l'ala che gli aveva donato la Regina delle api, e aveva cominciato a giocherellarci. Malgrado l'avesse ricevuta solo pochi giorni prima, a Vlad sembravano passati secoli. Non si ricordava più quando fosse successo, da chi l'avesse avuta e, soprattutto, a cosa servisse. Se mai l'aveva saputo...

La teneva semplicemente nella mano destra e la osservava, con grande curiosità. Tornò in sé solo quando vide Fumina fare capolino dall'uscio della camera. Sembrava che la Draconiana riuscisse a vedere attraverso il suo corpo; poi disse alle sorelle, che si trovavano nella stanza:

– Non c'è!

– Sei sicura? – si udì dall'interno la voce autoritaria di Maligna.

Vlad, che si trovava esattamente sotto gli occhi di Fumina, si bloccò con l'ala della Regina in mano. Non fiatò; desiderava solo capire cosa stesse succedendo. Avrebbe tanto voluto chiedere alla ragazza cosa stessero cercando, lei e il resto della truppa, nella sua stanza, ma non lo fece.

– Non vedo nessuno. – disse Fumina infilandosi di nuovo nella stanza.

"Forse ti servono gli occhiali!" pensò Vlad, che sulle prime non capiva come mai non riuscissero a vederlo, malgrado si fosse reso conto che le ragazze parlavano di lui. In breve però gli cadde lo sguardo sull'ala dell'ape, come se qualcuno avesse avvertito la sua perplessità e avesse voluto illuminarlo.

Allora il ragazzo comprese appieno: l'ala donatagli dalla Regina delle api lo rendeva invisibile per tutto il tempo in cui la teneva in mano. E così, stringendola forte nel palmo, Vlad entrò pian piano nella sua cameretta e seguì le Draconiane con immensa soddisfazione. Sentimento comprensibile, a dire il vero, se teniamo conto del fatto che tutti abbiamo desiderato, almeno una volta nella vita, diventare invisibili e assistere tranquilli ad una discussione importante alla quale non eravamo stati invitati.

– Devo riconoscere che è un campione di disordine! – dichiarò Scorza, con una certa dose di ammirazione nella voce.

– Troppe foto di umani. – commentò Maligna, guardando alcune fotografie di Vlad e contorcendosi come se avesse visto chissà quale orrore – Bleah!

– Se ha nostalgia, perché non torna a casa? – chiese anche Fumina alle sorelle più grandi che, almeno in teoria, dovevano essere anche più sveglie – Qui nessuno lo vuole, comunque.

– Perché è stupido! – spiegò Maligna – Come tutti gli umani, del resto.

– Non hai visto come è stato semplice ingannarlo? – aggiunse anche Scorza – Quello crede ancora che papà gli lascerà in eredità il suo regno, quando in realtà tutto quello che vuole da lui è l'Usignolo Fatato.

A Vlad si bloccò il respiro. Ciò che le sue piccole orecchie avevano appena sentito era troppo triste per essere vero. Di conseguenza indietreggiò spaventato di qualche passo, uscì dalla porta, dopodiché fuggì di nuovo nella sala da dove era venuto. Scappò talmente veloce che quasi pestò i piedi a Pogan e Crangu. Ebbe una gran fortuna a non sbattervi contro e poiché quelli non lo vedevano, li seguì, con il cuore in gola, per scoprire cosa avessero da dirsi.

Il caso volle che i Draconiani, diretti nella Sala del Consiglio ora che la cena era terminata, discutessero proprio di lui.

– Domani gli chiederò di consegnarmi l'Usignolo Fatato, nel bel mezzo della cerimonia. – disse Aram – Per il bene del regno, ovviamente!

– Ovviamente! – ripeté Pogan.

– Vediamo se ha il coraggio di rifiutare, dopo tutto quello che ho fatto per lui! – aggiunse il Re.

– Tuttavia mi chiedo, Maestà, dopo cosa farete con il ragazzo?

– Se imparerà a vivere secondo le nostre leggi, non vedo perché non dovrei tenerlo! – rispose il Re, sorridendo allegro – Rinchiuso in una mela, ovviamente!

– Ovviamente! – rispose Pogan.

Poi si misero entrambi a ridere tanto da far tremare i muri. I Draconiani ridevano immaginando la faccia che avrebbe fatto Vlad quando, una volta entrato nel palazzo costruito apposta per lui, avesse visto ogni cosa rimpicciolire attorno a sé, e il palazzo trasformarsi in una mela d'oro.

Vlad li osservò allontanarsi e pensò di non aver mai udito una risata così orribile. Ma qui credo esagerasse un pochino... La risata dei Draconiani era davvero tremenda; essi ridevano come se fossero sul punto di soffocare; ma lui era amareggiato per tutt'altro motivo: aveva scoperto la verità. Ovvero che Aram l'aveva ingannato, che non gli voleva bene e che, come le Signore, voleva da lui solamente l'Usignolo Fatato.

L'inganno dei Draconiani

lad fissava Pogan e Crangu con tanta concentrazione e tanto odio, da non accorgersi che l'ala dell'ape gli era sfuggita di mano, rendendolo di nuovo visibile. Per sua gran fortuna qualcuno lo trascinò dietro uno dei tendoni che ornavano la sala proprio mentre Aram tornava, scrutando con grande attenzione i paraggi e annusando forte l'aria.

– Che strano... – disse il Re – Sento il suo odore...

– È una vostra impressione, Vostra Altezza.

Poiché i Draconiani non vedevano Vlad, il Re si tranquillizzò un poco. Ma quando notò le figlie sgattaiolare dalla stanza del ragazzo, Aram si calmò del tutto, pensando che, dal momento che la porta della camera era rotta, l'odore di Vlad potesse provenire solamente da là – dai suoi abiti e dalle sue cose.

Vedendo il Re, Scorza gli fece subito rapporto:

– Non l'abbiamo trovato, papà! – spiegò la ragazza a gesti.

– Mi meraviglierei se voi combinaste qualcosa di buono. – rispose sempre a gesti il Re, dopodiché ordinò loro di andarsene dalla stanza dell'umano.

E così, mentre le Draconiane si allontanavano picchiandosi e incolpandosi a vicenda del loro fallimento, Aram entrò nella Sala del Consiglio insieme a Pogan.

Ora, non credo sia difficile indovinare cosa sia accaduto nel frattempo dietro le tende e soprattutto chi ci abbia trascinato Vlad. Specialmente se teniamo conto del fatto che era calata la sera e che i Draconiani e le Streghe non erano i soli a voler mettere le zampe sul preziosissimo Andilandi.

– Ma guarda quanto è piccolo il Mondo-di-qua... – esordì Iona.

– Di-qua o di-là? – rispose Vlad.

– Hai sempre voglia di scherzare, eh?

– Ehi, cercavo solo di fare conversazione. – disse Vlad fissando il Non-morto.

Iona ora aveva capelli, unghie e denti più lunghi rispetto al loro primo incontro. Era ciò che gli succedeva quando riusciva a spaventare qualcuno.

Il bambino non sapeva se il Non-morto l'avrebbe morso o no, ma per sicurezza si era allontanato un poco. Per quanto gli permettevano le tende.

– Insomma te la intendi con i Draconiani?

Vlad non rispose, ma il suo silenzio diceva più di mille parole.

– Se mi dai un certo uccellino, posso aiutarti a vendicarti. – gli disse Iona, all'improvviso – Se ti interessa un simile scambio, naturalmente.

– Certo! – rispose Vlad d'un fiato, sapendo molto bene di non possedere più l'Usignolo Fatato. Solo la sera prima l'aveva gettato dalla finestra. Ma poiché il ragazzo era diventato disonesto e vendicativo come un Draconiano, non disse al Non-morto di non avere più niente da scambiare.

– Domani Aram ti ordinerà di entrare nel palazzo che vuole regalarti, ma tu non dovrai dargli retta. – gli consigliò Iona.

– Devo fare entrare prima lui?

– Fosse così semplice! – si divertì il Non-morto – Dovrai farlo entrare con l'inganno, attirarlo con qualcosa. Altrimenti non varcherà nemmeno l'ingresso di quel palazzo. Tutti i Draconiani sanno cosa può diventare ad un semplice schiocco di frusta.

– Una mela... – mormorò Vlad pensando che forse avrebbe trascorso il giorno seguente imprigionato in quel frutto, se non avesse scoperto cosa lo aspettava.

– Gettaci dentro qualcos'altro. – gli disse Iona – Troverai parecchi animali e uccelli da sacrificare nel cortile accanto alle stalle. Di' al Re che quello è il tuo regalo per lui, per ringraziarlo di averti adottato!

– Quando dovrò schioccare la frusta?

– Dopo che sarà entrato, si capisce.

– Si capisce! – ripeté il Portatore – Un colpo solo?

– Tre colpi! Ma non hai mai letto niente sui Draconiani finora?

– Sì, sì. Volevo solo essere sicuro.

– La domanda è come farai tu a procurarti una frusta. Suppongo che non abbiano fatto lo sbaglio di regalartene una.

– Ho una clava...

– Robaccia, – commentò con disprezzo Iona – dovrai rubare la frusta a uno dei Draconiani che trovi in giro. Ma stai molto attento. Le armi draconiche sono molto fedeli ai loro padroni.

– Lo so. – disse Vlad, che ricordò in quel momento l'episodio con la clava di Scorza.

– Ti aspetterò di notte al confine con la Terra dei Musocani, – gli disse Iona – così mi darai ciò che mi spetta.

Vlad gli rispose "Va bene!" e sorrise. Ma fra sé pensò: "Aspetta e spera!" e gli fece la linguaccia. Ma solo con il pensiero, s'intende.

Dopo che si furono divisi, Vlad scese per comunicare al Cavallo Prodigioso quei cambiamenti di programma. Quando si avvicinò all'animale, il ragazzo aveva uno sguardo così truce e la testa così grossa, che il cavallo quasi non lo riconobbe.

– Hai vinto! Partiamo all'alba!

– Mi sembra di aver già sentito queste parole. – nitrì arrabbiato il cavallo. Poi fece un ultimo, disperato tentativo di fargli cambiare idea, mentre indicava l'orizzonte con il muso:

– Perché non partiamo subito?

– Ho ancora delle cose da risolvere. – mormorò Vlad, più che altro tra sé, perché non aveva sentito tutto quello che il Prodigioso aveva detto. E, afferrate le briglie, se ne andarono insieme verso le stalle. Per maggior sicurezza Vlad decise di dormire insieme al cavallo. Era molto più sicuro aspettare l'alba in quel modo, poiché lo stallone avrebbe fatto da sveglia. E Vlad sarebbe anche stato più vicino al cortile degli animali dove, all'alba del mattino seguente, pianificava di procurarsi un uccello qualunque, proprio come gli aveva consigliato Iona.

Ma dormì molto male, pensando di continuo a quella vendetta. Si tormentò, si rigirò, digrignò i denti, si ripeté il piano di attacco diverse volte, come se si trattasse di una poesia importante che doveva imparare per bene per la festa del giorno dopo. Si sforzò di mandare a memoria ogni dettaglio del suo piano, così come lo aveva messo a punto. Per rivederlo mentalmente. Per non tralasciare piccolezze o particolari che si sarebbero potuti rivelare fatali, in realtà. E così, proprio quando riuscì ad addormentarsi, sognò di mettere fine a tutta quella faccenda, in cui dei Draconiani senza cuore l'avevano solo preso in giro.

All'alba del giorno seguente – che non era più alba da diverse ore, perché quei due non si erano svegliati in tempo – il Cavallo Prodigioso e Vlad spalancarono gli occhi e videro Schiaffo. Il Draconiano si agitava davanti a loro e cercava di comunicare qualcosa di molto importante. Era stato lui a svegliarli d'altronde, scuotendoli con forza. Altrimenti quei dormiglioni avrebbero continuato di certo a ronfare.

– Ehi! – disse il Prodigioso.

– Ehi! – disse anche Vlad, ma invano. Schiaffo continuava ad agitarsi, a borbottare parole incomprensibili e a indicare di continuo la porta.

– È muto, – li informò Alabella, abituato ai pettegolezzi del palazzo – ho sentito che ieri gli hanno tagliato la lingua.

– Perché? – domandò il Prodigioso.

– Perché ha parlato troppo. – gli rispose con calma lo stallone del Re, come se fosse la cosa più normale del mondo – Credo voglia dirvi che la cerimonia è iniziata.

Udendo quell'ultima notizia, il Prodigioso balzò subito in piedi. Vlad seguì Schiaffo e i due uscirono come furie dalla porta delle stalle. Avevano una fretta! Soprattutto Vlad, terrorizzato all'idea di rovinare tutto per non essersi svegliato in tempo. Passando per il cortile degli uccelli, il ragazzo acchiappò in fretta e furia una quaglia e se la infilò nella casacca.

Il cavallo vide cosa faceva e gli avrebbe tanto voluto chiedere cosa stesse combinando così, in fretta e furia, e soprattutto cosa stesse tramando. Purtroppo però non gli era possibile parlare con lui da un bel pezzo. Così lo stallone lo seguì in silenzio verso il grande cortile del palazzo, dove si erano raccolti tutti i Draconiani, deciso a rimanere accanto a Vlad qualsiasi cosa avesse fatto.

Una volta giunti alla cerimonia, tutto si svolse come previsto. Anzi, molto più lentamente di quanto si aspettassero. Poiché, quando Vlad invitò Aram ad entrare nel palazzo, con sua grande sorpresa lui non vi entrò da solo, ma insieme a Ruja, che non si trovava tra la folla per caso. E così, quando Vlad schioccò la frusta che aveva rubato a Crangu, si può dire che stesse catturando due piccioni con una fava. E una volta che il castello si fu trasformato in una bellissima mela d'oro, insieme ad Aram e Ruja rinchiusi al suo interno, il bambino afferrò il frutto, montò in groppa al Prodigioso e se ne fuggì via. O, più precisamente, se ne volò via, perché se ne andarono volando, lasciando tutti i Draconiani a bocca aperta.

Quella scena divertì moltissimo il Cavallo Prodigioso, poiché per un attimo aveva pensato che non sarebbero mai riusciti a sfuggire alle grinfie dei Draconiani. Così, quando si vide in alto nel cielo, con Vlad in groppa e Andilandi nell'orecchio destro, il cavallo fu così felice di essere uscito da quella situazione, che cominciò di nuovo a parlare. Malgrado sapesse di parlare da solo!

– Ti ringrazio, Signore! Non pensavo che saremmo riusciti a scappare da qui!

Ma Vlad non era contento. Come la maggior parte degli umani aveva sperato nel sapore dolce della vendetta. Nella sua immensa ingenuità si era immaginato che vendicarsi del Re gli avrebbe procurato una grande gioia. O almeno un po' di pace. Ma non c'era traccia di gioia, né di pace. Quella vendetta sembrò a Vlad più aspra di un sottaceto.

– E adesso dove andiamo? – chiese, a bassa voce, più che altro a sé stesso.

– Dalle Galiane. – rispose subito il Prodigioso. Ma chi lo ascoltava? Non udendo le parole del cavallo, il Portatore si rattristò ancora di più e si chiuse in sé stesso. Non osò dire all'amico che, nel frattempo, aveva liberato l'uccellino, lanciandolo dalla finestra. E che non aveva senso continuare quel viaggio. Dovunque fosse diretto da quel momento in poi, con chiunque parlasse o dovunque giungesse, niente sarebbe stato più come prima.

– Che importanza ha? – mormorò il ragazzo, mentre pensava con amarezza che non aveva più niente per cui lottare. Aveva persino perduto Andilandi...

La Terra dei Musocani

uando il Cavallo Prodigioso atterrò oltre il muro che divideva il nuovo Regno dei Draconiani dalla Terra dei Musocani, stava già calando la sera. In giro non si sentiva che il canto allegro dei grilli, contenti di poter riprendere a far festa, ora che la guerra tra Draconiani e Musocani era terminata. Ma il loro canto non sembrava tranquillizzare il Prodigioso, che avanzava con prudenza, voltando il muso ora a destra, ora a sinistra.

L'animale avrebbe voluto mettere Vlad in guardia, perché il confine poteva essere ancora sorvegliato. Ma non lo fece per due motivi. Uno, il ragazzo non sembrava affatto interessato al viaggio; e due, parlare da solo era davvero una noia. Così decise di proseguire in silenzio, pensando che Vlad avrebbe comunque patito la fame finché non avesse potuto udirlo di nuovo.

D'altro canto, il bambino era incredibilmente triste. Solo ora sembrava capire quanto avesse deluso le persone che avevano avuto fiducia in lui. I soli che l'avevano aiutato in quel mondo, tendendogli una mano, un'ala o uno zoccolo. Si ricordò dei consigli dei Quieti, della Regina delle api o del Cavallo Prodigioso. Gli erano tutti entrati in un orecchio e usciti dall'altro. Poi pensò al regalo della Mistica Domenica, da cui non aveva tratto nessuna utilità, grazie alle stupidaggini che aveva commesso una dopo l'altra, dopo averlo ricevuto. Si ricordò delle Fate Madrine, dei loro tentativi discreti di fargli accettare un regalo diverso, di convincerlo a tornare a casa. Poi si ricordò di come, rabbioso, aveva chiesto loro di rimanere.

"Ma è questo che voglio?" si chiese allora, per la prima volta. "Voglio davvero mettere radici in questo mondo pieno di pericoli?

Lontano da mamma e papà?" E la vera risposta cominciò pian piano a nascere nella sua mente.

All'inizio il ragazzo pensava di potersela cavare da solo, e il compito che aveva ricevuto gli era sembrato semplice. Semplicissimo! Ma quando si scoprì incapace di portarlo a termine, cominciò a dubitare della sua semplicità. E quell'avventura non gli sembrò più così divertente. Soprattutto da quando aveva scoperto con quanti nemici aveva a che fare. Troppi, per le sue forze.

Il Prodigioso notò che il ragazzo evitava il suo sguardo, da quando avevano abbandonato il Regno dei Draconiani. E lui sapeva molto meglio di chiunque altro che quando un uomo – specialmente un bambino – non ti guarda negli occhi, significa che ha qualcosa da nascondere. O, se non ti guarda in faccia, che si sente colpevole di qualcosa. Che si vergogna!

– Stai forse pensando all'uccellino? – nitrì il cavallo, guardandolo con la coda dell'occhio – Stai tranquillo, è al sicuro.

Poi scosse la testa in segno di rimprovero e aggiunse:

– Pappamolle! Stavi per ucciderlo!

E forse il Prodigioso, infervorato com'era allora, l'avrebbe strapazzato a dovere se in quel momento non si fossero avvicinati a loro, a balzi, due Musocani.

Vedendoli avanzare e agitare uno la lancia e l'altro la forca, il Cavallo Prodigioso cercò di prendere di nuovo il volo. Ma non ci riuscì in tempo. La lancia che uno dei due mostri scagliò gli immobilizzò le ali. E quando Vlad tentò di difenderlo con la clava, fallì miseramente. Essendo troppo piccola e non addestrata adeguatamente, "l'arma" scappò con la coda tra le zampe. E così, in pochi secondi, Vlad fu catturato insieme al Prodigioso. A dire il vero per prima cosa cadde da cavallo, perché uno dei Musocani lo colpì con violenza. Ma quando riprese conoscenza, si ritrovò prigioniero di quelle belve. Venne legato stretto alla sella del cavallo, che era legato a sua volta a uno dei cavalli dei Musocani. Cavalli con cui, devo dirvelo subito, non si poteva certo fare conversazione. Erano molto lenti di comprendonio, proprio come i loro padroni.

148

– *'Nano, mio!* – balbettò uno dei Musocani, di nome Marat, dopodiché tastò per bene Vlad, per controllare che fosse abbastanza cicciottello.

– *Mio!* – rispose quell'altro, fratello del primo, di nome Cran.

Poi scoppiò una lite con i fiocchi, con parole asciutte e mai sentite prima. Vlad non ci capiva un'acca, ma quelle parole non gli parvero per niente ridicole. Almeno, non quanto sembravano ridicole ai Quieti. Se fosse stato un po' più attento, di certo si sarebbe reso conto che quelli non parlavano un'altra lingua ma, essendo sciocchi e ignoranti, deformavano la lingua che conosceva anche lui. Per esempio, "'Nano" significava "Draconiano" nella cosiddetta lingua dei Musocani. E Marat voleva dire al fratello: "Il Draconiano è mio!".

– Sappiate che non ho più l'Usignolo Fatato! – annunciò solennemente Vlad, credendo che quelli l'avrebbero lasciato in pace.

– Come se sapessero cos'è! – borbottò arrabbiato il cavallo.

– Parola d'onore! – insistette il ragazzo, vedendo i Musocani guardarsi confusi – L'ho gettato dalla finestra mentre ero nel castello dei Draconiani.

– E per tua fortuna ce l'hai di nuovo. – aggiunse il Prodigioso.

– *'Nani?* – lo interrogò Cran interessato.

– No, Draconiani!

– *'Nani!* – lo contraddisse senza diritto di replica il Musocane, mentre gli puntava l'indice nodoso contro il torace.

– Sono un umano... – cercò di spiegare Vlad, quando comprese di essere stato fatto prigioniero di guerra per errore. Soprattutto perché la guerra era finita... ma questo non sembrava avere importanza per i Musocani.

– *Stazitto!* – ringhiò Marat, senza voltarsi verso il Portatore.

Vlad tacque. Capì che "Stazitto!" significava di fatto "stai zitto", "chiudi la bocca" o qualche altra variazione sul tema, e non rispose. Guardandoli meglio, realizzò che era inutile parlare.

Si limitò a studiare le loro teste – gli stavano sempre davanti agli occhi. Quanto erano grosse! Poi lo sguardo scese sui loro corpi giganteschi, che si riversavano come valanghe sulla groppa dei cavalli, quasi inghiottendoli tutti. Notò che la pelle dei Musocani era marrone-violacea e che vi scorrevano di continuo enormi gocce di sudore. Sembrava che quelle gocce fossero allenate a fare slalom tra le cicatrici e le pustole che decoravano qui e là le loro spalle. Ma di tutto questo, niente avrebbe superato per disgusto i miasmi che quelle belve emanavano tutto intorno con tanta generosità.

I Musocani puzzavano di carne putrida, di cadavere!

All'inizio Vlad non capiva se l'odore venisse dalle pelli e dalle pellicce di animali scuoiati di recente, con cui i Musocani cercavano di coprirsi le nudità. Oppure se fosse semplicemente il loro odore naturale. E anche se lo avesse capito, cosa importava? La puzza non dava segno di sparire in ogni caso. Molto peggio. Mano a mano che si avvicinavano alla Terra dei Musocani, sembrava accentuarsi, soffocarlo, travolgerlo, cercando di spingerlo a forza in un luogo orribile e oscuro. E quando vide le tende di pelle di capra o i calderoni in cui bollivano mucche intere, il bambino fu appieno consapevole che quella sarebbe stata la fine del suo viaggio.

Appena entrarono nell'accampamento dei Musocani – perché mi viene difficile definirlo reame – Vlad si vide attorniato da un rumoroso gruppo di Musocagnetti. Li chiamo "Musocagnetti" non certo perché sentirei l'impulso di accarezzarli, ma per farvi capire che sto parlando dei piccoli di quelle creature. Piccoli che non apparivano molto diversi dai loro genitori, tranne per il fatto che giravano quasi nudi, avevano i capelli e non erano ancora obesi.

– *'Nano 'upido!* – strillò a Vlad uno dei Musocagnetti. Qualcosa che significava, di sicuro, "Draconiano stupido!", dopodiché gli fece la linguaccia.

Poi tutti i piccoli avvicinarono il naso a Vlad e lo annusarono energicamente. Nel mentre facevano a gara a mostrare le zanne e la bava che scorreva in abbondanza. Uno dei piccoli gli ringhiò perfino, schizzando saliva da tutte le parti, poiché non era ancora un esperto in quella specialità. Vlad gli rispose debolmente, cercando di fare la stessa cosa, ma un altro Musocagnetto gli morse la gamba sinistra così forte, che il ragazzo finì presto in lacrime.

– *Eto!* – ovvero "Indietro!", urlò allora Marat, allontanando con la lancia il gruppo che li circondava.

– *Eto!* – ripeté Cran e, malgrado non si muovesse per nulla, era quasi altrettanto spaventoso quanto suo fratello.

Vedendoli così ostinati a difendere la loro preda, i Musocagnetti si allontanarono un poco. Ma nessuno se ne andò in realtà. Abituati da piccoli a odiare i Draconiani (senza averne motivo e senza sapere di preciso perché), i piccoli Musocani cominciarono a lanciare a Vlad tutto quello che capitava loro a tiro. E visto che proprio in quel momento stavano attraversando una piazza improvvisata, esattamente davanti alla Tenda Reale, i piccoli selvaggi lanciarono della verdura rimasta troppo a lungo al sole, frutta marcia e perfino alcuni ossi. Ci misero tanto impegno che alla fine colpirono anche Marat sulla testa pelata.

– Vi uccido! – disse Marat.

– Tutti! – intervenne anche Cran, difendendo il fratello.

– *"Marat il cane, pieno di rabbia, piange e morde, nella sua gabbia!"* rispose ridendo il gruppetto.

– Ve la faccio vedere io, cagnacci!

Vlad non riuscì a capire se le belve potessero parlare correttamente solo quando si arrabbiavano molto; forse per loro "corretto" significava di fatto "sbagliato". Ma non gli interessava granché. Poverino, era sempre più spaventato. E quando entrò in un cortile, insieme a quei demoni e ai loro cavalli, nella confusione più totale, era ufficialmente terrorizzato.

Ma i due Musocani non prestarono molta attenzione al suo stato d'animo. Erano impegnati a catturare i piccoli aggressori di poco prima e a tirar loro le orecchie. Così appesero il ragazzo – legato stretto come un salame – ad un gancio, a testa in giù; poi uscirono di corsa dal cortile.

Nel poco tempo che gli rimase prima che tornassero le belve, Vlad studiò disperato il cortile in questione. E, malgrado fosse a testa in giù, si rese conto di essere capitato in una specie di cucina, o dispensa. Dappertutto si potevano vedere tritacarne, frullini, pentole, tegami, padelle, calderoni, cucchiai, forconi e forchette, così come molti altri utensili, a voi più familiari, che potrete trovare solo nelle macellerie. Anche se sarebbe meglio che certi non li vedeste, né che ci faceste amicizia!

E tra tutti quegli utensili, appoggiati come sopra un altare dedicato al cibo, si potevano scorgere anche molte varietà di carne, specialmente affumicata. Pancetta affumicata, prosciutto affumicato, enormi pezzi di carne, costolette affumicate e, ovviamente, le insuperabili salsicce affumicate dei Musocani, preparate secondo una ricetta segreta e, in generale, contenenti quasi tutte le creature del Mondo-di-là.

– Esci fuori una buona volta, e slegami! – gridò il Cavallo Prodigioso ad Andilandi, mentre saltellava sulle zampe destre e scuoteva la testa nella stessa direzione. – Non ci senti? Uffa, siamo perduti... – mormorò il cavallo, vedendo che l'uccellino non dava segno di voler uscire.

Vlad si rattristò molto nel vedere lo stallone saltare e dimenarsi. Ma legato com'era, e appeso a quel gancio, non aveva modo di aiutarlo. Però alla fine comprese come mai fosse così agitato. Sull'etichetta di un salame vicino a lui vide scritto in stampatello: "'LAME DI 'ALLO", ovvero "SALAME DI CAVALLO"! Cosa che gli fece passare all'istante la fame che i profumi là intorno gli avevano provocato. Ma quello che gli sembrò anche più grave non fu scoprire gli ingredienti del salame, bensì il fatto che ne riconobbe l'odore e il colore. Si ricordò di avere mangiato qualcosa di simile dai Draconiani. E che, da quel momento, in modo del tutto misterioso, non era più stato capace di udire il suo fidato compagno di viaggio.

– Perdonami! – disse allora Vlad con le lacrime agli occhi.

– Bene, bene! – rispose il cavallo – Errore confessato è mezzo perdonato!

– Non lo sapevo... Ho anche gettato via l'uccellino. – mormorò poi il ragazzo, più fra sé stesso – Non ce l'ho più...

– Piano, che stanno tornando! – nitrì il Prodigioso, ma Vlad non lo sentiva.

– Sono un buono a nulla...

– Ssshhhhh!

– Perdonami, ti prego, cavallino! Parla con me, ti prego!!!

– Lo sto facendo! Ma non urlare così! – cercò di tranquillizzarlo il Prodigioso, smettendo di nitrire e guardandolo fisso.

Ma Vlad ancora non lo sentiva. E così continuò terrorizzato l'ispezione appena cominciata, fino a che posò gli occhi su qualcosa, alla sua destra. E dove credete che gli sia caduto lo sguardo? Su un'altra etichetta su cui stava scritto, con lettere altrettanto grandi e leggibili quanto quelle di prima: "'CICCIA DI 'NANO". E poi su un'altra: "'OSTE DI 'NANO EXTRA!". Non so se abbiate capito di cosa si trattasse, ma Vlad non ebbe bisogno di molte spiegazioni per comprendere cosa lo aspettava in quel luogo. Non insisterò oltre, perché sono certa che alcuni di voi – più abili a tradurre le lingue – si siano già fatti un'idea sugli orrori che si compivano nella terra in questione.

Zob, il Principe dei Musocani

Per la prima volta Vlad aveva talmente paura che avrebbe dato qualsiasi cosa per fuggire dal Mondo-di-là. Così gridò con tutte le sue forze:

– Aiutooooo!

Ma invano. Con sua gran delusione, non c'era traccia di soccorritori nei paraggi. Perciò il ragazzo fece tutto quello di cui era capace in quei momenti: si fece la pipì addosso. E dal momento che in molti casi la legge di gravità funzionava anche nel Mondo-di-là, non credo vi dovrò spiegare che per quel motivo i vestiti, il viso e i capelli si bagnarono all'improvviso di un liquido giallognolo e maleodorante. Senza contare che il ragazzo cominciò anche a piangere a dirotto, con lacrime di coccodrillo e la bocca spalancata, da cui la saliva scorreva come una cascata, senza che se ne rendesse conto.

In poche parole in quel momento non era piacevole guardarlo. Non era affatto un bello spettacolo. E quando Vlad vide uscire da un angolo ombreggiato un orrendo Musocagnetto, piuttosto grande per la sua età, non perse altro tempo e svenne.

Dopo un po', quando aprì di nuovo gli occhi, il ragazzo vide che era di nuovo a testa in su. E che davanti ai suoi occhi c'era lo stesso Musocagnetto, che lo guardava imbarazzato. Malgrado la vergogna però il piccolo mostro fu il primo a rompere il silenzio. Infatti Vlad non era ancora in grado di articolare alcunché.

– *'Tai 'quillo!* – disse il piccolo – *No torna prima di 'mattina...*

Poi non parlò più delle guardie. Non voleva rivelare al prigioniero che la mattina dopo, quando quelli sarebbero arrivati, per Vlad sarebbero stati dolori. Sicuramente il Portatore sarebbe stato cucinato subito, oppure dopo il processo, a seconda dei capricci dei padroni.

– Zob. – disse ancora il Musocagnetto, indicando sé stesso.

"– Zob. – disse ancora il Musocagnetto, indicando sé stesso."

– Vlad.

– *'Nano?* – chiese Zob.

Vlad fece di no con la testa.

– Portatore?

Il bambino non rispose subito, ma lo guardò sorpreso, così Zob sentì la necessità improvvisa di spiegargli come mai sapesse tante cose di lui. Si portò due dita alle tempie e si concentrò talmente, che alla fine riuscì a farsi capire del tutto.

– *Nomorto ha detto che tu no 'Nano!*

– E io che credevo di essermi liberato di Iona!

– *Preso!* – puntualizzò Zob.

Poi il piccolo gli spiegò meglio che poté che anche Iona era stato catturato a sua volta da altri Musocani, mentre seguiva Vlad.

– *Dice che hai un uccellino e che vuoi rimanere qui.* – continuò Zob – *E' vero?*

– Lo era... ma ci ho ripensato. – gli spiegò Vlad – Ti prego, slegami!

Zob scosse il capo e disse con decisione: "Dispiace, ma no posso. No è bene piacere... prigionieri!". E quello non era altro che un modo elegante per dire che non sta bene fare amicizia con il cibo. Dopodiché Zob, forse ricordando che nemmeno lui aveva il permesso di stare là, si alzò e se ne andò.

– Parli molto bene la nostra lingua. – si complimentò Vlad insistente.

– *Prendo bote!* – disse Zob senza voltarsi.

– Per favore...

Udendolo, Zob si fermò. Voleva davvero aiutare il ragazzo, perché gli piaceva. Ma se avessero scoperto che l'aveva preso lui dalla dispensa, gliele avrebbero date di santa ragione. E così esitò. Aveva capito che Vlad non era un prigioniero qualunque, buono solo per la zuppa o l'arrosto, quando aveva sentito il padre parlare con il Nonmorto. Aveva scoperto che se il bambino avesse dato loro chissà che Usignolo Fatato, quello avrebbe guarito la malattia del padre, un mal di fegato coi fiocchi. Così almeno aveva spiegato Iona. Ma visto che Zob, come la gran parte dei Musocani, non sapeva molto di Andilandi, quel che il Non-morto aveva detto lo aveva insospettito.

– Non capisco cosa volete da me. – si mise a piagnucolare Vlad quando vide che Zob esitava – Non sono un Draconiano, l'uccellino non ce l'ho più... Cosa volete?

– *Non hai più l'Usignolo Fatato?*

– No! – disse Vlad con le ultime forze – L'ho buttato dalla finestra l'altro ieri!

– Allora vieni con me!

In un baleno il Musocagnetto lanciò Vlad sulla sella del Cavallo Prodigioso, coprendolo con un sacco trovato su un tavolo là a fianco, ovvero camuffandolo. Poi si portò un dito davanti al muso enorme, ordinando in qualche modo a Vlad di non fare rumore, ed uscirono insieme dal cortile.

Fuori c'erano così tanti Musocani, raccolti a gruppi attorno ai calderoni di cibo, o a mangiare qualcosa accanto alle tende, che Vlad chiuse gli occhi e si rannicchiò meglio sotto il sacco. Non voleva essere catturato di nuovo e spedito in dispensa, così incrociò le dita. Vlad riconobbe le voci di chi l'aveva fatto prigioniero; erano da qualche parte nei paraggi. Drizzando meglio le orecchie però il bambino comprese che quelli non ce l'avevano con loro. Avevano appena catturato due dei piccoli Musocani aggressori e si preparavano a tirare loro le orecchie, bisticciando come avevano fatto alle porte del cortile.

E quando Zob, seguito dal Prodigioso camuffato, giunse davanti ai due fratelli, il Portatore udì chiaramente Marat salutare gentile.

– 'Sera, 'straltezza!

Cosa che gli diede subito da pensare. Si fece coraggio e alzò il sacco con prudenza, per vedere meglio cosa stesse succedendo intorno. Vide il suo salvatore sollevare annoiato la zampa destra, in segno di saluto, verso tutti i Musocani accanto ai quali passavano. Il bambino notò che Zob non si sforzava di rispondere al saluto se non sollevando leggermente la zampa, malgrado alcune di quelle belve si inchinassero fino a terra quando lo vedevano. E molte volte non faceva nemmeno quello.

"Allora Zob è un nobile!" pensò Vlad. "Potrebbe persino essere il loro Re" si disse poi, dopodiché allontanò in fretta quel pensiero. "E' troppo giovane per un simile titolo. Di sicuro ha dei fratelli più grandi, o dei genitori. Cioè delle belve pustolose, grasse e spelacchiate, proprio come Marat e Cran"; e Vlad pose fine ai suoi pensieri. Ma dopotutto non sbagliava nemmeno tanto, perché presto avrebbe scoperto che Zob era proprio il Principe dei Musocani, l'unico figlio di Re Horshti e della Regina Cana. E così, anche se non sapeva con esattezza chi fosse il piccolo, nel cuore di Vlad nacque di nuovo la speranza. Era sempre più chiaro che, se Zob avesse voluto salvarlo, allora l'avrebbe fatto di certo. Nessuno gli chiese cosa portasse con sé. O che genere di cavallo fosse quello – sebbene il suo Prodigioso, camuffato com'era, fosse molto più magro dei cavalli dei Musocani. Nessuno osava domandargli dove fosse diretto o, in generale, cosa stesse combinando. Al contrario. Tutte le belve sembravano rispettarlo e temerlo. Due aspetti che, per creature primitive quali erano i Musocani, andavano a braccetto.

Quel che Vlad non sapeva, però, e neppure immaginava, era che Zob rischiava grosso cercando di salvarlo. Per il furto di prigionieri dalla dispensa reale c'era la pena capitale. Con il rischio di spaventarvi a morte, devo dirvi che nella Terra dei Musocani significava cucinare il condannato in questione. Benintesi, senza tenere conto di che razza fosse, quale lingua parlasse o se facesse parte o meno dello stesso accampamento di quelli che l'avrebbero mangiato. In poche parole, tutti i colpevoli finivano per condividere la stessa sorte e, di sicuro, la stessa pentola.

Forse per Zob avrebbero fatto un'eccezione, tenendo conto del rango a cui apparteneva. Per lo meno non la pena capitale. Cosa che non gli avrebbe evitato comunque di prenderle di santa ragione, se fosse stato scoperto.

– Grazie, da qui in avanti mi arrangio. – gli disse Vlad quando arrivarono in un cortile più nascosto, da qualche parte al limitare dell'accampamento. – Per favore, slegami anche le mani prima di andare via.

– Sshhh! – sibilò Zob.

Poi indicò all'umano due orride guardie che passavano proprio di là, in quella che sembrava una ronda di notte.

– *Fuori, pericolo!*

Zob tirò con forza le briglie del Cavallo Prodigioso ed entrarono tutti nel cortile nascosto. Là, a causa del buio, Vlad non riuscì a vedere granché. Sentì però che quel luogo non era affatto il capolinea del suo viaggio, ma più precisamente il posto in cui Zob voleva nasconderli. E se ne convinse del tutto quando udì il Musocagnetto aprire una botola e spingere il Prodigioso nella fossa che si era appena aperta, con tanta generosità, nel terreno.

– Che fai? – Vlad riprese ad agitarsi – Non dovevi liberarci?

– *Fuori, pericolo!*

– Questo l'hai già detto molte volte...

– *Qui, sicuro!* – aggiunse Zob, poi chiuse delicatamente la botola e vi gettò sopra una pelliccia di orso.

– Ehi! Sei diventato matto? – urlò Vlad, dalla buca in cui era finito – Non vuoi liberarci?

– *Torno subito!* – rispose Zob, dopodiché se ne andò.

"Ehi! Liberaci!" urlò ancora Vlad prima di scivolare di nuovo dalla groppa del Prodigioso per l'agitazione. Ma una volta a terra, tacque. Non disse nemmeno: "Ahi, che male!". Anche se cadendo si era fatto male davvero, indovinate dove! Non gridò più per chiedere aiuto. Non fece un fiato. Rimase sul fondo, cauto, e si guardò attorno, preoccupato.

Ovunque scorse molte paia di occhi luccicanti che lo studiavano.

Il nascondiglio

li occhi che brillavano nel rifugio di Zob non appartenevano ad altri Musocani, ma a cuccioli di animali che si trovavano là per lo stesso motivo del piccolo Vlad: erano stati fatti prigionieri. In un primo momento il ragazzo ammutolì per lo spavento, immaginando che quelle creature potessero essere aggressive. Ma non era così. Il Portatore si rese subito conto che quei cuccioli erano più spaventati di lui. E che alcuni erano incredibilmente tristi.

– Cosa sta succedendo? – si chiese il ragazzo.

Vlad non riusciva assolutamente a capire cosa ci facessero tutte quelle creature là ammassate, così cominciò a muoversi verso di loro. Ma i cuccioli, terrorizzati, indietreggiavano al suo passaggio. Quando Vlad alla fine riuscì a distinguere nella prima fila un cucciolo di orso, una piccola volpe e un aquilotto, udì la botola aprirsi di nuovo.

– *Pappa! Acqua!* – annunciò Zob.

Zob mise davanti a Vlad due ciotole: una piena di stufato e l'altra di acqua, pulita come se ci avessero bevuto dei maiali. Vedendole, gli venne la nausea. Malgrado ciò non protestò con rabbia, ma rifiutò con gentilezza, proprio come faceva ai bei tempi.

– No, grazie! – disse al piccolo Musocane, mentre spingeva con il capo la ciotola di stufato.

– *Stanco, mangia!* – insistette Zob, grattandolo dietro un orecchio, e poi sotto il mento: come fate anche voi, forse, con i vostri mici o con certi cani capricciosi quando non vogliono mangiare.

– No! – disse Vlad, questa volta più deciso, ma anche più agitato.

Il Portatore trovava molto strana la maniera in cui il Musocagnetto gli parlava. Non aveva cercato di colpirlo, non l'aveva maltrattato in alcun modo, ma da quando l'aveva salvato si comportava come se

Vlad fosse diventato in qualche modo il suo cane da compagnia. Non credo sia difficile indovinare cosa provasse il bambino nel suo nuovo ruolo di cagnolino da salotto di un altro cane, soprattutto perché sul viso di Vlad si potevano leggere perplessità e paura.

"Manca solo che mi dica di alzarmi su due zampe e abbaiare! – si disse il ragazzo fra sé. "... o che mi metta nel piatto solo ossi e costolette!"

– *Se no mangi, vuoi gioca?* – chiese Zob, mentre cercava di attirarlo con una palla in pelle di vitello.

– No. – rispose Vlad – Vorrei andarmene, se non ti dispiace.

– *Bene,* – replicò il piccolo, che sembrava non aver sentito l'ultima risposta di Vlad – *se no mangi, do a altri!*

– Non ci senti o non capisci? Voglio andarmene di qui!

Ma Zob non gli rispose. Si allontanò senza fretta nel buio del rifugio e accese una lanterna. Solo allora anche Vlad poté finalmente vedere gli animali attorno a sé, e il panorama non era certo comune. Vlad per lo meno avvertì un nodo alla gola quando vide l'impressionante moltitudine di cuccioli, di tutte le specie conosciute e non, che Zob era riuscito a collezionare. Il ragazzo osservò il pietoso assembramento con tutta la compassione di cui era capace.

Con grande tristezza vi devo dire che tutti quei poveri animali, nessuno escluso, erano rinchiusi in gabbia o legati con pesanti catene alle zampe o alle ali. Vlad comprese in quel momento quale fosse il motivo dell'enorme mazzo di chiavi che aveva notato all'inizio alla cintura di Zob. Allora non aveva osato chiedergli a cosa servisse, ma ora si era reso conto di quale fosse la sua utilità.

Nei primi istanti, anche se le condizioni in cui erano tenuti gli animali erano disperate, il bambino fece un grande sforzo ed evitò ogni commento. Come vi ho già raccontato, anche lui aveva avuto un cane e non si può certo dire che se ne fosse occupato come si deve. E così pensò che non sarebbe stato giusto giudicare gli altri. Soprattutto perché si trattava di un Musocane. E il fatto che non avesse mangiato quei cuccioli si poteva quindi considerare un progresso.

All'inizio Vlad si limitò a tacere e osservare. Seguì con lo sguardo il Musocagnetto, che si impegnava a dividere con gli altri in modo più equo possibile il cibo inizialmente destinato a lui. Quando però vide i cuccioli avventarsi sul cibo, chiaro segno che Zob li aveva lasciati soffrire la fame, Vlad cominciò a mordersi forte la lingua. Il Musocane, che sembrava non notare l'ingratitudine dell'umano, accese tranquillo anche la seconda lanterna. Allora Vlad riuscì a scorgere le ferite lasciate dalle catene sulle zampe dei cuccioli, e quello fu davvero il limite a quanto i suoi occhi avessero visto fino a quel momento.

– Cosa ci fanno qui questi animali? Il loro posto è nel bosco, non vicino a casa... non nel cortile dei Musocani...

Zob mormorò, piuttosto orgoglioso d'altronde, di averli salvati. Erano stati catturati dai cacciatori, ma lui li aveva rubati dalla dispensa reale e li aveva portati lì, dove vivevano in assoluta sicurezza. Dopodiché si voltò verso Vlad e lo guardò molto fiero di sé, in attesa di un poco di rispetto da parte sua e, perché no, anche un pizzico di ammirazione. Il ragazzo invece aveva un'espressione fredda, accusatrice. Cosa che non piacque per niente al Musocagnetto. Vlad infatti non si limitò alle accuse, ma continuò l'interrogatorio, sempre più arrabbiato.

– Da quanto tempo li tieni rinchiusi?

– *Cosa fare?* – gli rivolse la parola Zob, questa volta più minaccioso.

La verità era che, sotto sotto, il piccolo Musocane si sentiva in colpa per tenere gli animali là rinchiusi, ma non voleva ammetterlo. In realtà pensava che non ce l'avrebbe fatta senza di loro.

– *Qui, sicuro!* – insisté, cercando inutilmente di convincere Vlad del fatto che lui avesse aiutato quegli animaletti. E che non volesse loro male, ma che li stesse sorvegliando, cercando di averne cura. Malgrado tutti gli sforzi di Zob, Vlad aveva però tutt'altra opinione.

– Un animale vero non è un giocattolo, bensì una responsabilità! – si sorprese a dire Vlad, parlando ad un tratto esattamente come avevano fatto i suoi genitori – Bisogna dargli da mangiare con costanza! Soprattutto se si tratta di un cucciolo...

– *Io ho cura! Mangia!* – balbettò l'altro, colto di sorpresa dalla reazione del ragazzo.

– Quando mangiano? Una volta al mese? – gli rispose il ragazzo che, ormai infuriato, non dava segno di volersi fermare – Forse sarebbe il caso di raccogliere i loro bisogni! – continuò Vlad con lo stesso tono di una persona adulta – Proprio come sarebbe bene lasciarli liberi! Fuori! Nel bosco! – gridò Vlad.

– *Mai! Fuori muoiono.*

– Vorresti dirmi che questa è vita? – rispose Vlad che, grazie a tutte le prove che aveva dovuto affrontare negli ultimi tempi, pareva maturato. Sembrava essere diventato più saggio, più forte.

– *Silenzio!* – replicò Zob, che cominciava ad innervosirsi, non sapendo più cosa rispondere – *Fuori nasconde pericoli. Se lascio liberi, muoiono!*

Vedendolo intestardirsi, Vlad pensò di adottare un metodo più gentile. Un modo con cui poter convincere Zob che il valore più prezioso di ogni creatura è la sua libertà.

Benintesi, il ragazzo sperava di scappare anche lui, convincendo Zob a liberare gli animali chiusi nel rifugio. Quindi si può ben dire che avesse il suo piccolo tornaconto. Però, per la prima volta da quando era arrivato là, Vlad non pensava più solo a sé stesso. Non si piangeva addosso e voleva aiutare anche gli altri, che soffrivano come lui. E così disse a Zob, questa volta un po' più gentile:

– Sono certo che anche i tuoi genitori si preoccupano per te quando non ti sorvegliano. Però non ti hanno chiuso in gabbia. Sei libero di andartene quando vuoi.

– *Sbagliato! No interesa di me.* – mormorò Zob, chiudendo la botola. Poi uscì veloce dal cortile.

– Aspetta...! Dove vai...?

"Allora è così!" si disse Vlad, seguendo con lo sguardo il Musocagnetto. "Zob non è amato dai suoi genitori!". Per quel motivo teneva tanti animali rinchiusi nel rifugio: perché giocassero con lui. Perché nessun altro tranne loro lo faceva, a nessuno importava di lui.

E così Vlad comprese che quando i bambini non erano amati, potevano cambiare. Potevano prendere brutte strade. Diventare cattivi, com'era successo alle figlie di Aram, che facevano soffrire tutti gli animali intorno a loro; o egoisti, com'era diventato, con ogni probabilità, Zob. Il bambino capì che i figli di qualsiasi creatura potevano cambiare, se pensavano di non essere amati. Quando si sentivano minacciati, quando immaginavano di poter perdere l'amore dei genitori, proprio come era capitato a lui.

"Che sciocco sono stato!" si disse il ragazzo con amarezza. "Dovevo scappare di casa, vedere quali sciocchezze fanno gli altri, per rendermi conto di quanto fossi amato!" pensò Vlad. "Mi sono nati due fratellini. E con questo?" si disse poi. "Non significa che mamma e papà mi ameranno meno di prima. Solo un Draconiano o un Musocane possono pensare queste assurdità!". E all'improvviso ricordò le parole piene di saggezza di nonna Maia: "Quando l'amore di un genitore per i suoi figli è vivo, esso non è troppo, né troppo poco. È vivo. Ed è sufficiente per tutti noi. Non importa quanti siamo a tavola".

Vlad diede un calcio alla ciotola di cibo. Riconosceva di aver sbagliato, ma non sapeva come rimediare all'errore. Come tornare alla luce uscendo da tutta quella storia complicata in cui si era cacciato da solo. E ora, da quando aveva ritrovato l'Usignolo Fatato, anche se voleva tornare a casa, non sapeva più come fare. Come scappare da quella fossa buia in cui era finito e che sembrava scavata nelle profondità della terra?

I prigionieri di Zob

l giorno dopo Zob fece la sua comparsa nel rifugio diverse volte. Ora per cambiare l'olio alle lanterne. Ora per riordinare e arieggiare. Ora per occuparsi, per modo di dire, del cibo degli animali, ai quali ne diede forse troppo. O per raccogliere, con uno zelo del tutto sospetto, la sporcizia circostante. Ad alcuni bendava le zampe o le ali. E per due volte spinse verso Vlad una ciotola di carne, sperando di rabbonire l'umano.

Ma Vlad non toccò cibo e di certo non si mostrò impressionato da tutti i suoi sforzi. Al contrario. Continuò a fissarlo con severità, convinto che tutto quello che faceva il piccolo Musocane fosse una finta. Era chiaro come la luce del giorno che Zob desiderava dimostrare ad ogni costo che Vlad si era sbagliato nei suoi confronti. Che l'aveva giudicato frettolosamente accusandolo di non prendersi cura degli animali. Lui, che li amava così tanto e se ne occupava con tanta passione!

Qualche volta Zob osò chiedere a Vlad:

– *Vuoi giocare?*

– Sì, però fuori!

– *No libero! Fuori, pericolo!*

– Da quando sono arrivato nel Mondo-di-qua, mi sono trovato spesso in pericolo, ma me la sono cavata. Da solo o con l'aiuto di chi mi stava accanto!

– *No libero!*

Poi tacquero entrambi. Almeno fino alla visita seguente, quando Vlad avrebbe risposto nella stessa maniera se Zob avesse commesso l'imprudenza di domandargli di nuovo qualcosa.

Vlad chiedeva la libertà per sé e per gli altri compagni di cella. Finché un giorno il ragazzo perse la pazienza e, triste, affamato e piuttosto nervoso, disse al Musocagnetto quasi tutto quello che pensava di lui.

– Sai cosa credo, Principe?

Zob tacque e guardò altrove, ma era chiaro che avrebbe voluto sapere "cosa credeva Vlad".

Continuò a mettere in ordine, senza nemmeno guardare il bambino.

– Credo che tu sia un bugiardo patentato!

– *No vero!*

– Invece sì!

– Invece no!

– Invece sì! Non ti importa davvero dei tuoi animali. Non ti interessa se hanno da mangiare o no. Nemmeno se sono davvero al sicuro. La tua sola preoccupazione è di tenerli chiusi qui, per divertirti con loro! Perché nessun altro vuole giocare con te...

– *No vero!*

– È verissimo invece! – continuò Vlad – Sei un egoista! Li tieni chiusi qui perché non hai amici!

– Io ho... – cercò di rispondere Zob, ma non riuscì a terminare la frase perché d'un tratto si sentì un nodo in gola. Poi gli si annebbiò la vista e le lacrime cominciarono a raccogliersi agli angoli dei suoi occhi sghembi.

Zob strinse forte i pugni e distolse lo sguardo: non voleva mostrare a Vlad di essere stato colpito proprio dove gli faceva più male.

– Perché nessuno ti vuole bene! Nemmeno i tuoi genitori!

Sentendo quello che il bambino diceva, Zob scoppiò in lacrime. In men che non si dica, stava piangendo a dirotto. E dovete sapere che piangeva sul serio. Non faceva finta.

– *Loro, miei amici!*

Il piccolo Musocane singhiozzava, indicando a Vlad tutti i cuccioli là riuniti.

– Non ci si comporta così con un amico. – rispose il ragazzo duramente.

– *Io voglio bene...*

– Se volessi loro davvero bene, li libereresti! – disse Vlad – Starebbero molto meglio fuori, nel bosco, piuttosto che rinchiusi qui!

Zob fissò a lungo gli animali. Poi guardò Vlad. Poi di nuovo gli animali, perché non sapeva cosa fare. Era indeciso se liberarli oppure no. Alla fine però si voltò verso Vlad e rispose brevemente e senza mezze misure: "No". Dopodiché uscì dal rifugio e chiuse la botola dietro di sé, in un generale mormorio di disapprovazione.

– Inutile! – commentò serio Brad, il cucciolo di orso che, come gli altri piccoli là rinchiusi, aveva assistito con il cuore in gola alla negoziazione – Come diceva giustamente mio nonno, "Un Musocane resta sempre un Musocane!"

– È una fortuna che non ci abbia mangiati! – intervenne un leprotto di nome Suru, più pauroso di natura – Come hanno fatto con i nostri genitori!

– Come fai ad esserne così sicuro? – intervenne anche Muc, il cucciolo di volpe, di certo più sveglio. – Forse non sono nemmeno stati catturati e ci aspettano nel bosco! – disse al leprotto. Poi si rivolse timidamente al Cavallo Prodigioso, cercando l'approvazione nei suoi occhi:

– Non è così, zietto?

– Certo! – disse il cavallo – Ci sono pochissime probabilità che li abbiano presi!

– "Zietto" – ripeté allora un cucciolo di lince prendendo in giro Muc.

La lince si fece avanti per dire la sua e si mise all'improvviso a ridere rumorosamente, in un modo piuttosto irritante.

– Ti ho offeso? – chiese Muc – I miei genitori mi hanno insegnato a essere gentile con i vecchi.

– Con i grandi! – lo corresse accomodante il Prodigioso, ma nessuno lo udì.

I piccoli si spostarono attorno allo stallone e cominciarono a litigare. Il cucciolo di lince continuava a ridere del piccolo Muc; tutti sapevano che inventava storie sui suoi genitori, poiché era stato catturato ben prima di poter aprire gli occhi. Quindi non li aveva conosciuti. Muc rispondeva ovviamente che non era vero, che lui era ben informato e che "ride bene chi ride per ultimo". Il leprotto Suru non sapeva più cosa credere, e l'orsetto Brad cercava, per quanto possibile, di mettere pace ripetendo spesso: "Silenzio, fratelli miei!". Brad desiderava la tranquillità, naturalmente, perché aveva sonno. Si avvicinava l'inverno e lui si preparava al letargo. Ma nessuno sembrava dargli retta.

Alla fine chi riuscì a farli stare zitti fu il Cavallo Prodigioso, nitrendo con così tanto impeto che il gruppetto si fermò. All'inizio credettero che il cavallo se la fosse presa con loro e che volesse tirare loro le orecchie. E tra tutti gli animali, il leprotto Suru era quello che si agitava di più, e che aveva anche le orecchie più lunghe. Il cavallo però, sebbene fosse piuttosto arrabbiato, anzi si può dire che fosse proprio arrivato al limite della pazienza, non fece nulla. Disse solamente, con tutta la calma di cui era capace:

– Silenzio!

Questo mentre con la zampa anteriore destra indicava Vlad, aggiungendo:

– Disturbate il ragazzo!

I cuccioli tacquero. Poi tutti guardarono Vlad con un rispetto sorto dal profondo del loro animo. Si ricordarono d'un tratto che il nuovo venuto aveva lottato con coraggio per i diritti dei prigionieri; diritti che non solo quegli orrendi Musocani non rispettavano, ma di cui nemmeno loro si poteva dire fossero a conoscenza fino ad allora. Alcuni dei cuccioli avrebbero voluto parlare con il loro nuovo capo, ma il cavallo spiegò che il ragazzo non poteva sentirli. Almeno, non ancora.

Dopodiché il Prodigioso preparò una lunga lista con i loro nomi: quando Vlad fosse riuscito di nuovo a sentire la voce degli animali, avrebbe potuto rispondere alle domande dei piccoli. La maggior parte tra loro voleva sapere di che razza fosse Vlad. Un aquilotto di nome Vaju sosteneva che fosse un Quieto. E si pavoneggiò con gli altri, dicendo di saperlo perché una volta aveva sorvolato il Giardino dei Quieti, insieme alla mamma e ai suoi fratellini, e aveva visto com'erano fatti.

– I Quieti conoscono il verso degli animali, – disse lo scoiattolo Cranz – perciò non può essere uno di loro!

– Ah, già! – disse Vaju, dopodiché rimase in silenzio. Perché lo scoiattolo aveva ragione e lui non aveva considerato quel dettaglio prima di aprire il becco.

– È un umano. – spiegò il Prodigioso.

– Aaah! – risposero allora tutti quanti e sembrava avessero capito. Dico "sembrava" perché in realtà nessuno capì nulla. Non sapevano come fossero fatti gli umani e, benintesi, neppure i cuccioli degli umani, ma nemmeno si preoccupavano di ammetterlo.

– Viene dal mondo degli umani e porta con sé l'Usignolo Fatato!

– Aaah! – risposero di nuovo i cuccioli, che forse non sapevano cos'altro dire. In cambio, spalancarono sempre di più i musetti e i becchi per la meraviglia, mentre il Prodigioso forniva più dettagli su Vlad. E lo stallone, vedendo che aveva fatto colpo sui piccoli, cominciò a raccontare, con tutti i particolari possibili, i pericoli che Vlad aveva affrontato da quando era giunto nel Mondo-di-là. Raccontò loro dell'incontro con le Signore, della visita ai Quieti, di Aram e dei Draconiani e molte altre cose, credendo poco alla volta di riuscire a farli addormentare tutti. E di poter riposare anche lui.

– Che tipo di animali sono gli umani? – chiese Muc che, al contrario di altri che già sonnecchiavano, aveva resistito fino alla fine – Se ne intendono di incantesimi, come i Draconiani e gli Stregoni?

– Non molto. – gli disse il Cavallo Prodigioso.

– Non conoscono neanche qualche piccola magia, laggiù?

– Non lo so! E ora dormite!

– Uffa! – disse Muc e si rannicchiò accanto a Brad che, essendo più cicciottello, gli teneva caldo – Credevo che ci avrebbe tirato fuori di qui...

– Sono convinto che alla fine lo farà! – rispose lo stallone – Dobbiamo solo avere pazienza.

Per tutto questo tempo Vlad li aveva osservati, senza capire cosa si dicessero. Senza che gli passasse per la mente cosa li preoccupasse o di chi diamine stessero parlando. Li vide semplicemente avvicinarsi gli uni agli altri e addormentarsi uno dopo l'altro. E la vista di quei piccolini, così soli, così spaventati, ma soprattutto così lontani dal loro papà e dalla loro mamma, lo rattristò fino a farlo piangere. Quasi quanto lo aveva amareggiato il suo destino, che sembrava confondersi con quello degli animali lì attorno.

L'uovo magico

oco dopo essersi addormentato, Vlad fu bruscamente svegliato da terribili lamenti. Qualcuno piangeva, ma il ragazzo non capiva chi fosse. Qualcuno chiedeva aiuto, nella lingua dura dei Musocani, ma non si capiva dove. Né cosa dicesse, perché la voce era molto lontana. E i lamenti si affievolivano e si mescolavano ad altri rumori, fino a giungere alle orecchie degli animali nel rifugio.

Ad intervalli regolari si sentivano anche dei brevi singhiozzi, segno che quel qualcuno veniva percosso ritmicamente con un bastone, una cinghia o addirittura una frusta.

Udendo tutto ciò, a Vlad venne il batticuore per il disgusto. Cercò subito di alzarsi, ma aveva le mani legate, così non riuscì a mantenere l'equilibrio come si deve e cadde in ginocchio. Si guardò attorno e vide che i cuccioli si erano svegliati e avevano cominciato ad agitarsi anche loro.

– Lo sta picchiando! – disse Vaju mentre allungava le ali cercando di volare quel tanto che la catena gli permetteva.

– È Zob? – chiese il Prodigioso.

– Sì. – rispose con tristezza Suru – La regina Cana, sua madre, lo sta picchiando.

– Solo un Musocane può fare una cosa del genere al suo cucciolo! – disse Muc.

– La cosa peggiore è che lo fa spesso. – intervenne mormorando anche l'orsetto Brad – Come diceva mio nonno: "Se non servono le parole, non servirà tutto il legno del bosco."

– Ma quale legno, Brad? – si irritò la piccola volpe – Credi si tratti dei tuoi genitori, che ti facevano il solletico con un ramoscello di nocciolo quando combinavi una marachella? I Musocani picchiano i figli con la frusta!

– Per loro non è una punizione! – intervenne saggiamente anche lo scoiattolo Cranz – Li picchiano così, perché chiedono da mangiare. Li picchiano perché parlano, perché passano loro accanto, perché respirano, perché esistono, perché si ricordano di loro. Ma soprattutto perché a loro, ai grandi, piace.

– Credete sia per questo che Zob ci tiene qui? – Suru mise il dito nella piaga – Perché è un cucciolo infelice?

Mentre i piccoli discutevano con enfasi, Vlad si avvicinò, drizzando le orecchie sempre più. Gli sembrava di sentire di nuovo gli animali parlare. Soprattutto da quando quei lamenti sinistri erano diminuiti e c'era un poco di silenzio. Ma non si sbagliava, perché stava succedendo davvero. Era trascorso tanto tempo da quando Vlad aveva mangiato carne, e in quel momento cominciava, pian piano, a sentire di nuovo il verso degli animali. Il ragazzo non ebbe tempo di capire se li stesse sentendo o meno, che in quell'attimo stesso la botola si aprì e nel rifugio comparvero i tremendi Marat e Cran.

Come videro i loro musi orribili, con gli enormi grugni che non potevano chiudere a causa delle zanne troppo grosse, i cuccioli si misero a urlare a squarciagola. E a sbattere testa contro testa, naso contro naso o a inciampare nelle catene, cercando di nascondersi uno dietro l'altro.

– *Prendete anche 'vallo!* – si udì allora un'aspra voce femminile, da qualche parte accanto alla botola aperta.

Cana, la Regina dei Musocani, era riuscita a scoprire dove il figlio aveva nascosto i suoi preziosi tesori, dopo averlo sottoposto a un interrogatorio esemplare. Motivo per cui aveva ordinato ai servi di cercare tra gli animali e di consegnarle in gran fretta il bambino e il suo "'vallo".

– *Sì, 'Straltezza!* – rispose Marat, ringhiando come uno sciocco, mentre si avvicinava al Prodigioso.

Quando i cuccioli compresero di non essere l'oggetto di quell'irruzione, si tranquillizzarono. Malgrado ciò, nessuno osò fiatare. Tacevano, non muovevano un muscolo e fissavano terrorizzati Marat provare le chiavi. Quella belva voleva scoprire quali tra quelle si adattassero ai due lucchetti: quello del cavallo e quello del bambino. Ma le chiavi erano tante. E Zob non era riuscito a dire loro come fare, prima di essere messo in punizione. E così quei due si misero subito a litigare.

– *Buono a nulla!*

Senza dubbio Cran si rivolgeva a Marat. Questo perché mentre lo diceva, lo indicava anche con il dito. Cosa che solo belve della loro razza potevano fare! Poi gli strappò di mano il mazzo di chiavi e cominciò a cercare. Benintesi, ricominciò da capo, perché come tutti i Musocani anche Cran aveva la testa dura. Non aveva pensato affatto di cercare le chiavi basandosi sulla grandezza della serratura del lucchetto.

– *Dami, tonto!* – brontolò di nuovo Marat dopo un po'.

Annoiato a morte, quello strappò di nuovo le chiavi di mano al fratello. Ogni volta capitava la stessa cosa: i Musocani non riuscivano a trovare le ultime due chiavi, che erano di certo quelle giuste. Ad un certo punto si presero anche a botte, e nella confusione fecero cadere il mazzo di chiavi a terra. E se Vlad non avesse allungato la mano e aperto da solo il suo lucchetto e poi quello del Cavallo Prodigioso, forse sarebbero rimasti tutti là per molto tempo ancora.

– Ehi, brutti ceffi! – gridò il ragazzo, quando si mise in piedi, irritato e allo stesso tempo annoiato – Ce ne andiamo, dovunque vogliate andare, o no? Mi sono stancato di stare qui!

– *'ndiamo!* – latrarono in coro i Musocani.

I due fratelli smisero subito di fare a botte e raccolsero i prigionieri: Marat prese Vlad e Cran il Prodigioso. Poi uscirono dal rifugio di Zob e si diressero verso la Tenda Reale, dove erano attesi. Di certo non prima che Marat dicesse al fratello, tutto fiero:

– Visto? – mentre gli colpiva la fronte con le chiavi sottratte a Vlad – Erano queste!

I mostri riuscirono a raggiungere la Tenda Reale, dove depositarono in fretta i "colpevoli" ai piedi dei loro padroni. Più precisamente della padrona poiché, dopo molte capriole, Vlad si ritrovò all'improvviso ad un palmo di naso dai piedi violacei e maleodoranti di Cana.

– *Alza!* – risuonò la sua voce tonante.

Vlad obbedì all'ordine, senza troppa convinzione. Poi studiò i dintorni e constatò con orrore di essere finito nel posto più orribile che gli fosse capitato di vedere fino ad allora. Il Portatore fissò terrorizzato i resti di cibo sparsi nella tenda e non poté credere ai suoi occhi. "Accidenti, questi sono Musocani di nome e di fatto!" disse Vlad fra sé e sé. Sembrava fossero davvero le bestie più fameliche che avesse mai incontrato.

Il Portatore vide che in quella tenda giacevano dappertutto molti avanzi di cibo mezzi marci – ossi, pezzi di salsiccia, bocconi di carne – che pullulavano di vermi e sui quali grosse mosche disgustose se le davano di santa ragione.

E non era finita! Perché oltre alla puzza e alla sporcizia tutto intorno, i due sovrani avevano ammucchiato pelli e pellicce. Le avevano sistemate in fila a terra, tra gli avanzi di cibo, sul letto di Horshti e su sé stessi, a mo' di vestiti. Ma la cosa più dolorosa per Vlad fu vedere Zob, che ad un certo punto riuscì a scorgere, guardando in un angolo, pieno di lividi. E accanto a lui vide anche la frusta con cui la Regina Cana l'aveva picchiato. Il ragazzo non poté sopportare oltre, e così chiuse gli occhi.

Nel frattempo Cana cominciò a tastarlo e annusarlo, perché voleva verificare per quale genere di pietanza Vlad fosse più adatto come ingrediente. Il ragazzo non si mosse. Rimase dritto come un palo e tenne occhi, denti e pugni serrati.

– *Uomo!* – espresse il suo verdetto la Musocagna, rivolgendosi a Iona, che si era avvicinato lentamente alle sue spalle.

– Cosa vi avevo detto, Vostra Altezza? – disse impettito il Non-morto – E' un umano, non un Draconiano!

– *Carne cucciolo uomo!* – gridò lei entusiasta, mentre si leccava il muso con l'acquolina in bocca – *Più buono di 'Nano!*

– Sono sicuro che sia molto gustoso, Maestà! – rispose Iona, mentre cercava di sottrarre delicatamente Vlad agli artigli di Cana – Ma... perché non passiamo a discorsi più seri?

– Molto buono! – tuonò di nuovo Cana.

Ma questa volta Cana urlò così forte nell'orecchio di Iona, che quello fu costretto a indietreggiare di due passi. Sapete com'è, non voleva diventare sordo! Poi lanciò alla Regina Cana un'occhiata carica di disgusto.

Era chiaro che il Non-morto faceva grandi sforzi per comunicare con quei bruti. E che li sopportava solo perché, come altre creature che Vlad aveva incontrato fino a quel momento, desiderava disperatamente Andilandi. Come mai? Perché mangiandolo avrebbe realizzato il suo più grande sogno: tornare in vita!

– Non vorreste che gli chiedessi l'Usignolo Fatato?

– *Voglio usignolo!* – ruggì allora anche Re Horshti, che giaceva su un letto immenso, collocato esattamente al centro della tenda – *Pancia tanto male!*

– Subito, Vostra Altezza! – rispose Iona adulatore.

Dopodiché cominciò a sussurrare qualcosa all'orecchio della Regina. Non so dirvi esattamente cosa le abbia detto, perché non udii quasi nulla, ma dopo qualche ringhio di protesta, scorsi la Regina Musocagna allontanarsi, non troppo entusiasta.

– Ti sarei profondamente grato se rallentassi e ti facessi catturare. – sibilò tra i denti Iona, rivolgendosi a Vlad.

– Ci proverò. – rispose il ragazzo, dopo aver aperto gli occhi.

– Se vuoi scappare da qui, dovrai darmi Andilandi.

– Non ce l'ho più. – lo informò il Portatore.

– Non sto scherzando!

Il Non-morto lo trapassò con uno sguardo così carico d'odio, che per un attimo sembrava lanciasse fulmini dagli occhi.

– Ti offro di nuovo la vita in cambio di quel miserabile uccellino! Accetta una buona volta!

– Non capisci che non ce l'ho più? – protestò Vlad irritato – Sei stupido come un Musocane!

– Non è possibile... Se l'avessi perduto o te ne fossi separato, non saresti nemmeno qui. – borbottò il Non-morto, più che altro fra sé. Poi ordinò a Vlad di cercare meglio nell'orecchio del Cavallo Prodigioso. Vlad obbedì. Più che altro per sfuggire a quel mostro. Lui era sicuro di non avere più l'Usignolo Fatato!

Ad un certo punto, scavando nell'orecchio destro del Prodigioso, il ragazzo trovò qualcosa di duro e liscio. Poiché non vi era traccia di piume, fu sul punto di lasciare la presa. In quell'istante però, quel "qualcosa" cominciò a pulsare e Vlad, curiosissimo, lo tirò fuori. Era un grosso uovo, della grandezza di un uovo d'anatra.

– Dammelo! Gli disse Iona, con una foga incontrollabile. E allungò verso Vlad la sua mano come un artiglio, per afferrare l'uovo.

– Ma è... Andilandi? – domandò Vlad.

Il ragazzino non riusciva a distogliere lo sguardo dall'uovo che teneva in mano. "E' rimasto solo questo di lui?" si chiese il Portatore rattristato. "E' solo colpa mia!", pensò poi, e lacrime amare cominciarono a scorrergli sulle guance pallide. Per la prima volta da quando era partito per quel viaggio, aveva capito quale fosse il prezioso significato dell'uccellino. Comprese che Andilandi non era altro che lo specchio dell'anima di chi lo portava con sé. L'Usignolo Fatato brillava se la persona coltivava pensieri felici, e rimpiccioliva quando l'animo della persona si rabbuiava.

Vlad osservò l'uovo e pensò di essersi comportato davvero male. Se l'Usignolo Fatato era diventato un uovo, significava che lui aveva sbagliato di grosso nei confronti di coloro che gli avevano voluto bene e che avevano avuto fiducia in lui.

– Dammelo! – gridò Iona ormai fuori controllo, afferrando il ragazzo per i polsi e strattonandolo con forza – Dimmi che me lo darai! Dillo a voce alta!

Ma Vlad non parlava. Osservava immobile l'uovo diventare sempre più piccolo, mano a mano che lui si avvicinava a Iona. Era passato dalla grandezza di un uovo d'anatra a quella di un uovo di gallina, e poi di quaglia. Ma più piccolo di così non poté diventare, perché Vlad riuscì ad esclamare forte e chiaro:

– No!

– Bravo, ragazzo! – esclamò il Cavallo Prodigioso.

Allora, dopo molto tempo, il Portatore riuscì di nuovo a sentire la voce dello stallone. E fu così felice, che scoppiò in lacrime di gioia: infatti, da quando era giunto là, non era più riuscito a ridere di gusto. Aveva imparato solo a rattristarsi, a litigare e a piangere.

– Mio caro cavallino! – strillò Vlad, piangendo e abbracciandolo – Sapessi quanto sono felice di poterti sentire di nuovo!

– E allora perché piangi? Su con la vita! – gli ordinò il Cavallo Prodigioso – Ridi!

– Mi dispiace molto per tutto quello che ho detto e fatto nel Regno dei Draconiani. – gli disse Vlad, e si sforzò di sorridere, proprio come gli aveva consigliato il cavallo. Ma non ci riuscì troppo bene, perché si sentiva molto in colpa.

– Non è sufficiente dispiacersi, – nitrì allora il Prodigioso – devi anche riparare al male fatto!

– Lo farò! – rispose Vlad – Mi prenderò gran cura dell'uovo e lo consegnerò solo alle Galiane!

– Evviva... – commentò sarcastico il Non-morto – Se non vuoi dare Andilandi a me, sarai costretto a darlo a loro! – disse Iona, indicando i Musocani che non toglievano loro gli occhi di dosso, seppur mantenendosi a distanza – Hai dimenticato dove ti trovi? Non hai via di scampo!

Ma Vlad non lo udiva più. E all'improvviso, con gran meraviglia di tutti i presenti, sul viso del bambino spuntò un sorriso meraviglioso. Un sorriso che, poco alla volta, gli riempì la bocca, svelando i denti bianchi e ben ordinati come un filo di perle. Un sorriso che non lo abbandonò fino a che non gli spuntarono sulle guance anche due bellissime fossette. E quando quel sorriso si trasformò in una risata cristallina che riecheggiava con forza incredibile in quel luogo, in cui altri avevano solo voglia di piangere, non c'erano più dubbi. Era chiaro che a Vlad fosse capitato qualcosa di buono. Qualcosa l'aveva reso più forte, e gli aveva dato la speranza di credere di nuovo in sé stesso.

Ed era proprio così. Mentre i mostri si domandavano confusi, ognuna nella sua lingua, cosa gli avesse preso, Vlad sentiva un piccolo batuffolo fargli il solletico sulla pancia. Una pallina di piume aveva cominciato a muoversi sotto la sua camicia, proprio nel punto in cui, poco prima, c'era l'uovo. Vlad comprese subito che ora Andilandi era un pulcino appena uscito dal guscio che cominciava a crescere.

Ecco spiegata la sua allegria! Sotto la sua camicia, cresceva l'Usignolo Fatato, al sicuro dagli sguardi velenosi dei mostri là attorno. Cresceva come la Luce che sorgeva di nuovo nel suo animo. Cresceva e diventava poco a poco più grande e più dorato!

Re Horshti e la Regina Cana, sovrani di tutti i Musocani

ii amichevole con i Musocani! – disse il Cavallo Prodigioso a Vlad quando vide i mostri avvicinarsi impazienti al ragazzo – Almeno finché non saremo usciti da qui.

Poi lo stallone gli sussurrò qualcosa all'orecchio. Qualcosa di molto importante, una specie di piano di fuga.

I Musocani guardavano Vlad confusi, perché non capivano come mai stesse ridendo. Ma per i mostri era anche più curioso che Iona fosse più pallido della sua stessa lapide e più furioso di qualche istante prima.

"Che il Non-morto stia cercando di ingannarci?" bisbigliavano fra loro. "Che stia chiedendo al ragazzo l'Usignolo Fatato per sé, e non per me, come invece avevamo pattuito?" brontolò fra i denti Horshti.

– *Perché ride?* – chiese Cana, meravigliata, a Iona – *E perché no da uccellino?*

– Pazienza, Maestà. – la invitò Iona, più umilmente possibile.

Ma i Musocani non avevano pazienza. E poiché sentivano che le loro aspettative erano state tradite, latrarono in un'unica voce, indicando Iona:

– *Guardie, prendete!*

Marat e Cran afferrarono il Non-morto e lo trascinarono verso l'uscita.

– Vostra Altezza! – balbettò Iona, rivolgendosi a Horshti. – Mia Signora! – pregò poi la Regina Cana – Lasciatemi ancora un po' con il ragazzo! Questa volta ci riuscirò!

Ma i Musocani non lo ascoltavano. Si consigliavano su come potersi divertire con lui, ora che non serviva più.

– *Arrosto?* – chiese ad un tratto Cana.

Horshti girò il muso, e poi disse a Cana che non era diventato così malvagio da mangiare addirittura i cadaveri. A lui piaceva la carne cruda. E se l'animale era ancora vivo mentre se lo mangiava, ancora meglio. Così i due concordarono nell'arrostire Iona solo per passare il tempo, appendendolo ad un gancio da qualche parte in mezzo all'accampamento e lasciandolo là fino al sorgere del sole, per il divertimento di tutti i sudditi.

– Non potete farlo! – urlò Iona disperato – Abbiamo stretto un patto! Io vi do l'uccellino, voi mi risparmiate la vita!

– *Quale vita?* – chiese Horshti.

E poi si mise a ridere insieme a Cana, sbuffando rumorosamente.

– Volevo dire... la pelle! – si corresse in fretta Iona.

Ma il Non-morto parlò inutilmente. Quando un Musocane si metteva in testa qualcosa, era molto difficile fargli cambiare idea. E così fecero quel che avevano detto: Iona fu legato ad un ceppo nel mezzo dell'accampamento.

Nel frattempo, nella Tenda Reale Zob riuscì a rialzarsi dal suo giaciglio. Poi si diresse verso l'uscita senza fare rumore. Ad un certo momento fu così vicino a Vlad che i loro sguardi si incrociarono. E il ragazzo, approfittando della confusione creata dal Non-morto, gli bisbigliò senza farsi sentire dagli altri:

– Hai visto? Nessun nascondiglio è abbastanza sicuro.

Il Musocagnetto fece di sì con la testa.

– Liberali! – lo pregò Vlad in un sussurro, riferendosi ai cuccioli chiusi nel rifugio – Devono imparare ad affrontare i pericoli, non a nascondersi sempre. Proprio come te.

Zob non rispose, ma continuò ad avanzare lentamente verso l'uscita. Prima di uscire udì la voce aspra di Cana, che lo vide e gli gridò beffarda:

– *Vai a salvare i cucioli, Zob? Scapa che forse no trovi più! Forse in pentola!*

Dopodiché si mise a sbuffare di nuovo insieme ad Horshti, come se i due stessero per annegare nella loro stessa saliva. Quando smini2a222

sero di sbuffare, i due Musocani sovrani si occuparono di Vlad a modo loro.

– *Tu sei uccellino?* – domandò la Regina.

– Non lo sono, ma ce l'ho! – disse Vlad sorridendo.

– Non esagerare! – lo rimproverò il Cavallo Prodigioso – Fai solo come ti ho suggerito!

A Cana non piacque vedere che Vlad rideva di lei. A quei mostri piaceva farsi beffe degli altri, ma non sopportavano che gli altri si prendessero gioco di loro.

Horshti non aveva udito nulla di quanto si erano detti quei due e credeva che la Regina avesse commesso qualche errore. Così non ci pensò due volte e la spinse via con violenza. Cana non si lasciò trattare in quel modo e, d'un tratto, assestò una manata all'enorme testa violacea e pelata di Sua Maestà. E così, in pochi istanti, scoppiò una vera lotta tra Musocani. Una lotta con ringhi, latrati, pugni in testa e calci nel fondoschiena, proprio come Vlad aveva già visto poco tempo prima nello spettacolo dei Quieti.

Il bambino ricominciò a ridere. E se il Prodigioso non avesse nitrito con forza, ricordandogli che aveva cose più importanti da portare a termine, forse non avrebbe fermato i Musocani per un po'. Il loro spettacolo era uno spasso!

– Mi dispiace moltissimo interrompervi, Vostre Altezze, ma credo che l'uccellino non vi sarebbe di nessun aiuto. – spiegò loro il ragazzo.

Udendolo, i Musocani si fermarono e lo guardarono con grande curiosità.

– Ma ho in cambio qualcos'altro. – disse il bambino – Qualcosa che vi sarà certamente molto utile...

E Vlad tirò fuori dall'orecchio destro del Prodigioso la mela d'oro in cui erano rinchiusi Aram e Ruja. Cana allungò subito la zampa verso la mela, ma il Portatore si nascose la mano dietro la schiena e disse:

– Innanzitutto slegate le ali al mio cavallo. Altrimenti rimetterò la mela nel suo orecchio e non potrete più averla.

Con un'occhiata Horshti ordinò alla Regina di slegare il cavallo. E quando le sue ali furono libere, Cana non attese un attimo di più e strappò la mela di mano a Vlad.

Poi le diede un morso, credendo di poterla mangiare. E cos'altro poteva pensare un Musocane? Ma siccome la mela era di oro massiccio, Cana riuscì solo a rompersi un dente, suscitando di nuovo le risate di Vlad. Motivo sufficiente per temere che Horshti la picchiasse e le rimproverasse di "far ridere gli umani".

E i due mostri si sarebbero anche messi di nuovo a fare la lotta, uno contro l'altra, se Vlad non li avesse fermati, dicendo:

– Questa mela è magica, l'ho presa nel Regno dei Draconiani. Dentro c'è il vostro nemico mortale, Aram.

Dopo quelle parole i Musocani non ebbero bisogno di molte altre spiegazioni per scordarsi del tutto di Vlad. Si raccolsero tutti intorno alla mela, la osservarono con attenzione, la scossero, la annusarono, come se avessero scoperto chissà quale meraviglia. E quando le bestie riuscirono a scrutare anche all'interno del frutto, che conteneva il piccolo palazzo d'oro in cui si nascondevano Aram e Ruja, si misero a ringhiare per la grande felicità.

Nel frattempo Vlad e il Cavallo Prodigioso si erano diretti verso l'uscita senza fare rumore. Camminavano all'indietro, con lo sguardo fisso sulle belve, ma il ragazzo parlava per non destare sospetti. Spiegava che con tre schioccate di frusta il palazzo sarebbe ritornato a grandezza naturale e loro avrebbero potuto saldare i conti con il Re dei Draconiani.

I Musocani sentivano Vlad parlare, ma sembrava si fossero dimenticati di lui. E del fatto che potesse scappare. Tutto questo durò diversi minuti, tempo utile perché i nostri prigionieri, ora liberi dalle catene, uscissero dalla tenda e se la dessero a gambe levate.

E quando Re Horshti si accorse che Vlad e il Cavallo Prodigioso erano fuggiti, era troppo tardi. I mostri li inseguirono inutilmente. Invano latrarono più forte che poterono "Prendi umano! Prendi 'allo!", svegliando l'accampamento intero, perché Vlad e lo stallone erano già lontani. E insieme a loro fuggivano anche i cuccioli che Zob aveva finito per liberare e che cercavano, ognuno a modo suo, di salvarsi la pelle o la pelliccia.

Tra tutti Re Horshti era di sicuro il più arrabbiato. Guardava il cibo sfuggirgli sotto gli occhi e non poteva fare niente. Si tirava i pochi capelli che ancora gli rimanevano sulla testa. Urlava, si dava pugni, o li dava a Cana. Ma inutilmente. I cuccioli erano lontani. Avevano quasi raggiunto il bosco alle pendici dei monti. Mancava poco perché lasciassero la Terra dei Musocani. Con un pizzico di fortuna sarebbero giunti nei Monti dei Giganti, dove quelle bestie puzzolenti non avrebbero più potuto toccarli. E come se tutta la rabbia dei due sovrani non fosse abbastanza, Zob disse fiero:

– Avevate ragione! Quando sono andato a cercare i cuccioli, non c'erano più!

Dopodiché si diresse verso la sua tenda. E vi devo proprio dire che non aveva mai parlato così correttamente prima di allora. Sembrava diventato all'improvviso migliore di tutti gli altri Musocani.

Lucia, la bambina Gigante

I nostri fuggiaschi non se la passavano troppo bene. Per lo meno Horshti, guardandoli da lontano, era di quest'avviso e, a dirla tutta, lo ero anch'io. I cuccioli avevano guadagnato poco terreno ed erano già esausti. Le vecchie ferite sulle zampe si erano aperte ed avevano cominciato a sanguinare. Gli animali sembravano aver dimenticato di essere stati prigionieri per tanto tempo, e così non sapevano più correre o volare come si deve. E nemmeno dosare le forze. Neppure il Cavallo Prodigioso era in condizioni di volare, a causa delle ali ferite.

I Musocani invece, incalzati dagli ordini dei loro padroni, riuscirono a raggiungerli in breve tempo. I mostri correvano veloci e ringhiavano con ferocia al seguito dei fuggiaschi.

– *Prendi uomo! Prendi 'allo!* – urlavano alcuni.

– *Uccidi uomo! Uccidi 'allo!* – aggiungevano altri, mentre il trottare assordante dei loro pesanti cavalli scuoteva con forza il bosco.

Le belve che seguivano i cuccioli non correvano in verità, bensì sfrecciavano come il rabbioso vento invernale, capace di abbattere tutti gli alberi a terra, tutti gli arbusti e le creature sul suo cammino.

I Musocani strappavano gli alberi dalle radici e distruggevano innumerevoli nidi di uccelli e tane di scoiattoli, tassi, volpi o lepri.

Tutto ciò era molto triste, ma a loro non importava, perché non conoscevano la compassione. E se si trattava di cibo, niente e nessuno poteva mettersi sulla strada di quelle creature odiose, così avide e dall'animo oscuro.

Stando così le cose, i cuccioli, Vlad e il Prodigioso non avevano molte possibilità, e rischiavano di essere catturati di nuovo. Il cavallo allora consigliò ai suoi piccoli amici:

– Dividetevi! Salvate la pelle almeno voi!

– Non abbiate paura! – disse Vlad – I Musocani seguiranno noi!

– Grazie, Vlad! – risposero i cuccioli, dopodiché ognuno prese una direzione diversa. E la volpe Muc, prima di andarsene, disse al ragazzo: "Grazie per l'incantesimo con cui ci hai salvati!".

– Non ti avevo detto che Vlad non conosce la magia? – intervenne il Prodigioso.

– Come no? Non ha forse trasformato il nostro padrone in un buon amico? – disse Muc, convinto che il cavallo avesse scherzato e che gli umani fossero i più grandi maghi del Mondo-di-là, e anche di quello di-qua.

Seguendo il consiglio dello stallone, i cuccioli si nascosero meglio che poterono tra gli arbusti e nelle tane. E i Musocani, che seguivano il Portatore proprio come lui aveva previsto, nemmeno notarono l'assenza degli animali. Le belve non avevano occhi che per Vlad e per il Cavallo Prodigioso, ai quali si stavano avvicinando sempre più. Ad un certo punto furono così vicini da poter alitare sul loro collo.

E proprio quando stavano per acchiapparli, cosa videro? Un'ombra immensa scendere su tutti quanti. Era una mano enorme! Una mano che apparteneva a una bambina gigantesca, che raccolse delicatamente Vlad e il cavallo, se li sistemò nel palmo e li sollevò sopra tutti i Musocani.

– Tappati le orecchie! – nitrì il Prodigioso, prima che la bambina chiudesse il pugno in cui si trovavano, e Vlad gli diede ascolto senza esitare.

E per fortuna! Altrimenti sarebbe di sicuro diventato sordo o, peggio ancora, sarebbe morto, insieme ai Musocani che li avevano rincorsi.

Perché quello che seguì non fu affatto uno spettacolo piacevole. Come ad un segnale, i Musocani cominciarono tutti a dimenarsi, a gridare e a emanare un puzzo tremendo. Questo mentre i loro capoccioni esplodevano uno dopo l'altro, come meloni caduti dall'alto. Come mai quell'orrore? Ebbene, le voci dei Giganti erano così potenti che difficilmente potevano essere sopportate dalle orecchie di un'altra creatura. Qualsiasi creatura! Perfino se si trattava di Musocani.

In realtà i mostri sapevano tutte queste cose, ma quando avevano visto la bambina Gigante era troppo tardi per fuggire o per tapparsi le orecchie. Infatti in pochi attimi il cielo si era riempito della risata della Gigantessa. Era la più bella, ma anche la più potente che Vlad avesse mai sentito. Era la risata di un bambino felice di aver ritrovato il suo giocattolo. E la Gigantessa, che si chiamava Lucia, rideva perché aveva trovato loro e saltava di gioia, facendo tremare la terra sotto i piedi.

Nel momento in cui la Gigantessa si fermò, Vlad e il Cavallo Prodigioso poterono sospirare sollevati. Di fatto non era stato semplice né sopportare la sua voce (anche così, con le orecchie tappate!), né essere sbatacchiati l'uno contro l'altro nel suo pugno, quando la bambina saltava.

Poiché tutto si concluse senza danni, per lo meno per loro, il bambino e il cavallo si tranquillizzarono. Poi guardarono in su, verso la bambina: non sembrava avere più di due, tre anni (anni da Gigante, ovvero un milione o poco più in anni umani!) ed era di rara bellezza. Aveva la pelle bianca come la neve dei monti più alti, le guance paffute e il nasino all'insù, come hanno qualche volta i figli degli umani. I capelli erano ricci e verdi, simili agli alberi tutto attorno, e i suoi occhi grandi e sereni la facevano assomigliare a un enorme angelo caduto sulla Terra.

La Gigantessa osservò i suoi nuovi amici. Dopodiché disse loro, piano:

– Io sono Lucia! Ho tre anni, secondo il nostro calendario, e cioè trecento, in anni umani. – disse lei, contando sulle dita dubbiosa, e sbagliando il calcolo – Abito nella terza grotta e ho un fratello più grande di nome Andrei...

Mentre la Gigantessa parlava, i capelli, la camicia di Vlad e la criniera del cavallo svolazzavano sollevati dall'aria che usciva dalla bocca della bambina ad ogni parola.

– Piacere di conoscerti! – risposero entrambi, dal palmo della sua mano.

La Gigantessa Lucia non parlò più a voce alta, poiché non voleva fare loro del male, ma quegli scriccioli soffrivano ugualmente per i

"– Io sono Lucia! "

suoi sussurri leggeri, un vento freddo e potente che scompigliava le loro chiome.

Ma la bambina non se ne rendeva conto, poiché era troppo piccola. E così, diretta verso la sua grotta, senza guardare dove metteva i piedi, continuò a parlare ai suoi compagni di viaggio:

– Vi piace la mia gonnellina?

– È molto bella...

– Me l'ha fatta la mamma all'uncinetto! – li informò la bimba, orgogliosissima – Le voglio tanto bene! E voglio bene anche al papà! E anche ad Andrei e al nonno! – aggiunse Lucia, che parlava così tanto e così veloce, che Vlad e il Prodigioso si chiesero se nel frattempo riuscisse a respirare.

– Non arrabbiarti, piccolina, – osò interromperla il cavallo – ma dove siamo diretti?

– Non volete vedere la mia casetta? – domandò Lucia, e il suo bel viso d'un tratto si rabbuiò.

– Ma certo! – rispose il cavallo, vedendola sul punto di piangere – Io e il Portatore verremo con te!

– Davvero?

– Parola d'onore di Cavallo Prodigioso! – nitrì lo stallone.

Poi l'animale disse a Vlad che la Grotta dei Giganti era in ogni caso di strada. E che un po' di riposo e del cibo non avrebbero guastato.

– Sei sicuro che non saremo noi il cibo? – chiese Vlad, sottovoce.

Il cavallo rise di gusto. Poi assicurò a Vlad che era impossibile, perché i Giganti erano gli uomini più buoni del mondo.

– Uomini?

– Sì, i Giganti sono uomini. – disse il Prodigioso – Hanno vissuto per migliaia di anni nel mondo dei tuoi simili. E hanno anime grandi, e generose, come i loro corpi. Purtroppo però sono rimasti in pochi e sono stati costretti a ritirarsi nel Mondo-di-qua.

Il cavallo non ne era molto sicuro, ma immaginava che i Giganti presso i quali avrebbero passato la notte fossero tra gli ultimi rimasti.

– Come mai così pochi? – chiese il ragazzo.

– Perché adesso è il tempo dei piccoli. – rispose il Prodigioso di malavoglia: non voleva scaricare su un bambino le colpe degli adulti.

Il ragazzo avrebbe voluto sapere di più sui Giganti, ma Lucia stroncò bruscamente il loro discorso, riprendendo a parlare. A chiacchierare a vanvera, proprio come fanno spesso i bambini con i loro giocattoli.

La piccola, molto premurosa, si fermò a raccogliere un po' di frutta per gli ospiti.

Vlad si meravigliò quando vide che i frutti in questione – more, fragoline, mirtilli, lamponi – erano maturi, malgrado ci fosse la neve, e che diventavano sempre più grossi, mano a mano che i tre si avvicinavano alla cima della montagna.

Ad un certo punto il Portatore prese un pezzetto di mora, perché non sopportava più la fame. Ma siccome non poté inghiottirlo tutto, lo divise in due: lui ne mangiò metà, e l'altra metà la diede a un vecchio pelato e malvestito che passava proprio per di là.

Al ragazzo sembrò che il vecchio, vestito come un mendicante, chiedesse l'elemosina. Altrimenti perché l'avrebbe guardato con quello sguardo che sembrava volergli attraversare l'anima?

Ma con sua gran meraviglia, il mendicante non chiedeva affatto l'elemosina. E invece di ringraziare, prese il pezzetto di mora e lo gettò via, di modo da essere visto dai bambini e dal Prodigioso.

Poi il cosiddetto mendicante voltò loro le spalle e scomparve.

– Quello era un Solomonar. – gli spiegò il cavallo.

– Perché ha buttato l'elemosina? – chiese Lucia, quando le passò lo stupore – Se non gli serviva, poteva darla a qualcun altro, e fare del bene! Il nonno dice così!

– I Solomonari non hanno niente a che fare con il bene. – rispose amaramente il Cavallo Prodigioso.

Ma non diede ai bambini altre spiegazioni per non spaventarli. Soprattutto a Vlad; era meglio non sapesse cosa lo aspettava, né chi fosse l'uomo che gli era appena passato accanto: nientemeno che il Solomonar Mar.

Gli ultimi Giganti

on passò molto tempo che il Portatore, Lucia e il Cavallo Prodigioso giunsero davanti ad una montagna così alta da non riuscire a vederne la cima, persa tra le nuvole. Lucia la superò e si fermò davanti ad una porta enorme, talmente grande che a Vlad, che la guardava dal basso, sembrava non finire mai.

– Mamma! Papà! – gridò Lucia entrando nella caverna – Questo è Vlad, il Portatore!

E dal modo in cui i genitori della bambina si sorrisero e si strinsero le mani l'un l'altra, il ragazzo concluse che i due erano felici del suo arrivo. Ma proprio tanto. Il ragazzo ebbe la sensazione di essere atteso e di aver tolto ai Giganti, con il suo arrivo, un peso dal cuore.

Allora Vlad comprese che le avventure vissute negli ultimi tempi non erano un segreto per le creature del Mondo-di-là. Papà Gigante gli raccontò di come la Regina delle api, una volta sfuggita alle grinfie dei Draconiani, avesse avvertito i Quieti che "l'umano" era stato catturato. Poi di come Ion fosse corso alla grotta, e avesse raccontato loro che Vlad si trovava nel Regno dei Draconiani.

– Ci hanno pregato di trovarti e aiutarti. – spiegò papà Gigante. – Ma quando siamo arrivati tu eri già sparito, per quanto ne so, con il loro Principe!

– Dopodiché nessuno ha saputo più niente di te! – aggiunse mamma Gigante – Sembrava che la terra ti avesse inghiottito!

– Siamo stati molto in pena per la tua sorte! – disse anche Andrei, il fratello maggiore, quello di cui Lucia gli aveva parlato. E che, a prima vista, sembrava della stessa età di Vlad. Cioè aveva, secondo il calendario dei Giganti, più o meno dieci anni, ovvero diversi milioni in anni umani.

– Invece le nostre preghiere sono state ascoltate e il piccolo è riuscito a scappare! – intervenne l'anziano della famiglia. Era il nonno di cui Lucia gli aveva parlato per strada con tanto affetto.

Ascoltando i Giganti, Vlad non riusciva a credere alle proprie orecchie. Nei momenti di sconforto non aveva mai considerato che qualcuno potesse pensare a lui. Che continuasse a cercarlo, pur non avendolo ancora trovato! O che qualche anima pregasse per la sua salute e la sua buona sorte. Né aveva mai pensato che lui, Vlad Ionescu, fosse chiamato a fare grandi cose, bensì a sperare. E a lottare, fino a quando non avesse afferrato la mano di ogni creatura bisognosa.

– Io credevo che a nessuno importasse... nemmeno a te! – disse al Cavallo Prodigioso, mentre gli accarezzava la criniera – Credevo di essere solo!

– E lo eri! – rispose il nonno con un sorriso scherzoso – Ma la solitudine non è per forza una brutta cosa. Ogni uomo vive momenti di grande sofferenza, quando deve imparare a prendere una decisione da solo. Se credi davvero che nessuno pensi a te o preghi per il tuo bene, che a nessuno importi... tesoro mio, perdonami se te lo dico schiettamente, ma questo non va bene. Nella mente di un bambino non dovrebbe mai esserci posto per certi pensieri. E se, per un motivo o un altro, questo accade, allora quel bambino deve imparare ad affrontarli.

Il nonno appoggiò l'indice sulla testa di Vlad e lo accarezzò con tanta gentilezza, che Vlad smise di provare paura o timidezza nei confronti dei Giganti, e cominciò a sorridere.

Tutto ad un tratto il ragazzo si sentì davvero a suo agio in quella caverna, proprio come nel Giardino dei Quieti. Solo che lì c'erano meno persone – un'unica famiglia calorosa e accogliente – e l'atmosfera era più intima. E il profumo che emanava ora non era più quello dei fiori di acacia, bensì quello dell'incenso che bruciava nelle lanterne che riempivano l'ambiente.

Negli ultimi tempi Vlad aveva assistito a molti orrori, e così volle assicurarsi che nella caverna dei Giganti le cose funzionassero davvero come si deve. Guardandosi attorno con attenzione, vide che là quasi tutto era fatto di legno. Il tavolo, le sedie, le panche, i mestoli appesi sopra la stufa, i letti preparati con coperte grandi e morbide, addirittura la casetta per i Portatori di Lucia era una deliziosa miniatura costruita con schegge di legno e fiammiferi consumati, attaccati uno all'altro.

Il Portatore vide poi che i Giganti portavano sopra la camicia un panciotto che mamma Gigante aveva lavorato all'uncinetto con grande abilità e minuzia. E nel paiolo messo sul fuoco, nell'angolo arrangiato a cucina, un impasto giallo, sconosciuto, bolliva borbottando. Il bambino ne respirò il profumo avvolgente e rassicurante.

Mamma Gigante si avvicinò ai suoi bambini e, indicando loro il lavandino, disse con decisione:

– Lavatevi le mani e il viso! E poi sedetevi a tavola!

Mentre Andrei e Lucia obbedivano svelti, Vlad esaminò il lavandino. E vide che era di fatto un gocciolatoio, realizzato appositamente per il sottile filo d'acqua che sgorgava dal monte e usciva da una piccola fenditura della roccia, trasformandosi in un ruscello rapido e fresco.

Allora si udì anche la voce di papà Gigante, che disse ai suoi bambini, mentre indicava loro con la testa il piccolo ospite:

– Non avete dimenticato niente?

Lucia si vergognò immensamente della svista. Lasciò da parte il sapone e l'asciugamano e si rivolse a Vlad, lo prese nel palmo della mano e lo trasportò in gran fretta fino all'orlo del gocciolatoio, scusandosi per essersi dimenticata di lui.

A causa della sua fretta e del fatto che la ragazza aveva già le mani insaponate, Vlad scivolò e cadde dritto nell'acqua. Ma per il ragazzo quel ruscello non era certo un sottile filo d'acqua, bensì il più grosso fiume che avesse mai visto.

Il Portatore si spaventò quando si vide costretto a nuotare, così, all'improvviso, nelle onde gelide e agitate, ma riuscì a mantenere il sangue freddo. Tuttavia i suoi sforzi non durarono molto e furono appieno ricompensati. In pochi attimi mamma Gigante lo ripescò, lo mise di nuovo a tavola, bagnato com'era, e gli disse:

– Avevi proprio bisogno di un buon bagno! Sai, puzzavi come un Musocane.

E non ci fu bisogno di aggiungere altro perché tutti riprendessero un po' di colorito in viso e cominciassero a ridere.

Vlad poi entrò nella casetta per i Portatori, dove trovò dei vestiti di ricambio, molto morbidi e caldi. Il bambino ricevette dei pantaloni, un'altra camicia, più spessa della prima, un paio di scarpette e un berretto fatto a mano che indossò quanto prima. E forse non mi crederete, ma gli calzava tutto a pennello! Il Portatore sembrava proprio "un altro Vlad". Uno nuovo di zecca. E sapete una cosa? A me questo Vlad sembrava più simpatico dell'altro.

"Mi stanno proprio bene!" pensò il bambino, ammirandosi di continuo nel piccolo specchio posto sopra il lavabo. Dopodiché cominciò a guardarsi in giro. E vide che Lucia aveva arrangiato quella casetta di fiammiferi con un corredo di tutto punto. C'era una gran quantità di mestoli, coperte, attaccapanni, armadi, un tavolino con le sedie, tappeti, tutto sistemato a puntino e a misura di Portatore.

Tuttavia, osservando con più attenzione, Vlad notò che era tutto nuovo. E che, a parte il letto, niente era stato usato. "Di sicuro i Portatori non dormono mai più di una notte o due in questa casetta", si disse il ragazzo, e poi commentò a voce alta:

– Che fame mi è venuta...–

Udendolo, Lucia lo invitò gentilmente a tavola.

– Accomodati a tavola, coraggio!

E Vlad, sentendo odore di cibo, si sedette immediatamente. Che profumo squisito! Il Portatore si sistemò di fronte a una piccola scodella di terracotta, preparata da Lucia apposta per lui, e studiò pieno di curiosità la crema giallo-oro che gli stava ora davanti agli occhi. Guardandola più attentamente, vide che vi galleggiavano pezzetti di formaggio e sopra questi una cucchiaiata di panna grande come il piatto. Siccome non aveva mai mangiato niente del genere, diede un'occhiata ai Giganti e, quando vide che quelli mescolavano gli ingredienti col cucchiaio e infine si portavano il tutto alla bocca, fece anche lui la stessa cosa.

– Buonissimo!

Vlad parlò solo dopo cinque minuti, quando ebbe quasi finito. Perché, come forse immaginerete, nella sua bocca c'era una vera festa. Quanto gli piaceva quel cibo!

– Che cos'è?

– Polenta con formaggio e panna acida. – gli disse la mamma con umiltà – Mi spiace molto di non avere cibi più raffinati da offrirti ma... siamo poveri.

– Per me va bene. – commentò il ragazzo – Non che siate poveri, per carità! Ma che mi offriate del cibo sostanzioso come questo! E' super! Troppo forte! – si entusiasmò il piccolo, nel linguaggio del suo mondo e del suo tempo.

– Forte? – chiese piuttosto preoccupata mamma Gigante.

– No... volevo dire buono!

– Devi aver avuto molta fame. – rise la Gigantessa allontanandosi con le scodelle vuote, per lavarle.

– Il ragazzo ha ragione, – disse il nonno – le cose buone piacciono anche agli Angeli!

Nonno Gigante si alzò da tavola, borbottando sotto i baffi: "A proposito di Angeli...!". Con la coda dell'occhio Vlad lo vide dirigersi verso il fondo della caverna, dove c'erano molti libri, piccoli per i Giganti, ma grandi per gli umani. Là erano riposte anche una pressa della grandezza dei libri, molta tela e colla. Il nonno si avvicinò per controllare che uno dei libri sistemati nella pressa si fosse asciugato.

– Cosa fa?

– Il nonno? Aggiusta i libri degli Angeli. – rispose sereno il piccolo Gigante – Da quando non riesce più a portare le pecore al pascolo... si è dedicato alla legatoria!

Il bambino non disse più nulla, ma rimase a bocca aperta e con gli occhi fissi sul vecchio. Poi vide il Gigante aprire una finestra del soffitto, da cui fece irruzione una moltitudine di creature alate e luminose. E quelle creature alate, che accanto ai Giganti sembravano una coltre di esili Fate, erano proprio Angeli.

– Da parte di Rafael! – disse melodioso uno degli alati a nonno Gigante, mentre gli allungava imperiosamente un libro.

E quello non era l'unico a voler essere preso in considerazione. Tutti cantavano e davano al vecchio i libricini che tenevano in mano. In altre parole, c'era una tale confusione che sembrava appena suonata la campanella della ricreazione. Guardando con quanta foga si spingevano, si pestavano i piedi o si tiravano le ali, il Gigante si affrettò a recuperare più libri che poté. Infatti se li avesse lasciati in balìa loro, molti umani sarebbero potuti rimanere senza Angelo custode. E il nonno non voleva che capitasse un simile pasticcio!

Così il Gigante disse agli Angeli, con voce tonante:

– In fila, scolari!

E, a dispetto del vociare alle sue spalle, gli alati si allinearono come sapevano. Ovvero in due, tre file. Vedendoli in disordine, il vecchio sospirò, dicendo a sé stesso che un gruppo di mocciosi indisciplinati sarebbe stato di sicuro più facile da gestire. Poi cominciò a distribuire i libri e a segnare il loro nome (o quello di chi mandava il libro) in un registro.

Quando la timidezza fu passata, Vlad si guardò in giro e si accorse di essere il solo a meravigliarsi. I Giganti non sembravano affatto impressionati da quella scena. Ognuno pensava con tranquillità alle sue cose – i bambini terminavano il secondo piatto di polenta, la mamma lavava le scodelle, e il papà le asciugava. Nessuno dava importanza agli alati rumorosi che volteggiavano intorno al povero vecchio come un gruppo di ragazzine allegre. Ma per i Giganti era naturale parlare con gli Angeli. Poiché essi erano più vicini al cielo di quanto fossero i mortali alla terra.

La lingua dimenticata

Vlad? – Andrei cercò di riportarlo con i piedi per terra. Vlad sulle prime non lo sentì. Era troppo occupato a studiare quella finestrella, che sembrava comunicare in modo così armonioso con il cielo. Ma Andrei non era uno che si arrendeva facilmente, e così alla fine riuscì a farsi ascoltare.

– Vlad! Posso domandarti una cosa?

– A-ha...

– Cosa chiederai alle Fate Madrine, dopo che avrai consegnato Andilandi alle Galiane e tutto si sarà sistemato?

– Di tornare a casa. – rispose il bambino – Non posso più rimanere qui. Quando sono andato via di casa, sono nati i miei fratellini; – raccontò Vlad emozionato – mi sembravano di troppo, temevo che i miei genitori non mi volessero più, visto che c'erano loro... e così ho chiesto alle Fate Madrine di rimanere qui. Sarei andato ovunque. Qualsiasi posto mi sembrava più caldo e accogliente di quello che avevo lasciato.

– E così era questo il tuo turbamento, Portatore! – lo interruppe papà Gigante, scuotendo la testa con tristezza – La gelosia è una brutta cosa.

– Non ero geloso. – cercò di giustificarsi Vlad – Avevo solo paura che i miei genitori non mi volessero più bene!

– La gelosia ha il suo seme nella paura. – rispose il Gigante – Insieme a tutte le altre cose cattive!

Dopo che ebbe terminato di lavare le ciotole, papà Gigante si avvicinò di nuovo al tavolo e si sedette alla destra di Andrei. Cominciò a spiegare senza fretta al nostro ragazzo perché non doveva preoccuparsi dei suoi fratellini. Vlad scoprì allora che non doveva considerare quei piccolini dei concorrenti di cui avere paura. Proprio come i Giganti, che non temevano la presenza degli umani sulla terra anche se quelli avevano a poco a poco preso il loro posto. Ed erano quasi gli ultimi della loro specie.

– Non ho mai capito perché voi piccoletti vi diate tanta pena! – disse anche mamma Gigante – Da quando venite al mondo a quando morite vi torturate per sapere se siate amati o no. Di continuo!

Vlad voleva chiedere qualcosa, ma la mamma Gigante proseguì:

– La cosa giusta sarebbe chiedervi se voi siate in grado di amare! L'amore non è un mercato, è la cosa più preziosa che si possa dare a qualcuno, senza aspettarsi niente in cambio.

– Ama i tuoi fratellini! – aggiunse papà Gigante incoraggiante, mentre sorrideva a Vlad. – Sii un vero Gigante per loro!

– Credo che abbiate ragione. – mormorò il bambino. E per come l'ho visto io, concentrato e serio, era chiaro anche per un inesperto che il ragazzo avesse cominciato a pensare ai suoi fratellini. Ma in un modo diverso. Più tranquillo. Con il cuore più sereno.

Nel frattempo i Giganti si prepararono per andare a dormire. Lucia e Andrei, già pronti nelle loro camicie da notte pulite, si infilarono sotto le lenzuola, e i loro genitori spensero le lampade nella loro stanza. Il nonno si apprestava a chiudere la finestrella, salutando quegli Angeli rumorosi e cercando a fatica di spiegare che si sarebbero rivisti il giorno dopo. E che quelli che non erano riusciti a consegnargli i loro preziosi libri, l'avrebbero fatto l'indomani. Alla fine, con uno sforzo degno di un Gigante, il vecchio riuscì a mandare a dormire anche loro. Poi sistemò i libri ricevuti accanto alla pressa, per le riparazioni del giorno seguente, e se ne andò a letto.

– Vedrai che alla fine andrà tutto bene! – sussurrò al bambino, vedendolo sovrappensiero – La notte è un'ottima consigliera!

– Ma non riesco a dormire...

– Devi! Per raggiungere le Galiane dovrai attraversare il Bosco delle Belve. E non sarà semplice. Hai bisogno di riposo! – aggiunse il vecchio; poi ordinò al ragazzo di stendersi nel letto preparato per lui. Gli rimboccò la coperta, si baciò la punta dell'indice e la posò sulla fronte del bambino, dicendogli:

– Buona notte, cucciolo d'uomo! "Dormi tranquillo, fa' sogni dolci, e che stanotte ti bacino le pulci!"

Dall'angolo in cui Lucia e Andrei dormivano, si udirono risatine soffocate. Come se qualcuno si fosse tappato la bocca con la coperta per non farsi sentire. Anche Vlad sorrise al vecchio, soprattutto perché quell'augurio, come forse sembrerà anche a voi, gli parve a dir poco bizzarro.

– Buona notte! – rispose Vlad.

Il nonno si diresse di nuovo verso il suo letto. Ma non ci arrivò, perché qualcuno diede dei forti colpi di tosse alle sue spalle. Poi, siccome il vecchio cercava di fare finta di niente, quel qualcuno chiese:

– Nonnino, non mi leggi una fiaba?

E così l'anziano, sebbene molto stanco, non ebbe scelta e aprì uno dei libricini da poco riparati. Un forte odore di colla e resina si diffuse allora nell'intera grotta. E oltre a ciò, si sentì anche la strana voce del vecchio Gigante.

Ascoltandolo, a Vlad sembrava che il vecchio non parlasse, bensì cantasse. Ma la lingua che usava non era familiare alle sue orecchie. Non l'aveva mai sentita, non ne conosceva nemmeno una parola. Per farla breve non assomigliava a niente che fino a quel momento avesse imparato a scuola, in biblioteca o in qualsiasi altro posto in cui avesse cercato dei libri.

Non ricordava nulla di simile! E vi dirò ora che non sarebbe nemmeno stato possibile, poiché quella in cui il vecchio leggeva era la lingua degli Angeli.

Guardandoli allora, non riuscii a capire come il nonno potesse leggere, dal momento che non era in grado di farlo. Proprio come i bambini sembravano capirlo, sebbene nessuno di loro avesse imparato i segreti di quella lingua, né a scuola, né a casa. Era come se quei quattro, immersi in un sonno profondo, si cimentassero in una lingua che avevano imparato molto tempo prima. Una lingua dimenticata da tanto, che tutti bramavano. Una lingua che solo così, nel bel mezzo dei sogni, potevano ricordare e comprendere.

Il Bosco delle Belve

L a casa dei Giganti era talmente calda, piacevole e accogliente, che non sarebbe potuto accadere sicuramente nulla di male a chi vi abitava. Proprio così, la Grotta dei Giganti era una specie di santuario.

Ma, sapete, il viaggio del Portatore non terminava lì, nella caverna di quei grandi uomini, bensì doveva continuare. E le creature che tenevano d'occhio Vlad non erano ancora sconfitte. Il ragazzo era già sfuggito a molte di esse, è vero. Né Iona, né Ruja lo seguivano più; nemmeno le Dragaike, e i Draconiani e i Musocani l'avevano lasciato perdere da tempo.

Quello che il Portatore ignorava però, ve lo dico chiaramente, è che le Signore non avevano ancora gettato la spugna. Pensavano in continuazione ad Andilandi, il fantastico Usignolo Fatato, il cui canto avrebbe restituito loro l'agognata giovinezza. Malgrado i ripetuti fallimenti, si erano riunite ancora una volta nella sala da ballo per consultarsi.

Le Streghe erano diventate così vecchie da essere irriconoscibili. I loro capelli, una volta lunghi e setosi, erano bianchi e crespi. Sulla pelle liscia e vellutata, il Tempo aveva scavato rughe profonde. Non assomigliavano ancora alla Strega del Teschio, ma non mancava molto.

La vista di quella sala affollata di vecchie Signore era davvero penosa. E cosa ci può essere di più difficile da sopportare che veder svanire la bellezza dal proprio viso, se si è abituati ad essa? La Vecchia dagli Artigli, la Strega del Teschio e la Vecchia dal Naso Adunco non erano mai state belle; anche da giovani erano brutte e malaticce; non potevano quindi apprezzare quel dono, e forse nella loro bruttezza si sentivano perfino affascinanti.

Ma le Signore conoscevano la bellezza. Ed ecco che non l'avevano più!

– Mi è venuta una verruca! – urlò Liodiana, una delle Maliarde.

La voce della Signora era così stridula, così disperata, che sembrava non esistesse niente di più grave di quella disgrazia.

– Qui sul collo! Guardate!

– Perché dovremmo guardare? Cosa abbiamo fatto di male?

Ruxanda ordinò alle Rusalke di coprirsi gli occhi perché non vedessero la pustola disgustosa che faceva bella mostra sul lungo collo di Liodiana.

– Sta crescendo! – esclamò inorridita la Maliarda – Si infetterà!

– Coprila subito! È orribile! – tuonò Lacargia, del tutto disgustata.

– E fai silenzio! – si intromise anche Tiranda.

– Eccone un'altra... – annunciò Liodiana, prima di svenire vicino al trono da cui si era appena alzata.

– Silenzio! – cercò di calmarle Irodia.

Ma a causa della confusione nessuna la udì. E nessuna la ascoltava più, nemmeno le Altere. Quanto alle altre caste, che dire? Le Rusalke, guidate da Ruxanda, si erano già ribellate agli ordini della Regina.

– Silenzio! Controllatevi! – urlava Irodia, per farsi sentire – E' ora di stringere le fila! Non abbiamo tempo per questo...

– Ah! Non ne abbiamo! – disse Ruxanda, provocando le risate delle altre – Di Tempo ce n'è in abbondanza. Anzi, si può dire che non sappiamo cosa farcene!

– Come sapete bene, nemmeno le Dragaike hanno fatto ritorno! È ora di unire le forze, amiche! – Irodia continuò il suo discorso – Questa volta partiremo tutte insieme e sorprenderemo il ragazzo nel Bosco delle Belve.

– E se non ci darà l'usignolo? – chiese Margalina.

– Faremo anche noi la fine di Ruja? – intervenne Sandalina che, come tutte le Line, aveva cominciato ad avere paura del Portatore. Da quando Ruja era scomparsa dalla faccia della terra, tutte le Streghe di corte concordavano sul fatto che quel ragazzo non fosse come gli altri Portatori passati per di là. Bensì una specie di mago errante, che aveva sconfitto la loro portavoce.

– State tranquille, ce lo darà! – rispose Irodia.

– Ma se non lo farà? – intervenne Ruxanda – Che compiti avrai allora per noi, Altezza?

– Se non ce lo darà, lo costringeremo!

Avvertendo la paura della Regina, Ruxanda si alzò dal trono e raggiunse il centro della sala. Così fecero anche le Rusalke, e poi si alzarono molte delle Maliarde. Poi alcune Dragaike. E dopo quelle, più caute, come era la loro natura, si alzarono anche alcune delle Line. Tutte avanzarono verso la Regina con l'intenzione di porre fine al suo potere, che aveva causato loro solo vecchiaia e amarezza.

– Maestà, Maestà... – Ruxanda scosse il capo con ironia – Hai voglia di scherzare. Costringerlo, dici? È davvero così semplice?

– Era solo per dire...

– Se sai come convincere il Tempo ad annientarci all'istante, allora dillo anche a noi! – continuò Ruxanda, ringhiando all'intera congrega – Credo che molte di noi preferirebbero morire, piuttosto che vagare per il mondo nei prossimi cento anni con un aspetto simile!

Irodia non rispose, ma indietreggiò di qualche passo. Aveva bisogno di spazio per far comparire nella sua mano sinistra la tanto temuta frusta di fuoco, come faceva sempre in simili momenti di crisi. Ma siccome le Signore, su esempio di Ruxanda, le si erano strette attorno, non ce n'era abbastanza. E forse quelle sarebbero persino riuscite a sconfiggerla, se in quell'istante una delle pareti non avesse cominciato a tremare...

Le Streghe voltarono la testa in direzione del muro che aveva osato distrarle in un momento così delicato. Sapevano che da un momento all'altro ne sarebbe uscito qualcuno. E così, per precauzione, si raccolsero in un luogo più riparato, da dove osservarono con curiosità le grandi pareti che continuavano a muoversi. Sembrava che quel marmo pregiato si fosse trasformato in creta. Le

"– Mi manda il mio padrone, Vostra Altezza! – disse Fulmine."

pareti avevano iniziato a crepitare spostandosi. Il tutto durò qualche istante. Prima che potessero rendersene conto, un Drago enorme attraversò il muro e atterrò esattamente al centro della sala.

Vedendolo, le Signore lo riconobbero immediatamente: era Fulmine, il Drago bianco dello Stregone Mar, mandato dal suo padrone per consegnare un messaggio. Malgrado la bestia sembrasse pacifica le Streghe non osarono avvicinarsi. Anzi! La Signore cominciarono a indietreggiare a gruppi, spaventate e con gli occhi bassi, verso l'angolo più lontano della sala. E una volta là, cominciarono ad accalcarsi l'una sull'altra, spingendosi a più non posso.

Se le aveste viste, non avreste saputo cosa pensare. Forse, conoscendole, avreste detto che stavano provando troppo disgusto per riuscire a guardare la bestia. Ma non poteva essere quello il motivo, perché il Drago non era brutto. Era anzi incredibilmente bello per la sua razza; aveva squame di ghiaccio e la pelle color delle nuvole. In realtà le Streghe lo temevano... proprio così: avevano paura! E quando Fulmine mosse pochi passi verso di loro, facendo tremare l'intera sala, le Signore non osarono affrontarlo. Sapevano che sarebbe bastato un unico soffio perché il Drago bianco le gelasse tutte, se avesse voluto. Così rimasero al loro posto. Non volevano rischiare.

Tra tutte solo Irodia, con gli occhi fissi sulla creatura, lo seguì. E ora che aveva lo spazio sufficiente, la frusta di fuoco cominciò a crescere nella sua mano sinistra. Così, per stare tranquilla...

– Parla! – gli ordinò Irodia che, pur temendolo, gioiva della fortuna che aveva. In confronto alla situazione critica di poco prima, poteva definire la comparsa del Drago in un solo modo: fortuna sfacciata!

– Mi manda il mio padrone, Vostra Altezza! – disse Fulmine.

Poi si abbassò, affinché la Strega potesse salire più facilmente.

– Dove andiamo? – chiese Irodia, montandogli in groppa.

– Al Lago dei Draghi. Il mio padrone ci aspetta là!

Dalla bocca di Fulmine, ad ogni parola, uscivano respiri gelidi come l'inverno. E, sebbene il Drago sapesse di poter gelare la sala in un sol soffio, non lo fece. Non era quello il suo compito. Ma questo non gli impedì di divertirsi un poco con le Signore. E così osservò con la coda dell'occhio la sala così affollata, specialmente l'angolo in cui le Streghe si accalcavano l'una sull'altra, non solo per la paura, ma anche per il gran freddo calato nella stanza. Poi si schiarì la voce, ringhiò come sanno fare i Draghi e disse:

– Il padrone mi ha ordinato di dirvi che l'umano è già arrivato alla Grotta dei Giganti...

– Questa non ci voleva... – osò rispondergli Tiranda, mentre i denti cominciarono a batterle così forte, da non capire nulla di quel che diceva.

... e che dovrete tendergli un agguato nel Bosco delle Belve. – aggiunse ancora Fulmine, incoraggiato dagli sguardi di Irodia che, rendendosi conto di quello che il Drago voleva fare, decise di approfittare della sua cattiveria e dell'intera faccenda. Ora era al comando di un Drago, non più di quelle amiche che avevano osato ribellarsi! E così, perché non scatenare Fulmine contro di loro, se ne aveva la possibilità? Aveva persino la frusta di fuoco in mano, che la scaldava per bene. Quindi era anche l'unica tra le Signore a non soffrire a causa del brusco cambio di temperatura là dentro.

– Sarà fatto! – risposero in coro le Streghe.

Malgrado fosse chiaro che odiavano Fulmine, le loro voci erano indicibilmente smielate. Cominciavano ad avere talmente freddo che avrebbero dato qualsiasi cosa perché la creatura non fiatasse più e, soprattutto, se ne andasse da là. Ma il Drago non ci pensava neanche. Continuava a espirare ghiaccio.

– Se così non sarà, sappiate che il ragazzo giungerà dalle Altre Signore.

– Non sono più Signore da molto tempo. – lo corresse Irodia, con malizia – Ora si fanno chiamare Galiane ...

– A-ha...

– Ma noi le chiamiamo traditrici! – disse Irodia, facendo il gioco della belva – Non ho ragione, Ruxanda?

La Rusalka non rispose. Orgogliosa com'era, si sarebbe fatta trasformare in ghiaccio piuttosto che chiedere perdono. Se ne stava raggomitolata in un angolo, tremante come una foglia accanto alle sue amiche, mentre Irodia e la creatura si sorridevano complici. Le Streghe continuarono a tremare, come un'enorme gelatina, per molto tempo ancora. Ad un certo punto faceva così freddo, che le Signore non furono più in grado di muoversi. Quando il freddo penetrò nelle loro ossa fino al midollo, cominciarono a piagnucolare. Poi a lamentarsi, affinché alla fine qualcuna si decidesse a chiedere pietà. Solo allora Irodia, in groppa a Fulmine, prese il volo e decise di risparmiarle, almeno per il momento.

La Regina lasciò la sala da ballo nello stesso modo in cui il Drago era arrivato: attraversando la parete. Ma prima di scomparire, guardando fissa Ruxanda, disse alle amiche infreddolite:

– Domani, al Bosco delle Belve, aspetterò chi di voi vorrà seguirmi! A chi non verrà, dico solo questo: non osate farvi trovare qui al mio ritorno!

Il Lago dei Draghi

Fulmine sfrecciava altissimo tra le nuvole. Di solito i Draghi di Fuoco non lo facevano, bensì volavano a poca distanza da terra, al limitare di foreste, laghi o boschetti. Ovvero dove potevano incendiare qualche capanna o rubare monete d'oro ai contadini più ricchi. Infatti i Draghi amavano l'oro. Non potevano vivere, né dormire, senza di esso.

Ma Fulmine, essendo un Drago di Ghiaccio, non aveva le stesse abitudini dei suoi confratelli. Da cucciolo gli avevano insegnato a disprezzare gli umani. A considerarli deboli e insignificanti. Così non faceva nemmeno lo sforzo di alzare lo sguardo su di essi, nemmeno per domandare qualcosa, o dare degli ordini. Per lui gli umani non esistevano! Proprio come non esisteva nessun'altra creatura non magica. In altre parole, se non eri un mago, per Fulmine non eri nulla!

Il Drago bianco dormiva sui carboni ardenti. A volte capitava che durante il sonno, non avendo un buon controllo della respirazione, gelasse tutto quello che gli stava intorno. Ma quando volava, si spingeva sempre molto in alto, perché era abituato alle nuvole e ci aveva a che fare di continuo.

Infatti era risaputo che i Solomonari, i padroni di quelle creature, fossero Maghi del Tempo. Cioè evocavano le tempeste, le bufere, la neve e il vento fresco dell'estate, e in generale quasi tutte le forze della natura, che uomini e animali non saprebbero controllare.

I Solomonari creavano Draghi colorati, o bianchi come Fulmine, lanciando un incantesimo su serpenti vagabondi. Perché, sapete, nel Mondo-di-là i Draghi non nascevano dalle uova, come ho sentito accadeva nel mondo degli umani molto tempo fa. Là i Draghi nascevano dai serpenti, grazie ad un sortilegio che solo gli Stregoni conoscevano.

Ma per farlo, i serpenti dovevano sottostare a certe condizioni. Erano costretti a rinunciare alle cose terrene – soprattutto all'amore dei genitori! – e a vagare come vagabondi. Per sette anni erano obbligati a nascondersi dagli occhi dei mortali, fossero essi uomini, uccelli o bestie selvagge. Nessuno doveva vederli! Col passare degli anni il loro corpo e la loro vita perdevano colore, ed essi diventavano bianchi. E solo dopo quei sette anni i serpenti girovaghi erano liberi di immergersi nel Lago dei Draghi, dal quale uscivano trasformati in Draghi.

Ma solo dopo che un Solomonar aveva lanciato il suo incantesimo, naturalmente!

Ora... non chiedetemi che cosa reciti lo Stregone per trasformare i serpenti, perché sono sincera: non ne ho la minima idea! Anche se mi è capitato di dare un'occhiatina, da lontano, ad una simile cerimonia, non conoscendo il linguaggio "mentale" dei Solomonari, non ho mai capito cosa dicano. O per meglio dire cosa "pensino". Nemmeno della discussione che ebbe luogo allora, tra Irodia e Mar, non ricordo di avere capito tutto. Vidi solamente la Signora atterrare con Fulmine sulla sponda del lago, mentre lo Stregone Mar si trovava sulla riva opposta.

Malgrado ciò quei due non si avvicinarono troppo, né si dissero nulla. Sembravano intendersi a meraviglia, comunicando con il pensiero, lontani dagli orecchi indiscreti delle creature del bosco, nonché dai miei. E vi devo confessare che se un vecchio salice piangente non mi avesse fatto la gentilezza di tradurre cosa stesse succedendo, di certo mi sarebbe rimasta la curiosità. E ovviamente, non avrei potuto raccontarlo nemmeno a voi. Così, dopo essermi infilata due rametti di salice nelle orecchie, cominciai a sentire tutto quello che Irodia e Mar si dicevano. Infatti, tra tutte le creature, solo gli alberi erano in grado di capirli.

– Vedo che il Tempo ha giocato con i tuoi capelli, Irodia!

La voce di Mar era così pacata e monotona, che stavo per addormentarmi ad occhi aperti. Come succede quando si è "sotto ipnosi", come dicono gli umani. Ma il salice, gentile come sempre, mi passò svelto i rami davanti agli occhi, così mi svegliai in tempo per udire Irodia rispondere con freddezza:

– È da tanto che non sento cantare l'Usignolo Fatato, maestro.

Poi la Signora chiese al Solomonar perché l'avesse chiamata.

– Devi radunare in fretta le altre Signore nel Bosco delle Belve!

– Ho già dato l'ordine! – lo informò la Regina piena di sé.

– Molto bene! – rispose lo Stregone, mentre un sorriso gli fioriva ironico sulle labbra – Vedo che sei rimasta la Fatina diligente e premurosa che ho istruito tanto tempo fa. La stessa Fata orgogliosa, bella e forse troppo avida di giovinezza, di freschezza... Eh eh, ne è passato di Tempo, Irodia! – disse Mar, con un sarcasmo degno di uno Stregone. Infatti mi parve piuttosto crudele ricordare a una vecchia che un tempo era stata bella. Specialmente perché Mar sapeva meglio di chiunque altro che per la Strega contava solo quello. La Signora faceva da bersaglio all'ironia e alla cattiveria dello Stregone, e forse molti di voi staranno pensando che fosse giusto così. E che poiché Irodia era una Fata cattiva, si meritava quella sorte.

Forse la meritava, forse no... Non credo tocchi a noi stabilirlo. In ogni caso non è questo che vale la pena ricordare di quell'incontro. Bensì il fatto che il Solomonar non si potesse trattenere dal ferirla ad ogni parola, sebbene desiderasse la stessa cosa e fosse in un certo senso suo alleato. E quel comportamento, cari miei, non può essere che definito cattiveria, nella sua forma più pura. Una crudeltà che sorgeva dalle viscere dello Stregone. I Draconiani e i Musocani, a confronto, erano ragazzini simpatici e chiacchieroni.

I Solomonari però credevano che tutto fosse di loro proprietà e si comportavano come fossero i padroni del cielo e della terra; perciò non si trattenevano nemmeno dal ferire gli alleati. Loro amavano comportarsi male, a fatti o con il pensiero, proprio come a voi piace comportarvi bene. Adoravano deridere gli altri, colpendoli proprio dove faceva più male, con la stessa soddisfazione con cui voi mangiate la cioccolata. E se faccio un paragone simile, credetemi, non esagero affatto. Nel Mondo-di-là, per lo meno, non credo esistano creature dall'animo più oscuro dei Solomonari.

– Stregatelo con la vostra danza, e chiedetegli l'uccellino in cambio della vita! – aggiunse lo Stregone Mar.

– Il girotondo ha effetto solo sugli uomini adulti. I bambini, essendo innocenti, sono immuni alla nostra magia...

– La vostra magia?! – Mar si voltò all'improvviso, impedendole di proseguire – Quale magia, Irodia? Quale effetto? – continuava a tormentare la Regina – Siete talmente brutte ora, chi potrebbe essere immune?

Dopodiché Mar scoppiò in una risata che assomigliava molto a un sibilo di lucertola, capace di graffiare i timpani di chi aveva la grande sfortuna di udirla. Io stessa non riuscivo a sopportarla! Con il rischio di perdere un bel pezzo della loro conversazione, mi sfilai i rametti di salice dalle orecchie per qualche secondo, fino a che Mar non smise di ridere. Poi mi misi di nuovo in ascolto.

– Dovrete di nuovo assumere il controllo di qualche animale. – consigliò lo Stregone – Lupi, per esempio. È ancora inverno e quelli attaccano in branco. Altrimenti non ce la farete. Se il ragazzo vi vedrà così come siete ora, di sicuro gli farete più pena che paura. – aggiunse il Solomonar. Poi raccomandò ad Irodia di essere molto cauta con Vlad, perché il bambino sembrava piuttosto potente.

– Potente? Perché dici così, maestro? Dei bambini che ci sono capitati, quasi tutti hanno terminato il viaggio più velocemente di lui! – gli ricordò la Regina.

– Vlad ha avuto una strada molto difficile. Ha affrontato le creature più spaventose, senza mai perdere o farsi rubare l'uccellino. Per questo penso abbia un carattere forte! E lo voglio vivo; poi gli sottrarrò Andilandi.

– Se non ce lo darà? – chiese allora Irodia, che sembrava dubitare del piano.

– Allora, di sicuro lo darà a me! – disse Mar, ironico – Non darti tanto pensiero, Irodia. Sai che le preoccupazioni fanno venire le rughe...

– Lo so! Ma non ho capito a chi resterà Andilandi, alla fine...

– A voi! Stai tranquilla! – la rassicurò il Solomonar – Sai che a me non interessa quel pennuto, voglio solo che giunga nel nostro territorio. Allora il ragazzo sarà mio, e io avrò un nuovo discepolo alla Scuola dei Solomonari!

In slitta

lad dormiva beato, lontano dagli spiriti oscuri che lo stavano perseguitando. Dormiva così profondamente, che non si accorse che il tetto della casetta in cui si trovava si aprì. Non sentì nemmeno Andrei che, con un gran sorriso, cominciò a soffiare sulla copertina in cui era avvolto.

– Vlad... svegliati!

– Mmmmm...

– Svegliati! Voglio mostrarti una cosa!

Il bambino aprì gli occhi e disse: "Uh?" (vale a dire: "Cosa?"). Andrei si mise un dito sulla bocca e gli indicò i vestiti accanto al letto, pregandolo con lo sguardo di prepararsi in fretta. E in silenzio per di più, perché il luogo in cui voleva portarlo era segreto, ed era bene che il resto della famiglia non scoprisse che lui ci aveva messo piede. Poi il Gigante si nascose sotto il tavolo, accanto a Lucia, con cui si mise a strisciare sul pavimento.

I bambini si sforzavano di non fare rumore, anche se portavano con sé un mucchio di panni, piuttosto grande e pesante, che intendevano usare per il "dopo-slitta". Nessuno sembrava averli sentiti. Papà Gigante non era più nella grotta da un po' – era uscito all'alba per vedere se le pecore stessero bene. Il nonno russava come un ghiro, sullo sgabello su cui si era addormentato la sera prima, mentre leggeva le favole. E la mamma era troppo occupata con la cottura del pane e dei dolci per accorgersi di loro. Così Andrei e Lucia riuscirono facilmente a strisciare fin sotto la finestrella dove di solito si radunavano i piccoli amici alati. Là aspettarono Vlad.

Per il bambino però la strada si rivelò lunga, difficile e disseminata di ostacoli. Il Cavallo Prodigioso si era addormentato esattamente davanti alla porta della casetta. E, per non svegliarlo, il bambino fu costretto a passare dalla finestra. Poi, una volta uscito di casa, fu assalito dal profumo delizioso delle torte che cuocevano nel forno... e quasi dimenticò cosa dovesse fare e dove dovesse andare. Soprattutto perché sul tavolo si imbatté in moltissime ciotole con semi di papavero e miele, noci tritate, formaggio dolce, zucchero e uva passa. Poi vide delle focacce al formaggio, cotte a puntino, accanto a molti altri dolci con marmellata, noci e nocciole, preparate da mamma Gigante.

– Sbrigati! – disse Andrei sottovoce.

– Arrivo, arrivo! – cercò di tranquillizzarlo il bambino. Anche se, a dirla tutta, non desiderava andare da nessun'altra parte. E forse non avreste voluto nemmeno voi, se foste stati nei suoi panni. Tutto quel cibo sembrava squisito e il profumo era così buono, che Vlad all'improvviso pensò di essere capitato nel paradiso dei dolci. Non riusciva a capire perché i suoi amici gli facessero tanta fretta. Quale posto poteva essere migliore di quella tavola?

– Mangerai quando torniamo, – sussurrò Lucia mentre lo tirava fuori dalla focaccia in cui Vlad si era cacciato e di cui si stava ingozzando – ora si va in slitta!

– Dove? – mormorò il ragazzo masticando, mentre saliva sul palmo della bambina.

– Accanto alla finestra degli Angeli! – rispose Lucia.

Salirono tutti su una botte di cavoli, poi su un vaso di peperonata, posto sopra la botte, e alla fine su un barattolo di cetrioli, in cima alla pila. Perché sapete, anche se i bambini erano Giganti, non era semplice raggiungere quella finestra. Si trovava in alto, vicino al soffitto, dove solo un Gigante adulto poteva arrivare. Beninteso, se si sollevava sulle punte dei piedi e allungava le mani, come faceva di solito il nonno quando doveva sbrigare le sue faccende.

Giunto in cima per primo, Andrei bussò alla finestra: tre colpi forti, e uno più leggero. Poi i bambini attesero col fiato in gola. Poco dopo Vlad notò che la finestrella era incassata in un blocco di pietra

mobile, e che quello aveva cominciato a muoversi. La roccia si in-
crinò, e si poté scorgere alle sue spalle una forte luce; poi i bambini
udirono una vocina chiedere, tutta fiera del suo compito:

– Chi bussa?

– Eh, chi! Noi: io e Lucia! – rispose Andrei, infastidito da quella
domanda, anche troppo familiare – Facci passare, svelto! Altrimenti
la mamma ci vedrà!

– Per favore! – insistette anche Lucia, quando si accorse che la
"voce" esitava.

– Siete soli?

– No... c'è anche un Portatore con noi. – rispose Andrei, leggermente sulle spine.

– Ah! Lo sapevo! – rispose all'improvviso la vocina, che nel frattempo si era fatta troppo esuberante per la sua età. Sembrava la
voce di un bambino che giocava a fare l'adulto. E non un bambino
qualunque, bensì uno che aveva un compito importante; così disse
in modo brusco:

– Mi dispiace, ma il Portatore non può passare!

– Emanuel! – gridò allora Andrei, che aveva perso la pazienza –
Falla finita con questi giochetti da neonato! Non abbiamo tempo
per questo! Non capisci?

– Emanuel? Emanuel??? – mormorò la voce, facendo finta di
niente – Non conosco nessun Emanuel!

– Parlo con te! – tuonò Andrei.

– Io mi chiamo "Dente di Roccia" – rispose all'improvviso la voce.

– *Dente di Roccia*, – si sentì allora anche la vocina di Lucia, che
voleva metter pace tra i due – lasciaci passare, te lo chiediamo con il
cuore. Promettiamo di non trattenerci troppo! Vorremmo solo mostrare
a Vlad... al Portatore... come giochiamo noi in inverno! Tutto qui!

– Bene! – si convinse allora Emanuel, detto *Dente di Roccia* – Ma
ad una condizione: l'umano dovrà rispondere ad un indovinello.
Se ci riuscirà, potrà passare; altrimenti resterà qui!

– Facci passare! – disse allora Vlad.

Vi devo proprio dire che a Vlad non era piaciuta affatto quella discussione. "Cosa intende Emanuel, questo sciocco, dicendo che posso passare solo a certe condizioni?" pensò Vlad tra sé. "E se sì, quali? Gli umani sono forse inferiori agli abitanti del Mondo-di-qua? Ah! Gliela faccio vedere io!"

– *"Cosa bella, cosa brutta,*
son legati per la vita tutta!
Son diversi da mamma e papà,
il motivo è questo qua:
essi di sangue han stretto un nodo,
un legame, un'alleanza
e di aiutarsi troveranno il modo,
quanti siano, non ha importanza.
Possano vivere a volontà
in amore, pace e serenità!" – rispose come in un sospiro *Dente di Roccia.*

E poi aggiunse, squittendo come un topolino:

– Io dico che è facile... Anche un bebè potrebbe risolverlo!

Andrei e Lucia si indicavano l'un l'altra, perché conoscevano la soluzione dell'indovinello. Ma Vlad non sapeva cosa dire. E il fatto che i Giganti si indicassero a vicenda lo confondeva anche di più. Si trattava di una bambina o di un maschietto? L'indovinello parlava di un umano? O forse di un Gigante? E cosa significava "legame di sangue"? Per quanto si sforzasse, non poteva capire cosa c'entrassero mamma e papà in quell'indovinello. Vlad esitò per un minuto o due, voltandosi e guardando confuso Andrei e Lucia, che continuavano ad indicarsi l'un l'altra, ma non riuscì a trovare la risposta all'indovinello. Sembrava proprio non avere senso.

– Sei figlio unico? – chiese allora Emanuel a Vlad, vedendolo turbato.

– Cosa importa?

Il ragazzo rispose infastidito, continuando a sentirsi sotto interrogatorio.

– Be', importa! – cinguettò Emanuel per la disperazione di Vlad e dei fratelli Giganti, che non speravano più di poter attraversare la finestra. Ma alla fine fu proprio *Dente di Roccia* a suggerirgli la soluzione dell'indovinello, certo senza volerlo, quando disse ai Giganti:

– Se sbuffate ancora, resterete qui! O d'ora in avanti non siamo più fratelli!

– Fratelli! È questa la risposta all'indovinello! – esclamò ad un tratto Vlad. E dopo pochi secondi, la pietra si mosse da sé, lasciando passare tutti. Ma la voce brontolò, stizzita per essersi tradita da sola:

– Bene, passate... Ma state attenti, non siete dal lato della pista di vostra proprietà! – li rimproverò *Dente di Roccia* – Il cielo è proprietà privata! Se qualcuno vi vede, io non so come siate capitati qui. Capito?

– Grazie, Emanuel! – disse Andrei – Stai tranquillo, non ci vedrà nessuno!

Poi, con una tenerezza sorprendente per un "uomo" duro e severo com'era, si avvicinò a *Dente di Roccia* e gli fece una carezza. E diede un bacino proprio nel luogo in cui sapeva trovarsi una delle guance del fratellino minore. Emanuel infatti era suo fratello! E se qualcuno di voi è sorpreso, se non capite (come Vlad all'inizio) come potessero i Giganti e le pietre essere fratelli, ve lo spiegherò subito. O forse lo capirete da soli, quando vi avrò detto che, dopo morti, i Giganti si trasformavano in montagne. Quasi come succede ai mortali che, come ho sentito dire, diventano polvere. Con la sola differenza che le anime dei Giganti, essendo troppo grandi e troppo pesanti, non potevano salire in cielo. Allora rimanevano sulle cime dei monti, insieme ai loro corpi, con i quali sorvegliavano il Regno delle Nuvole, per impedire l'ingresso ai vivi.

Quando vidi quei tre bambini attraversare il tetto di nuvole del mondo, compresi subito che i Giganti, a volte, facevano delle eccezioni. Specie per i fratelli ai quali erano più vicini e da cui, ecco, non si volevano allontanare, non importa dove vivessero.

Non so bene cosa abbiano combinato sulla pista, perché non potei seguirli. Quello che vi posso raccontare è che si sentirono risate e urla per molte ore, fino giù, a valle. E quando la slitta finiva in una nuvola troppo carica, ne usciva la neve. Significa che da qualche parte sulla terra, proprio in quel momento, cominciava a nevicare. Ma io ve lo racconto così, in confidenza. Perché dovete sapere che quando nevica e voi potete andare in slitta tutti contenti, di certo i Giganti ci sono già stati, poco prima. Su un'altra collina, naturalmente, un poco più alta della vostra!

La Veneranda Venerdì,
protettrice degli animali selvatici

utti gli abitanti della grotta poterono mangiare solo all'ora di pranzo. Avevano saltato la colazione, a causa dei bambini e della loro fuga segreta ai piani alti, ma anche per i preparativi per le feste. Solo allora Vlad aveva capito come mai all'alba ci fossero così tanti dolci sul tavolo: era la vigilia di Natale!

Dopo essere stati accolti con tanto calore, il Cavallo Prodigioso disse a Vlad che era arrivato il momento di salutare i Giganti. Per raggiungere la Radura delle Galiane dovevano attraversare il Bosco delle Belve. E bisognava andarci finché ci fosse stata luce, perché gli animali che vivevano là erano piuttosto affamati in inverno.

Il piccolo umano ringraziò i Giganti per la calorosa accoglienza e i consigli ricevuti, poi condusse il Prodigioso verso il bosco che si stagliava immenso oltre la Grotta dei Giganti, senza avere la più pallida idea dei pericoli che lo aspettavano.

Il tempo si era guastato. Un vento freddo spazzava con forza la neve accumulata tutto attorno. Vlad era ottimista e aveva fiducia nelle proprie forze. Portava l'uccellino sul braccio, come un rapace, e Andilandi era più grande e meraviglioso che mai.

Tutto intorno ai due viaggiatori, in quel bosco incantato, gli alberi chiacchieravano. Parlavano del Solomonar, delle Streghe e di ciò che quelli avevano pianificato per i nuovi venuti. E le loro parole, riferite dal salice piangente, furono trasportate di ramo in ramo fino alle orecchie di una quercia vecchia e ingobbita dagli anni, accanto alla quale Vlad e il Cavallo Prodigioso stavano per passare.

Quella quercia era l'unica in tutto il bosco ad avere ancora le foglie verdi, malgrado fosse inverno, ma il bambino non lo notò. Non immaginò nemmeno per un istante che in quell'albero si nascondesse proprio la Veneranda Venerdì, protettrice del bosco e degli animali selvatici. Malgrado lo sforzo di Mar e di Irodia, quella aveva scoperto, alla fine, cosa i due stavano escogitando.

– Allora è così, quei mascalzoni hanno intenzione di far impazzire il ragazzo! – disse l'anziana, su tutte le furie – Adesso li sistemo io! – aggiunse, pensando a come poter salvare i suoi preziosissimi lupi dalle grinfie di quegli oscuri spiriti.

Infatti, anche se vi sembrerà curioso, nel momento in cui la Veneranda Venerdì scoprì i piani diabolici di Mar e delle Signore, pensò innanzitutto al bene dei suoi animali, e non a Vlad, che per lei non era che un estraneo. Un viaggiatore qualunque. I lupi invece erano come figli per lei! Figli che lei amava più della sua stessa vita e che considerava importanti come tutti gli altri animali del bosco.

– Quello è il nuovo Portatore, quello che vogliono catturare. – spiegò la quercia.

– Certo, – rispose la vecchia, osservando l'Usignolo Fatato che Vlad portava con tanto orgoglio sul braccio destro – ed ecco le orme bruciacchiate dietro di lui... Questa volta però Mar ha passato il limite! – aggiunse – Non aveva il permesso di portare le Signore in questo bosco. E in nessun caso doveva permettere che prendessero il controllo dei miei lupi.

– Non arrabbiarti, cara Venerdì! – cercò di rabbonirla la quercia – Sai che un Solomonar non ha rispetto di niente su questa terra. Pensa a quanto può essere crudele persino con i Draghi che gli hanno giurato fedeltà. A come li prende a frustate e quali cattiverie riesce a dire.

Le parole della quercia la fecero riflettere. A volte la Veneranda Venerdì dimenticava che i Solomonari non erano più umani da molto tempo. Che da anni e anni non provavano più compassione verso i loro simili, oltre che verso gli animali. Aveva scordato che, diventando Stregoni, vendevano l'anima alle tenebre, similmente ad altre creature come i Non-morti, le Streghe, i Draconiani, i Musocani e perfino i Draghi, che per un motivo o un altro avevano promesso loro di essere fedeli.

218

"*L'anziana notò le piume brillanti dell'Usignolo Fatato –*
cosa che accadeva solo quando chi lo portava aveva l'animo buono."

– Come hai detto che si chiama il bambino?

– Vlad.

– Allora mi concentrerò su di lui. – disse la Veneranda Venerdì, osservando il ragazzo con attenzione.

L'anziana notò le piume brillanti dell'Usignolo Fatato – cosa che accadeva solo quando chi lo portava aveva l'animo buono – ma pensò comunque di mettere Vlad alla prova. La donna credeva che solo chi aveva davvero buon cuore fosse anche capace di amare tutte le creature viventi, compresi gli uccelli, gli alberi e i fiori. E così la Veneranda Venerdì, sguisciando dalla quercia in cui si era nascosta, tagliò la strada al ragazzo e gli disse:

– Per favore, figliolo, aiutami a trascinare questa slitta fino alla mia capanna, in cima alla collina!

– Nessun problema! – rispose Vlad che, sebbene avesse fretta, pensava che avrebbe fatto una buona azione aiutando la vecchina. Soprattutto perché ormai stava attraversando un periodo in cui voleva dimostrare di essere un bambino gentile e intelligente.

Vlad sistemò Andilandi sulla sella del Prodigioso e cominciò a trascinare la slitta. Mano a mano che saliva la collina, però, la slitta diventava sempre più pesante. E così il ragazzo, malgrado gli sforzi, avanzava con difficoltà. Ad un certo punto, per la fatica, inciampò nella neve. Ma non si lasciò scoraggiare, si rialzò e continuò a tirare.

– Cosa trasporti, nonnina? Pietre?

– In realtà, legna per il fuoco, – rispose la vecchina – per scaldare queste vecchie ossa malandate.

– Non capisco... come hai fatto a portarle tu... prima di incontrarmi?

– Eh, adesso ti sembrano pesanti perché stai salendo la collina. – rispose l'anziana con furbizia – Perché non leghi la slitta al cavallo? Vedo che è molto pesante per te!

– Non posso caricarlo di tutto questo peso. – rispose Vlad fra i denti, mentre tirava la slitta con tutta la forza di cui era capace – Gli sono appena guarite le ferite alle ali.

– Allora lega l'uccellino... – tentò ancora la Veneranda Venerdì, mentre sorrideva astuta sotto il fazzoletto che aveva annodato sotto il mento, come fanno le anziane.

– Come no! – rispose Vlad infastidito, immaginando che la vecchina lo stesse prendendo in giro – Perché dovrei, per farlo morire? Il mio compito è di riportarlo vivo a casa sua!

Per un po' nessuno parlò. Vlad poteva a malapena respirare, e la vecchina cominciava ad apprezzare quel bambino, perciò non volle affaticarlo più di così. Quanto aveva sentito fino a quel momento era sufficiente per capire che il ragazzo, sebbene un po' impertinente, aveva buon cuore. E così, quando Vlad, sfinito, riuscì a portare la slitta fino in cima, lei gli rivelò la sua vera identità. Dopodiché la slitta e la legna svanirono nel nulla.

– Io sono la Veneranda Venerdì, caro Portatore!

Vlad fissò la donna come se fosse un miracolo vivente.

– Lo dicevo io...

– Siccome mi hai dimostrato di essere buono tanto con le persone, quanto con gli animali, vorrei ripagarti! – disse la vecchina.

– Non importa, non c'è bisogno. – rispose Vlad, temendo che l'anziana potesse giocargli qualche altro tiro – E' già sera e io ho ancora molta strada...

– Ehi! – nitrì allora il Prodigioso nell'orecchio destro del bambino – Comportati come si deve! Se la gentile Venerdì vuole farti un regalo, accettalo e taci!

– Eh eh eh, paese che vai, usanza che trovi! – rispose la vecchia al bambino, mentre continuava a ridere sotto il fazzoletto – Faresti bene ad accettare il mio regalo. Altrimenti temo che il tuo viaggio sarà molto breve.

Poi, senza aggiungere altro, spinse Vlad nella sua capanna, dove lo invitò a scegliere uno scrigno come ricompensa per i suoi sforzi. La Veneranda Venerdì ne possedeva moltissimi, di ogni forma e dimensione. Vlad si avvicinò e vide che alcuni di questi erano alti come un uomo e pieni di giocattoli e caramelle, mentre altri erano così piccoli che era difficile credere che potessero contenere qualcosa.

– Forza, scegline uno! Cosa aspetti? – gli ordinò la vecchina, quando vide che il ragazzo esitava.

Vlad non riusciva a decidersi. Sapeva, di sicuro come tutti voi, che se fosse stato avido, avrebbe commesso un errore. L'aveva imparato sulla sua pelle, e conosceva bene il detto "Chi troppo vuole, nulla stringe". Ma era comunque difficile comportarsi di conseguenza. Ovvero, aprir bocca e dire: "Vorrei uno scrigno piccolo!"

E forse non sarebbe stato facile nemmeno per voi, se aveste visto quei bauli enormi e lucenti, che sembravano contenere tutti i giocattoli e le caramelle che un bambino possa desiderare. Guardandoli vi sareste aspettati che alcuni di essi si aprissero, lasciando intravedere confetti, biscotti e Draghi di cioccolata. Oltre a una gran quantità di soldatini, con i loro fucili d'oro, i coltellacci arcuati e le sciabole decorate con zaffiri o smeraldi, proprio come erano di moda da quelle parti. Alla fine, a dispetto di tutte quelle tentazioni, Vlad scelse lo scrigno più piccolo.

– Sei sicuro? – chiese la Veneranda Venerdì, quando lo vide prendere tra le mani una scatolina in legno di abete, così modestamente lavorata che a malapena si poteva definire scrigno.

– Sì! – disse il bambino a denti stretti e con i pugni serrati.

– Perché non ne prendi uno più grande? Pieno di giocattoli, magari.

– Perché vorrei tornare a casa! – rispose deciso il ragazzo – E un baule più grande mi ingombrerebbe!

Udendo ciò, la Veneranda Venerdì fu molto contenta nel profondo del suo cuore. E disse al ragazzo che aveva fatto una scelta molto saggia, perché i veri tesori spesso sono racchiusi negli scrigni più piccoli. E se ora vi state chiedendo quale tesoro incredibile contenesse la scatolina in questione, vi dirò che si trattava di un flauto. Ma non uno qualunque, bensì un Flauto di Pan Incantato, il cui suono poteva fare addormentare qualsiasi creatura lo udisse. Un dono meraviglioso e terribile allo stesso tempo, se teniamo conto del fatto che di solito Vlad riceveva simili regali poco prima di una nuova prova!

L'umiliazione delle Signore

an mano che si inoltrava nel Bosco delle Belve, Vlad aveva la sensazione che quello assomigliasse sempre più al Bosco della Cuccagna, dove la sua avventura era iniziata. Tranne per il fatto che allora era primavera, mentre lì, nel Bosco delle Belve, era inverno; altrimenti avrebbe potuto giurare di aver girato in cerchio, tanto erano somiglianti quei luoghi.

Messi da parte quei pensieri, il ragazzo pensò di chiedere anche il parere del cavallo, ma l'animale non gli prestò attenzione, anzi, nitrì cose ben più importanti:

– Brrr! – sussurrò – Senti?

– Sono lupi che ululano?

– Così sembra, ma potrebbe esserci anche di peggio!

Il Cavallo Prodigioso guardò in tutte le direzioni, sentendo il pericolo sempre più vicino.

– Cioè?

– Credo che da ora in avanti sarà l'Usignolo Fatato a rispondere alle tue domande...

Alle parole del Prodigioso, Vlad rimase di stucco. "Perché dovrei chiedere ad Andilandi?" pensò ad un tratto il bambino. "E' ovvio che è muto! Fino ad ora non ha mai parlato, né cinguettato!". Ma non ebbe nemmeno il tempo per queste considerazioni, perché in breve si ritrovò circondato da un branco di lupi, del tutto simili a lupi comuni, a prima vista. Ma quando uno di essi gli parlò con voce umana, Vlad comprese di non avere a che fare con lupi normali, bensì con animali che sembravano agire sotto il potere di altre creature.

– Se tieni alla tua vita, è meglio che ci consegni Andilandi! – annunciò Irodia.

*"Vlad comprese di non avere a che fare con lupi normali,
bensì con animali che sembravano agire sotto il potere di altre creature."*

Era proprio lei, accompagnata da altre Signore per sottrargli l'Usignolo Fatato. E si erano radunate là, tutte tranne Ruxanda, proprio come era stato loro ordinato. Avevano raccolto le ultime forze e preso il controllo dei lupi affamati, con le più malvagie intenzioni nei confronti del bambino.

– Vieni a prenderlo, se ci riesci! – rispose Vlad con coraggio.

Dopodiché ordinò ad Andilandi di volare sul suo braccio, per mettersi al sicuro. Ma l'Usignolo Fatato volava sopra le loro teste, per controllare cosa stesse succedendo.

– E così... non vuoi darmelo spontaneamente?

– Preferirei morire! – disse il ragazzo, piuttosto calmo considerando la gravità della situazione.

– Eccoti accontentato, allora! – tuonò la Signora, poi fece un piccolo cenno con il muso alle sue amiche, perché lo attaccassero.

Le Signore obbedirono a Irodia con gran rapidità e strinsero un cerchio intorno ai viaggiatori. Il Prodigioso si sollevò su due zampe e intimò a Vlad di suonare il Flauto di Pan Incantato.

– Quale flauto?

– Quello nello scrigno! E sbrigati, suonalo il prima possibile! – aggiunse il cavallo prima di cadere a terra, morso da una delle belve.

Non credo che riuscirò a dimenticare facilmente quel momento. Avrei giurato che quella fosse la fine del viaggio di Vlad nel Mondo-di-là. Chiunque avrebbe di certo pensato la stessa cosa, se si fosse trovato nei paraggi e avesse visto la furia con cui le Signore si avventarono sul cavallo stramazzato e sul bambino. E come brillavano i loro occhi, com'erano appuntiti i loro denti, e che latrati terribili lanciarono allora.

Da morire di paura! E sebbene la scena non fosse durata che pochi secondi, a me sembrò lunga un'eternità.

All'improvviso però, quando avevo quasi perduto la speranza e avevo deciso di intervenire, non importava con quali conseguenze, udii il suono del flauto, la sua musica piena di tranquillità e armonia, e cominciai a saltare dalla gioia. Mi misi a gridare e battere le mani come impazzita, perché sapevo che Vlad aveva vinto la battaglia. Non so come né quando ebbe il tempo di portarsi il Flauto di Pan Incantato alle labbra, ma ci riuscì. E con le prime note sorte da quello strumento miracoloso, le belve cominciarono a cadere, una dopo l'altra, in un sonno profondo. Si addormentarono insieme alle Signore che ne controllavano il corpo, e si stesero una sull'altra, formando un ammasso compatto di pellicce che sembrava aver completamente sepolto Vlad e il Prodigioso.

In pochi attimi però Vlad riuscì a tirarsene fuori e continuò a suonare. Fino a che non si accorse che nemmeno il cavallo e l'uccellino si muovevano più.

Solo allora si tolse il flauto di bocca e strillò allo stallone:

– Svegliati! Ehi! Svegliatevi! Andilandi?!

Ma invano. I due erano immobili. E il bambino, disperato, credette in un primo momento che fossero morti. In realtà sia il cavallo che l'uccellino si erano addormentati a causa del flauto. Se ne rese conto anche Vlad, dopo che si fu avvicinato ed ebbe constatato che il loro cuore batteva ancora.

Siccome non sapeva come svegliarli, Vlad salutò il cavallo con un bacio affettuoso, prese l'Usignolo Fatato in braccio e, tenendolo stretto a sé, proseguì il viaggio. Sapeva che al di là del bosco c'era la Radura delle Galiane, il luogo in cui doveva arrivare per consegnare Andilandi. Solo così poteva tornare a casa e rivedere i suoi genitori, i nonni e i fratellini. E questo gli diede la forza di andare avanti e di affrontare i cumuli di neve, sempre più grandi e insormontabili mano a mano che avanzava.

Come nascono i Draghi?

Visto dall'alto Vlad sembrava una formichina coraggiosa che avanzava con difficoltà, spostando cumuli di neve e tenendosi l'uccellino stretto al petto. Se per caso vi state domandando come mai lo osservassi dall'alto, vi devo confessare che non ero io a guardarlo, bensì Fulmine. O per meglio dire Mar, perché il Drago bianco non abbassava mai lo sguardo sugli umani, considerandoli, come già vi ho detto, poco importanti.

Quando Vlad giunse nel mezzo di una radura, Fulmine atterrò esattamente davanti a lui, sbarrandogli il cammino.

– Sali! – ordinò allora Mar al Portatore.

Vlad, immaginando che il Solomonar volesse l'Usignolo Fatato, non si mosse. Si limitò solo a guardarlo con tutta la freddezza di cui era capace, mentre lo Stregone lo studiava con attenzione.

– Per favore... – aggiunse Mar, con molta fatica: sembrava proprio che non avesse mai detto "per favore" a nessuno in tutta la sua vita!

– Non ci penso neanche a darti Andilandi! – disse Vlad, calmo.

– Ti ho forse chiesto qualcosa? Dovevi comunque passare per di qua prima di andare dalle Galiane. – rispose Mar, con la falsità tipica dei Solomonari.

A quelle parole, il bambino non seppe più cosa credere. Stava mentendo o davvero non gli interessava l'Usignolo Fatato? Difficile da dire, se teniamo conto del fatto che lo Stregone apparteneva allo schieramento oscuro. Quindi stava dalla parte di chi di solito voleva sottrargli Andilandi. Vlad lo scrutò con attenzione, cercando di capire se stesse mentendo o meno. Sul viso di Mar non si muoveva un muscolo. Niente sembrava tradire le sue reali intenzioni. Solo i suoi occhi, forse troppo piccoli e troppo cupi, avrebbero potuto catturare l'attenzione di un adulto capace di interpretarne la personalità. Ma un bambino innocente non ha idea di quante facce possa avere il male e non avrebbe potuto leggervi alcunché.

– Non vorrai dirmi che hai paura di salire su un Drago? – lo provocò lo Stregone, quando lo vide così indeciso.

– Per niente. – rispose Vlad e montò accanto a Mar. Così, solo per dimostrargli quanto fosse coraggioso.

In breve il Solomonar incitò il Drago e tutti partirono in quattro e quattr'otto. Fulmine fu in cielo in un battibaleno! Al di sopra di tutto, tra le nuvole, là dove nemmeno gli uccelli di acciaio degli umani osano volare.

Vlad si ripropose di rimanere in guardia, di fare attenzione alle creature a cui si stava accompagnando, ma quando si ritrovò per aria, non poté non ammirare il panorama sottostante. E contemplare gli alberi, che da giganti erano diventati dei nanetti di plastilina, o gli animali, gli uccelli, che sembravano insetti, se li si riusciva a distinguere. In poche parole, era tutto così bello e nuovo, che Vlad dimenticò di domandare a Mar ciò che era opportuno sapere. Non gli chiese né dove fossero diretti, né cosa volesse da lui. Cose che, se ci pensate bene, non erano certo sciocchezze. Ma quando Fulmine atterrò accanto al Lago dei Draghi, dove un discepolo di Mar stava facendo nascere un Drago, Vlad alla fine se ne ricordò. E se fino a quel momento non aveva avuto la prontezza di spirito per chiedere "Dove stiamo andando?", ci pensò in quel momento:

– Dove siamo?

– Al Lago dei Draghi. – disse Mar, come se quella fosse la risposta più naturale del mondo.

Dopodiché il Solomonar intimò a Vlad di seguire con attenzione la cerimonia che si stava svolgendo.

– Non si sa mai… – cercò di incuriosirlo lo Stregone – Magari un giorno avrai voglia anche tu di far nascere un Drago…

Vlad non gli rispose, in primo luogo perché non ci stava capendo niente e, in secondo luogo, perché la sua attenzione fu catturata dal mormorio e dalla strana posizione del piccolo creatore di Draghi. Meno, il discepolo di Mar, si trovava in mezzo al lago, sulla superficie dell'acqua. Pronunciava parole tanto strane e confuse, che Vlad non riuscì a togliergli gli occhi di dosso. Soprattutto quando vide che il serpente strisciato nel lago all'inizio della cerimonia uscì trasformato in un Drago meraviglioso. Una creatura immensa, grande quasi quanto Fulmine ma che, con gran delusione "dell'assistente" non era bianco, bensì verde. Ovvero, in seguito agli incantesimi di Meno non era nato un Drago di Ghiaccio, come lui avrebbe voluto, ma un Drago comune. Uno che, in realtà, poteva essere di qualunque colore, che sputava fiamme e dormiva su mucchi di zolfo. Questo succedeva solo quando i serpenti, durante il loro vagabondaggio, venivano sorpresi da qualche creatura.

– Come mai è così verde? – chiese arrabbiato Meno, mentre si avvicinava a Mar – Di chi è la colpa, dell'erba?!

Mar gli accarezzò la testa, con una tenerezza inaspettata, dicendogli: "No, Meno, forse di qualche rettile!".

Il Solomonar si riferiva di sicuro al fatto che il Drago appena uscito dal lago, nei sette anni precedenti, fosse stato sorpreso da qualche creatura di colore verde. Ecco cos'era successo al colore della sua pelle e come mai non era diventata bianca, come capitava ai serpenti che riuscivano a proteggersi dagli sguardi di tutti.

– La prossima volta, Meno! – disse Mar al suo piccolo allievo – La prossima volta!

Dopodiché lo Stregone gli fece conoscere Vlad, a cui lo presentò come uno dei suoi migliori allievi. Quello che però non disse fu che Meno in passato aveva ceduto l'Usignolo Fatato e aveva accettato di diventare Solomonar.

Guardandolo più da vicino, a Vlad sembrò un po' vanitoso, motivo per cui, quando quello si presentò dicendo "Meno", il ragazzo gli rispose prontamente "Più", anche se sappiamo tutti che non si chiamava affatto così. Il piccolo Stregone non ricambiò la stretta di mano. Poi gli voltò le spalle e scomparve in un antro che si era dischiuso nella terra, a pochi passi da loro.

– Dove scappa?

– A scuola. – gli rispose Mar, invitando anche lui a scendere nella buca in questione – La Scuola dei Solomonari! – spiegò poi, ma quando si voltò verso Vlad, si accorse che quello non voleva seguirlo.

– Non ti piacerebbe far nascere un Drago?

– Ho altri hobby.

– Forse vorresti comandare il tempo, le nuvole? – insisté Mar.

– Che domanda, perché dovrei? – disse il ragazzo, e poi se ne andò. Si fermò solo quando udì Mar dire che la sola strada per la Radura Vivente, cioè la Radura delle Galiane, passava attraverso quella buca. E così Vlad non ebbe altra scelta, e si decise a seguirlo verso...

La Scuola dei Solomonari

e scale che Vlad e Mar stavano scendendo sembravano non finire mai. Erano così lunghe, strette e contorte che il ragazzo quasi non sapeva dove mettere i piedi per non finire a terra. Là intorno non c'era nulla a cui potersi sostenere. Dovunque si posasse lo sguardo, si vedevano solo pareti ricoperte di muffa, umide e scivolose, piuttosto distanti dalle scale. Bastava un solo passo falso per cadere lunghi distesi a terra, nello spazio tra le scale e le pareti.

L'odore di quell'ambiente era così pungente, che Vlad faceva sempre più fatica a respirare. Quando Mar svoltò a sinistra, attraversando un ponte sospeso su un fiume di lava, il bambino si aggrappò a lui, perché mancava poco che svenisse. Non per la paura, ma per la mancanza di ossigeno, che prima o dopo, farebbe svenire chiunque.

– Tieniti stretto! – gli disse lo Stregone – Siamo quasi arrivati.

– Questo odore... – mormorò il ragazzo, più che altro fra sé – io lo conosco... – aggiunse. Poi, d'un tratto, guardò Andilandi.

– È zolfo, – gli rispose allora una voce calda, carezzevole – l'hai già sentito a scuola, nel laboratorio di chimica.

Udendo quella voce, Vlad si bloccò. Non capiva proprio chi potesse aver risposto e così, sulle prime, gli venne una fifa blu. Ma l'Usignolo Fatato – era stato proprio lui a parlare! – si affrettò ad aggiungere:

– Non avere paura. Sono io.

– Io chi?

– Andilandi.

– Ma non stavi dormendo? – gli chiese all'improvviso il bambino, osservando l'uccellino che sembrava mezzo addormentato – Sei stato tu a rispondere? Non hai mai parlato finora...

– E perché avrei dovuto, scusa... Tu non mi hai mai chiesto nulla! – rispose l'Usignolo Fatato – O meglio, se ricordo bene, hai detto che non sono niente di speciale... – aggiunse. Dopodiché ricordò al ragazzo le cose che lui aveva detto tempo prima, sulla zattera del Quieto: "Non parla, non è una gran bellezza e nemmeno canta".

– Mi dispiace...

– Anche a me. – rispose Andilandi – Se avessi chiesto il mio aiuto, avresti evitato molti guai.

– Ma sembravi così...

– Normale?

– Sì. – sussurrò Vlad pieno di vergogna, mentre distoglieva lo sguardo.

– D'ora in poi cerca di non giudicare un uccello dalle sue piume! – gli rispose Andilandi, e poi non parlò per un pezzo.

Rimase in silenzio perché il Solomonar si era messo in ascolto, attento alle parole del Portatore, anche se sembrava fare finta di niente. E poi perché erano arrivati davanti a una porta enorme, coperta di grossi chiodi.

– Prego. – Mar invitò Vlad a entrare, mentre apriva la porta.

E cosa credete che abbia visto Vlad, una volta varcata quella soglia? Una grotta immensa, piena fino al soffitto di bambini e Draghi! Il panorama era davvero singolare. I piccoli che l'affollavano non avevano l'aspetto solito dei bambini della loro età, bensì erano tutti pelati e vestiti di cenci, come lo Stregone che avevano seguito. E i loro Draghi giacevano comodi su grandi quantità d'oro, illuminati da torce che ardevano tutto intorno, sistemate sulle pareti.

Vlad desiderava chiedere a Mar se si trovassero nella scuola di cui gli aveva parlato, ma quando si guardò attorno, quello era scomparso. Un attimo dopo il Solomonar si trovava su un podio, accanto a un tavolo, da dove cominciò a elencare ai bambini tutte le cattiverie del mondo: l'odio, l'invidia, il furto, l'egoismo e molte altre. Sembrava stesse tenendo una lezione su argomenti importantissimi che bisognava assolutamente imparare.

Vlad non riuscì a credere alle proprie orecchie, quando udì Mar insegnare ai bambini là raccolti quale fosse il modo migliore per fare i dispetti agli animali o ai fratelli più piccoli, o quale il più efficace per dire le bugie a mamma e papà. O come fosse semplice e veloce modificare i voti della pagella o del registro, quando ce ne fosse stato bisogno. Con quale facilità si potesse rubare e, soprattutto, rinunciare all'amore, all'affetto dei nonni, dei genitori e dei fratelli. Questa sembrò a Vlad la cosa peggiore: l'odio con cui lo Stregone nutriva quei piccoli.

– La lezione è terminata, ora possiamo giocare! – disse Meno, che si trovava, non a caso, proprio accanto a Vlad – Non vedevo l'ora!

– Quale gioco?

– L'impiccato! – rispose il piccolo Stregone – Lo conosci, vero?

– Abbastanza.

– Non importa, non ti preoccupare. Non impicchiamo mica te!

– Cioè?

– Cioè sarai al sicuro finché avrai lui! – aggiunse il bambino indicando Andilandi. Poi scomparve in un lampo, come se non fosse nemmeno stato lì, prima che Vlad potesse degnarlo di una risposta giusta per quella cattiveria.

Arrabbiato com'era, ci mise un po' a rendersi conto che nessuno parlava più. Tutti stavano in silenzio e si erano ammassati ai lati della grotta, formando un corridoio che portava fino al podio su cui stava Mar. Poi Vlad vide il Solomonar fargli cenno di avvicinarsi. E lui obbedì. Cosa avrebbe dovuto fare? Non sapeva comunque come uscire da là.

Alle spalle del podio c'era una grande lavagna, sulla quale Mar aveva appena spiegato ai piccoli Stregoni la lezione di *non-amore*, e accanto ad essa, Vlad vide sbucare dal pavimento una forca da impiccagione, che si muoveva e respirava.

– Quando accogliamo un nuovo membro tra le nostre fila, quello deve indovinare la parola che la Forca ha in serbo per lui.

I bambini scoppiarono in un applauso. Tutti squittivano, ringhiavano e si agitavano come se stesse per cominciare chissà quale incredibile spettacolo.

– Membro...?

Vlad vide la Forca sciogliere la sua fune, che all'improvviso prese la forma di una mano e tracciò sulla lavagna delle linee che dovevano essere riempite dalle lettere.

– Ma io non voglio mica diventare un Solomonar! Sono solo di passaggio...

– Sono stati tutti "solo di passaggio"! – disse Mar – Ma i più meritevoli e intelligenti hanno deciso di rimanere. – aggiunse lo Stregone, indicando il gruppo di bambini – Ovviamente se riuscivano a trovare la parola che la Forca sceglieva per loro.

– E se non ci riuscivano? – chiese il bambino.

– Erano liberi di andarsene. – disse Mar, mentre un sorriso da rettile affiorava sulle sue labbra sottili – Qui non c'è spazio per la stupidità, quella appartiene agli umani!

– Bene! – si infuriò allora Vlad, udendo quelle ultime parole – Fammi passare! Vi farò vedere io quanto è intelligente l'umano Vlad Ionescu!

– Per questo bambino ho scelto una parola di sette lettere, – esclamò a quel punto la Forca tra gli schiamazzi della classe – una parola che gli si addice!

E da quel momento divenne tutto pazzesco. Perché, mano a mano che Vlad sceglieva le lettere, così, a casaccio, pezzetti del suo corpo cominciarono a scomparire. Era assurdo vedere le parti del proprio corpo staccarsi e sistemarsi sotto la Forca, che se ne stava a una certa distanza. Vlad osservò stupefatto scomparire, a turno, i suoi piedi, le mani e il busto. E quando di lui non rimase che la testa e Andilandi cadde a terra perché non c'erano più le spalle a sostenerlo, Vlad si fece prendere dal panico.

Guardò l'uccellino al suolo e non riuscì a dire altro che:

– Per favore, aiutami!

"– Vlad! – urlò Mar dietro di lui, preso alla sprovvista – Dove stai andando?"

"G" lo sentì sussurrare allora. E, malgrado la confusione generale, il bambino udì la sua voce.

– "G!" – strillò Vlad e, per la prima volta da quando il gioco era cominciato, la Forca si avvicinò alla lavagna e scrisse quella lettera. Era la prima lettera corretta! Dopo la G seguirono anche le altre, tutte suggerite dall'Usignolo Fatato, che si rivelò essere un aiutante fidato.

E così la Forca scrisse sulla lavagna: "E", poi "I", "L", e poi ancora "O", "A", finché non rimase una sola lettera da aggiungere. E credo che tutti abbiate indovinato di che lettera si trattasse. Allo stesso modo se ne rese conto anche Vlad, quando esclamò infine: "S!". E la parola scritta sulla lavagna, naturalmente, era "Gelosia".

Dopo aver pronunciato la parola corretta, il corpo di Vlad riapparve come per magia e la classe scoppiò in un applauso. Tutti gridavano il suo nome, si complimentavano e gioivano come se Vlad fosse diventato, all'improvviso, il loro eroe. La Forca fece un inchino, e scomparve tanto bruscamente com'era arrivata; Mar si avvicinò al bambino e gli strinse la mano, esclamando con occhi luccicanti di gioia:

– Bravo! Ora sei dei nostri!

Ma tra tutti loro, Vlad era il solo a non essere felice. Al contrario, tutto sembrava lasciarlo indifferente, o addirittura annoiarlo. E non rimase molto sul podio. Si abbassò, raccolse Andilandi da terra, dopodiché scese i gradini e si buttò tra la piccola folla, senza guardare nessuno e senza dire nemmeno una parola.

– Vlad! – urlò Mar dietro di lui, preso alla sprovvista – Dove stai andando?

– Scusate, ma ho fretta di tornare a casa! – rispose aspro il ragazzo, senza voltarsi nemmeno.

– Non vuoi nemmeno vedere il Drago che ho scelto per te?

– Non saprei che farmene, nel mio mondo! – rispose Vlad – La mamma non mi permetterebbe di tenerlo!

– E chi ha detto che devi portarlo con te? – continuò Mar, affrettandosi a raggiungerlo – Potresti tenerlo qui da noi. Tutti i Solomonari hanno il loro Drago qui, al Lago dei Draghi.

– Non capisco... – commentò il bambino divertito – Mi fai un regalo, ma vuoi tenerlo tu?

– Certo che no! – gli assicurò Mar – Sarai tu il suo unico padrone.

– Super! E come potrei essere il suo padrone, se io torno a casa e lui resta qui?

– Semplice! Se accetterai la mia proposta, una parte di te resterà qui per sempre. – gli spiegò lo Stregone. Poi, con un leggero cenno della mano, fece sparire tutti i bambini.

Mar spiegò al ragazzo, con parole astute che solo uno Stregone era in grado di scegliere, che tutti quei bambini non erano stati lì accanto a lui per davvero, bensì si trovavano con le loro famiglie. E che nemmeno si ricordavano di essere mai stati nel Mondo-di-là. Né di aver accettato di diventare Solomonari, o di aver giocato all'Impiccato; ma che tutti, nessuno escluso, si comportavano nel loro mondo come perfetti Stregoni e mettevano in pratica i suoi insegnamenti.

– E quindi ora sono cattivi?

– Sono... potenti. – Mar cercò di tentarlo, ma era evidente che non aveva possibilità di conquistare Vlad.

– Molto interessante, ma ho una missione da portare a termine. – gli rispose Vlad con gentilezza – Devo consegnare Andilandi alle Galiane, e poi vorrei tornare a casa dalla mamma, dal papà, dai nonni e dai miei fratellini. Non sono più geloso di loro!

– E cosa ti fa credere che dopo essere andato dalle Galiane tornerai a casa?

– Se lo farò, le Fate Madrine esaudiranno un mio desiderio.

– Ma il tuo desiderio era un altro. – lo provocò Mar.

– Ho cambiato idea, – rispose il bambino – ora voglio una cosa diversa.

– Piuttosto complicato. – commentò Mar, che sembrava non aver ancora perduto la pazienza. Anzi lo volle accompagnare, in realtà, salendo i gradini verso l'uscita – Non ho mai capito perché, in generale, voi umani vogliate complicare le cose, quando c'è sempre una soluzione per i vostri problemi. Alla fine dipende tutto dal punto di vista.

– Vale a dire?

– Vale a dire... se volevi tornare a casa, non so se ne eri al corrente, ma non serviva che ti tormentassi tanto. Che facessi tanta strada e affrontassi tutti quei pericoli, solo per portare questo misero pennuto alle Galiane. Avresti potuto consegnarlo a chiunque e tornare a casa in un baleno. Anche ora potresti affidarlo a me, ed essere dalla tua mamma in un istante. – lo informò Mar, mentre allungava la mano verso Andilandi.

Al suono di quelle parole, pronunciate con il tono più naturale del mondo, Vlad si fermò. Non sapeva di essere vicino all'uscita, alla luce, alla fine del suo viaggio. Come spesso accade, è proprio in simili situazioni che sorgono dubbi tremendi.

Vlad fissò il Solomonar con attenzione, cercando di indovinare cosa nascondesse dietro quegli occhietti, ma non riuscì a trovare nulla. In effetti, sembrava sincero...

Risalendo verso la luce

on sapendo cosa fare, Vlad chiese all'Usignolo Fatato: – E' vero? Saremmo potuti andare a casa in qualunque momento?

– Sì, – gli rispose Andilandi – però in un viaggio del genere non conta quanto rapidamente si ottiene il risultato, bensì come lo si ottiene. E questo un Solomonar non è in grado di capirlo.

– Sono d'accordo! – rispose il ragazzo dopo un attimo di riflessione, e si allontanò sotto lo sguardo meravigliato di Mar.

Sembrava che Vlad volesse dare ragione a lui. Malgrado ciò gli voltò le spalle e continuò a salire i gradini. Non comprendendo cosa stesse facendo, Mar lo lasciò andare, pensando che forse era il caso di cambiare strategia con quel ragazzino. Non l'avrebbe più trattato con dolcezza. Così gli disse:

– Molto bene, ragazzo. Ti lascio allora al futuro che desideri. Ma ricorda: questa è una tua scelta!

E lo Stregone scomparve d'incanto. O per lo meno questa fu l'impressione di Vlad, perché Mar lo seguì, un passo dopo l'altro, a caccia di un'ultima occasione per catturarlo.

La strada che conduceva all'uscita dall'antro non era poi così lunga, ma a Vlad sembrò infinita. Era rimasto solo, in una grotta che puzzava di muffa e zolfo; proseguiva su scale malconce, e sulle pareti cominciarono a comparire, su ordine di Mar, una moltitudine di immagini strane. Proiezioni in cui Vlad vedeva sé stesso fare le cose peggiori: mentire, rubare e infastidire i suoi fratellini.

– Chi è quello? – chiese il Portatore.

– Sei tu! – gli rispose Mar; Vlad non lo vedeva più, ma poteva sentirne la voce.

– Non è vero!

– Sei tu! – insisté la voce.

– Andilandi! Cosa significa? È quello il mio futuro?!

– No. È solo un altro futuro possibile. – disse l'Usignolo Fatato – Ignoralo!

– Come!? – domandò il bambino, che cominciava a essere confuso da tutte quelle immagini – Guarda come li picchia! Ma sono davvero io?

– Certo che sei tu! – si udì di nuovo la voce di Mar.

– Non sei tu, – gli spiegò l'Usignolo Fatato – è ciò in cui ti saresti potuto trasformare, se mi avessi ceduto allo Stregone.

– Ti fidi della mia parola o di quella di uno sciocco uccellino?

Ma Vlad non rispose più a Mar. Seguendo il consiglio dell'Usignolo Fatato, chiuse gli occhi e proseguì per la sua strada, vagando al buio in quel luogo pericoloso. Camminò fino a quando non giunse davanti a una botola simile a quella dell'entrata nell'antro. E là si fermò.

Quando riaprì di nuovo gli occhi, le immagini erano scomparse. Non si sentiva più nulla, e la botola che gli stava davanti agli occhi sembrava invitarlo ad aprirla. E quando dico "sembrava" mi riferisco al fatto che la battaglia di Vlad non era ancora terminata. Il ragazzo doveva affrontare l'ultimo e il più difficile ostacolo della sua avventura. Quando allungò la mano verso la maniglia della botola, cercando di aprirla, quella si gelò all'improvviso. E non credo di dovervi dire molto di più, perché possiate capire con chi Vlad dovesse combattere la sua ultima battaglia...

– Dove ssscappi, umano?

Chi aveva parlato e aveva gelato la botola in un sol soffio, era Fulmine. Era arrivato su ordine del suo padrone per combattere con il Portatore. Ma Vlad non si fece intimidire e, guardandolo negli occhi, gli disse:

– Non ho paura di te!

Nel frattempo il ragazzo si mise in cerca del Flauto di Pan Incantato.

– Dovresssti averne... – sibilò la belva – quel tuo arnessse non ha nesssun potere sssui Draghi!

240

Forse voi non avreste saputo cosa rispondere a quella creatura terrificante, ma Vlad non si perdette d'animo. Drizzò ben bene le orecchie, per poter ascoltare meglio i consigli dell'Usignolo Fatato, e chiese tranquillo a Fulmine:

– Drago? Io qui non vedo che una comune biscia.

– Osssi sssfidarmi, nanerottolo? – tuonò la creatura – Non sssai cosssa potrei farti? Non sssai chi sssono? – aggiunse. E un vento gelido si abbatté in quell'istante su Vlad, che cominciò a tremare e a battere i denti.

– So chi sei! – rispose il Portatore – Sei un serpentello che una volta aveva una mamma e un papà! Una mamma che gli voleva bene. Una mamma che cantava così, per farlo addormentare... – aggiunse Vlad, e poi si mise a suonare una ninna-nanna, proprio come gli aveva suggerito Andilandi.

– Io sssono Fulmine, il più ssspaventosssso e potente Drago del Mondo-di-qua! – cercò di contrastarlo la belva.

Ma invano. Man mano che ascoltava la ninna-nanna, Fulmine diventava sempre più piccolo. Si trasformò in quello che era stato una volta: una simpatica biscia comune, verde e marroncina. Poi Vlad notò che il ghiaccio sulla botola cominciava a sciogliersi e che attraverso le fessure del legno si potevano scorgere i raggi di sole. I primi raggi del mattino...

Vlad si fece coraggio e spinse la botola.

Le Galiane, mie amiche

entornato alla luce, Vlad! – risuonò allora la voce entusiasta di Iana, la portavoce di noi Galiane, in tutta la Radura Vivente. Iana tese la mano al ragazzo, aiutandolo ad uscire, e mi disse:

– Ottimo lavoro, Briciola!

Ops! Scusatemi, solo ora me ne rendo conto! Non so come sia successo, ma parla e parla – un bel po'! – ho dimenticato di presentarmi. Mi chiamo Briciola! Che nome strano, vero? Eh, un nome da Galiana. Sono tra quelle che hanno conosciuto Vlad.

Lui si è dimenticato di noi, così come del suo passaggio nel Mondo-di-qua, ma noi invece ci ricordiamo di lui. E anche di tutti gli altri bambini che sono riusciti a portare Andilandi fino alla Radura Vivente. Purtroppo, dopo che ci consegnano l'Usignolo Fatato, i Portatori non riescono più a vederci come prima. Non parlano con noi e, sebbene per tutto il viaggio non smettano di chiedersi come siamo fatte, quando poi ci incontrano hanno troppa fretta di tornare a casa per fermarsi a darci un'occhiata. Esprimono il loro desiderio, che spesso inizia con "Per favore, portatemi dalla mamma!", dopodiché le Fate Madrine li spediscono a casa, nel loro lettuccio caldo. Non prima di aver cancellato tutti i loro ricordi.

Non fraintendetemi. Non ce l'ho con le Fate Madrine per questo. È solo che ogni volta il viaggio degli umani nel Mondo-di-qua comincia con loro e termina da noi, non viceversa, e i piccoli non hanno mai né voglia né tempo di guardarci o di fare quattro chiacchere con noi.

E questo ci rende tristi!

Hanno talmente fretta, che non notano nemmeno i corti capelli color grano di Iana, né il mio corpo mingherlino, non molto diverso dal loro.

Così come non hanno tempo di accorgersi di Smara, la cicciottella, che si mette a rotolare come un pallone se le date una gomitata, per gioco. Non hanno tempo di notare le lentiggini e la chioma fulva di Mara, né Diana, che sorride sempre. Non hanno occhi nemmeno per Luana Spilungona o per le altre, non molte a dire il vero, ma tutte con qualcosa di speciale. Qualcosa per cui meritano di essere ricordate!

Ma ogni volta succede lo stesso. I bambini guardano i nostri visi pensando alle loro mamme. Perché capita che una di noi abbia gli occhi, i capelli o il profumo dell'unica donna che desiderano stringere fra le braccia.

Se siete curiosi di scoprire come sia andato a finire il viaggio di Vlad Ionescu nel Mondo-di-là, vi risponderò con semplicità: bene. Il Portatore espresse il suo desiderio e dimenticò tutto. Si svegliò all'alba, con un gran mal di testa, nel suo lettino comodo, a casa dei nonni. Al contrario del loro primo incontro, però, accolse i fratellini con grande felicità. Strinse fra le braccia e baciò sulle guancette quei due spelacchiati di nome Andrei e Lucia. E annunciò loro, con un orgoglio che solo il ruolo di fratello maggiore riservava:

– Sentite qua, cari piccoletti, Andrei e Lucia. Io sono il vostro fratellone Vlad, che vi vuole bene come solo i Quieti sanno fare, e che lotterà per proteggervi da tutti i Draconiani e i Musocani che incontrerete. Quanto ai Giganti, so che ora vi sembrano troppo grandi, forse addirittura spaventosi, ma vi assicuro che sono gente a posto. Adorano la polenta con il formaggio e difendono le sorelline e i fratellini più piccoli come nessun altro. Quindi non mi arrabbierò se d'ora in avanti vorrete chiamarmi "Vlad il Gigante". Mi calzerebbe proprio a pennello.

Udendo quelle parole bizzarre, gli ospiti che si trovavano allora in salotto scoppiarono a ridere. Ma Vlad non se la prese. Era chiaro che quelli non ridevano per prenderlo in giro, semplicemente erano divertiti, proprio come capita a certi adulti quando i bambini dicono qualcosa di ridicolo. Ma quello che disse Vlad non era ridicolo! Il bambino non capiva il perché di quegli strani pensieri, ma diede la colpa a zio Vasile e alle sue storie.

Poi rise anche lui e si unì ai suoi genitori, attaccandosi con la manina destra alla gonna della mamma. E sebbene sua madre non tenesse in braccio lui, ma il suo fratellino Andrei, Vlad non era più geloso. Si sentiva molto a suo agio di fianco alla mamma, ovvero nel posto riservato ai fratelli maggiori. Perché... non so se ve ne siete resi conto ma, da quando era riuscito a restituire Andilandi alle Galiane, Vlad era cresciuto. Era diventato più buono, più sereno, più forte. In breve, si era trasformato in un vero... fratello maggiore.

Qui termina

Il viaggio di Vlad
nel Mondo-di-là

La storia continua
nel secondo volume
della serie ANDILANDI:

L'avventura dei gemelli
oltre la Radura Vivente

Chi è l'autrice?

Sînziana e suo figlio, Matei

Sînziana Popescu è nata in una piccola città nella più bella regione della Romania, la Transilvania, in una famiglia di attori. Ha scritto e pubblicato testi teatrali per bambini, che sono stati premiati, tradotti e rappresentati sui palchi di tutta la nazione. Sînziana è anche l'autrice dell'apprezzata serie Andilandi, una serie fantasy ispirata alla mitologia romena, che per il momento include tre romanzi e una raccolta di racconti. Attualmente vive a Bucarest. Se volete sapere di più su di lei e i suoi libri, potete scrivere a <u>sinziana@andilandi.ro</u>.

"Quando ero bambina non passava nemmeno un giorno senza che raccontassi una storia a qualcuno. Credevo fermamente che le persone avessero bisogno di storie proprio come hanno bisogno dell'aria, del cibo o del calore del sole. Raccontavo storie agli amici o ai compagni di scuola, trasformandoli spesso in seguaci di realtà inesistenti. Raccontavo storie anche ai miei genitori, soprattutto quando si trattava delle mie performance scolastiche; oppure di sera, prima di andare a dormire, facevo a gara con le storie dei miei nonni, e spesso riuscivo a fare addormentare loro prima di me. E così, ogni volta che ho l'occasione di presentarmi, di raccontare come e quando ho cominciato a scrivere storie per bambini, rispondo con onestà che racconto storie da quando sono nata, perché mi piace rendere felice chi mi sta intorno e perché con il tempo ho capito che è quello che mi riesce meglio." — Sînziana

Sînziana, 6 anni

Chi è la traduttrice?

Sara

Sara Salone si è laureata alla facoltà di Lingue e Letterature Straniere dell'Università degli Studi di Udine. Ha tradotto dal romeno alcune poesie di Smaranda Vornicu e diversi racconti del compianto Grigore Vieru in seno al Concorso Internazionale "Estroverso". Prima di tradurre il primo volume della serie "Andilandi", "Il viaggio di Vlad nel Mondo-di-là", ha ottenuto una borsa di studio per traduttori stranieri dall'Istituto di Cultura Romena di Bucarest. Attualmente vive a Romans d'Isonzo. Per qualsiasi dettaglio sul suo lavoro di traduttrice, potete scrivere a sarasalone78@gmail.com.

"Da piccola adoravo ascoltare la radio. Mi piacevano soprattutto le canzoni straniere e, anche se non capivo nulla, scimmiottavo parole e versi, imitando goffamente i suoni. Solo crescendo ho scoperto che quelle strane parole significavano qualcosa. Che esistevano innumerevoli modi per raccontare le storie più belle e portarle a spasso per il mondo." — Sara

Sara, 5 anni

Chi è l'illustratore?

Luca Clemente nasce nel 1973 a Monfalcone (Go). Frequenta il Liceo Scientifico e dopo il diploma frequenta la facoltà Geologia all'Università, ma non termina gli studi. Assolto il servizio militare, ha diverse esperienze lavorative in molti campi, finendo poi per essere assunto come disegnatore CAD in un'azienda privata dove lavora tuttora. Vive a Romans d'Isonzo assieme al suo gatto Loki, e nel poco tempo libero disegna, legge e si diverte a combattere in armatura alle rievocazioni medievali. Se volete sapere di lui e i suoi illustrazioni, potete scrivere a ulf1000@yahoo.it, oppure magister1250@gmail.com. Disegni, schizzi, foto su http://ocioproduction.deviantart.com/

Luca

Luca, 5 anni

"Ho imparato a leggere a quattro anni con Topolino , e da quel momento nascono i miei grandi amori: la lettura e il disegno. Ho iniziato a scarabocchiare sui fogli all'asilo, sul diario, i quaderni, poi sulla polvere dei mobili, sulle tovagliette di carta in pizzeria, sui sassi , sulle magliette , sulle braccia degli amici... insomma proprio su tutto quello su cui potevo fare un disegno! Persino sulle pareti di ferro della sala macchine di una nave dove lavoravo (ma voi non fatelo, mi raccomando!). E piano piano ho cominciato a diventare un po' più bravo, finché... è arrivato Andilandi! E per una volta ho potuto unire il mio amore per la lettura con quello per il disegno. Chissà se un giorno potrò farlo come lavoro... Voi cosa ne dite?" — Luca

Indice

Lightning Source UK Ltd.
Milton Keynes UK
UKHW012142310522
403811UK00002B/45